Francesca Herr & Henrik Szanto (Hg.)
20.000 Zeilen unter dem Meer

20.000 Zeilen unter dem Meer
Francesca Herr & Henrik Szanto (Hg.)

Erste Auflage 2022

Alle Rechte vorbehalten
Copyright 2022 by

Lektora GmbH
Schildern 17–19
33098 Paderborn
Tel.: 05251 6886809
Fax: 05251 6886815
www.lektora.de

Druck: MCP, Marki
Covermotiv: Anna Kohlweis
Covermontage: Lektora GmbH, Denise Bretz
Lektorat & Layout Inhalt: Lektora GmbH, Denise Bretz
Printed in Poland

ISBN: 978-3-95461-237-6

Inhalt

Vorwort 9
Kapitel 1: Sichtbarkeit im Hintergrund 11
1.1 Da steckt sau viel Arbeit dahinter, du siehst es nur nicht (Francesca Herr) 12
Aus Liebe zum Menschen (Anna Schober) 16
1.2 Unbezahlte Kulturarbeit oder: Warum es schwirig ist, Leute davon zu überzeugen, dir Geld zu geben, wenn alles, was du verkaufst, ein Gefühl ist (Janea Hansen) . . 20
Willst du Kunst? Dann gib Gage! (Elif Duygu) 25
Work-Life-Balance (Sarah Anna Fernbach) 28
Kapitel 2: Ankunft & Abschied 33
2.1 Was sich verändert (Yannick Steinkellner) 34
Kinderzimmer (Laura Hybner) 40
Woher kommst du? (Omar Khir Alanam) 43
Wien (Fabian Navarro) 46
10. Juli (Ivica Mijajlovic) 52
Kapitel 3: Gleiche Rechte oder G'nackwatschn – Feministische Perspektiven 59
3.1 Es braucht keinen Druck, es braucht Sog (Mieze Medusa) 60
Wegweiser (Christine Teichmann) 65
3.2 Der lange Weg (Agnes Maier) 69
Spiagl (Käthl) 73
3.3 Diggi, wir schaukeln das schon! (Anna Hader) 79
my body my choice (Barbarina) 82
3.4 Brief an mich selbst (Caro Neuwirth) 87
Es ist 2021 (Rhonda D'Vine) 90
Körper (Jonin Herzig) 94

Kapitel 4: Bühnen & Barrieren **99**
4.1 Fehlende Diversität – Slam ist weiß, bürgerlich und
gymnasial (Elif Duygu). 100
Mr. Privileg und ich (Yasmin Hafedh aka. Yasmo). 104
Stimmt, Torsten, Rassismus gibt's ja gar nicht! (Shafia
Khawaja). 109
4.2 Zerschmettert die vierte Wand (Simon Tomaz). . . 113
fix und fairtig (Tara Meister). 117
Findet den Unterschied! (Katharina Wenty) 121
Kapitel 5: Maskenball im Railjet – Formen und
Formate von Slam **127**
5.1 Mess with the Formula! (Martin Fritz) 128
Kuchen in der Konditorei (Hierkönntemein Namestehen). .135
Style over Substance (Markus Haller) 140
Platzangst (Christoph Steiner) 143
5.2 »Lass uns ein Team gründen!« (Henrik Szanto). . .146
Weltuntergang? Ich glaube nicht! (MYLF) 152
Kapitel 6: Begonnen, um zu bleiben – neue und
bekannte Stimmen **157**
6.1 Vom Frischling zur Rampensau: Wie ist das, wenn
man neu mit Slam anfängt? (Shafia Khawaja). 158
Lasagne (Isabella Scholda). 164
Der Mond im Mann (Emil Kaschka) 171
<3 (Tamara Stocker) 176
6.2 Wie das ist, wenn man das schon sehr lange macht
(Markus Köhle) 181
Traumjobs (Janea Hansen). 187
Salz und Pfeffer (Simon Tomaz) 191
Fragmentarische Leitfäden (Clara Felis) 194
6.3 Weird & liebenswert – Poetry Slam als Sprungbrett
(Tereza Hossa) 197
Opas Begräbnis (Elias Hirschl) 201
Alles Gute zum Alltag (Agnes Maier) 205
Eine Geschichtsstunde (Lena Johanna Hödl) 211

Kapitel 7: Wunsch & Willen – Slam als aktivistisches Tool **215**
7.1 »Hallo. Mein Name ist ...« (Rhonda D'Vine) 216
du bist so gangster, wenn du verliebt bist. (Katrin ohne H) . 221
Grenzen (Christopher Hütmannsberger) 225
Asche zu Asche (Da Wastl) 228
Emanzipationsromantik (Darling) 232
Kapitel 8: Zach & Zärtlich **237**
8.1 »Es ist kompliziert« (Mike Hornyik) 238
Sarah Connor hatte mit allem recht oder: Vincent kriegt keinen hoch, wenn er an Arbeit denkt (David Samhaber) 244
HAVE A DAY (Anna-Lena Obermoser) 250
Da Nåchtschreck (Silke Gruber) 257
Frousch (Klaus Lederwasch) 261
Weinviertel-zärtlich (Barbara Lehner) 266
Kapitel 9: Wunderkammer Österreich **271**
9.1 Vorarlberg: Der wilde Westen (Ivica Mijajlovic) . . . 272
Naturgespräch (Ines Strohmaier) 276
9.2 Tirol: Nachbericht einer Nachzüglerin (Tamara Stocker) 281
IMAGINE (Roswitha Matt) 287
9.3 Salzburg-Oberösterreich: In Linz fängt's an (David Samhaber) 291
Bullshit-Bingo (Laura Hellmich) 297
9.4 Steiermark-Kärnten: Aus dem Tiefschlaf (Trisha Radda & Lukas Hobauer) 301
Im Paradies gibt's keine Kohlsprossen (Gilbert Blechschmid) 304
9.5 Wien-Niederösterreich-Burgenland: Vom Slammen auf dem Lande (Barbara Lehner) 308
Daily Sexism (Elena Sarto) 312
Danksagung **319**

Vorwort

Dieses Buch ist Werk der Engagierten und Motivierten, der immer noch Neugierigen und im besten Sinne Ausgefallenen, und gibt nach früheren Anthologien einen weiteren Blickwinkel auf die österreichische Poetry-Slam-Szene frei.

2017 erschien mit »Slam, Oida!« von Mieze Medusa und Markus Köhle eine Slam-Anthologie, die Akteur*innen aus dem ganzen Land versammelte und einen Ritt über die unzähligen Berge und Täler der österreichischen Slam-Landschaften zuließ. »G'scheit Goschert« wiederum setzte zwei Jahre später den Scheinwerfer auf die Poet*innen, die den U20-Bereich mit ihrem Handeln, ihrem Wissen und natürlich ihren Texten wesentlich mitgeprägt und -gestaltet haben. Beide Anthologien sind ein Wegweiser durch die österreichische Szene, ein Nachschlagwerk und ein Handbuch für Interessierte und potentiell Mitwirkende. Wir folgen diesem Anspruch.

Die hiesige Szene ist kleiner, als man glauben möchte, und doch größer, als sie scheint. Sie beherbergt Poet*innen und Veranstalter*innen, Neuankömmlinge und Dagebliebene, spannt ihre Arme über Seitentäler bis hin zu Donau-Enden. Sie ist Ausgangspunkt und Ankunftsort. Wertvoll und speziell. Hier würdigen wir jene, deren Wort und Stimme zu all dem beigetragen haben. Wir zeigen die umtriebigsten Poet*innen des Landes, blicken hinter die Kulissen, auf Formate und Textideen. Wir beleuchten Poetry Slam in seinen schönen Dimensionen und seiner sprachlichen Vielfalt und schauen bis in die hinteren Ecken. Unabdingbar ist diese Anthologie deshalb auch eine kritische Auseinandersetzung mit einer Szene, die Vielfalt nicht nur als Wort begreifen darf, sondern deren Umsetzung realisieren muss.

Dieses Buch will gehört werden und Gehör verschaffen.

Wir ergründen Grenzen und Möglichkeiten. Und letztlich die Verantwortung, die Kunst und Kultur in unserer Gegenwart haben, und stellen fest: Des geht sich aus.

Gehma. Begleitest du uns ein Stück?

Francesca Herr & Henrik Szanto

Kapitel 1:
Sichtbarkeit im Hintergrund

Über die wesentliche und oft übersehene Arbeit, ihre Protagonist*innen und die Frage: Wozu eigentlich?

Mit Beiträgen von
Francesca Herr
Janea Hansen

Mit Texten von
Anna Schober
Elif Duygu
Sarah Anna Fernbach

1.1 Da steckt sau viel Arbeit dahinter, du siehst es nur nicht

Francesca Herr

Für alle Bühnenmacher*innen aus der zweiten Reihe

Ich hätte nie gedacht, dass mir Kulturarbeit so viel geben kann. Dass sie mir so viel Spaß macht und ich aus ihr meine Kreativität und Inspiration ziehe, wenn ich nach meiner 40-Stunden-Lohnarbeit glaube, schon alles verbraucht zu haben. Kulturarbeit hat mir den Raum gegeben, um mich selbst zu finden. Ich habe während einer Pandemie erkannt, wie unfassbar gerne ich auf einer Bühne stehe. Ich habe gelernt, wer ich sein möchte und wer ich sein kann, weil ich gelernt habe, was eine Bühnenpersona ist. Kulturarbeit hat mir meine Stimme gegeben. Ich habe sie gleichermaßen benutzt, um laut zu werden und dem Publikum Tweets über St. Pölten vorzulesen.

Und ich habe auch gelernt: Kulturarbeit ist scheiße viel Arbeit. Und dann wirst du nicht mal annähernd dafür bezahlt.

Aber das ist nicht dieser Beitrag.

Kulturarbeit ist das Mittel, um den Themen Raum zu geben, die wir hören und über die wir dringend diskutieren müssen. Ich liebe es, Bühnen aufzumachen für all die Menschen, denen wir zuhören müssen, und für all die Menschen, die sich dadurch gehört und repräsentiert fühlen. Ich möchte, dass meine Kulturarbeit Sichtbarkeit schafft. Und dabei hat mir Kulturarbeit auch gezeigt, wie leicht in ihr jene unsichtbar werden, die sie machen.

Ich bin die zweite Obfrau eines Vereines, von dem viele oft überrascht sind, dass er 1) zwei Obfrauen hat, dass er 2) mehr FLINTA-Personen als cis-Männer im Vorstand und als Mitglieder hat und dass er 3) viel weniger aktive Mitglieder hat, als Publikum oder Personen, wenn sie in den Verein eintreten, vermuten. FOMP ist der größte Veranstalter für Poetry Slams in Österreich, mit Spitzenzahlen von 115 Veranstaltungen im Jahr – was wohl mitunter der Grund ist, warum unsere Vereinsgröße oft so maßlos überschätzt wird. Und trotzdem gibt es da eine gewisse Diskrepanz in der Wahrnehmung: Wir erzeugen Überraschung, wenn wir am Ende einer Veranstaltung Applaus für alle Personen einholen, die diesen Abend über mitgewirkt haben, die diesen Abend getragen haben. Weil das Publikum dann feststellt, dass das ja nicht nur die ein oder zwei Personen sind, die für 2,5 Stunden hinweg auf der Bühne moderieren. Das ist auch die Person, die dir dein Ticket scannt, die zuvor bestuhlt hat, die an Licht- und Tontechnik sitzt, die die Künstler*innen im Backstage betreut und Ansprechperson für die Location ist. Die Person, die kurzfristig einspringt und schnell mithilft. Das ist seit Pandemiebeginn die zusätzliche Person, die Test- und Impfzertifikate scannt. Das ist die Person, die fotografiert. Die Person, die auf Social Media postet – vor, während und nach der Veranstaltung. Und je nach Veranstaltungsgröße und Location kommen hier noch zusätzliche Posten hinzu. Kulturarbeit wirkt oft um so vieles einfacher und weniger, als sie es ist. Dafür sorgen nun mal sehr viel Arbeit, Herzblut, Talent und Professionalität. Erst dann, wenn all das nicht ineinandergreift, ist erkennbar, was dahintersteckt. Bei Fehlern, Ausfällen oder wenn sogar das Publikum bemerkt, dass es an Personen fehlt.

Und ich spreche hier nur von den Veranstaltungen selbst. Vereins- und Kulturarbeit in Summe ist noch so viel mehr.

Wer kümmert sich um die Finanzen, rechnet ab und überweist Honorare? Wer verwaltet das Ticketing, schreibt Ankündigungen und bewirbt die Veranstaltungen, von denen ansonsten niemand etwas mitbekommt? Wer ist Supportstelle für das Publikum? Wer bookt, verwaltet die offene Liste und wer betreibt Szenearbeit? Und oh Gott, bitte wer stellt die Förderanträge und kümmert sich um Sponsoring und weitere Finanzierung, weil wir ohne Geld diese ganze Arbeit gleich kübeln können? Aber wieder: Es soll hier nicht um Geld gehen.

Es ist nur wichtig, all das immer wieder zu erwähnen, weil wir selbst manchmal zu gerne vergessen, wir unsere eigene Arbeit oder die der anderen kleinreden oder tatsächlich nicht sehen. Weil: Auftreten ist schon geil und klar, was tun wir ohne Moderation? Aber die Show, so präsent sie auch erscheinen mag, ist nicht das Essentielle. Poetry Slams, Lesebühnen, PowerPoint-Karaoke, Konzerte und all die tausend wunderbaren Veranstaltungen gibt es schlichtweg nicht dank der Personen, die für einen begrenzten Zeitraum auf der Bühne und im Wettbewerb stehen, sondern dank jener, die das gerade nicht tun.

Ich bin in einen Verein reingestolpert und seit 2019 Teil einer Szene, die mich unfassbar lieb aufgenommen hat und deren langjährige Geschichte ich nur kenne, weil mir regelmäßig davon erzählt wird. Dann schwingen Melancholie, Wehmut, Ehrfurcht und tiefsitzende Freude durch Lokale, die plötzlich wieder verraucht wirken und dann kommen die Geschichten zu den Anfängen der österreichischen Slam-Szene. Erklärungen über die Unterschiede zur deutschen Szene und warum es sie gibt, wie Mieze Medusa und Markus Köhle zu Slam-Mama und Slam-Papa wurden und wie alles immer mit Tschif Windisch zu tun hat. Tschif, den ich nie kennengelernt habe, der aber immer da und irgendwie mitverantwortlich dafür ist, dass ich heute veranstalte, und der der Grund ist, warum ich immer Gösser trinken muss, wenn es Gösser gibt (das zumindest hat mir Yasmo so gesagt). Ich höre diese Geschichten immer unfassbar gerne, weil ich allen, die davon erzählen, ohnehin gerne zuhöre, aber auch weil es mir zeigt, welche Rolle ich innerhalb der Szene einnehmen kann und einnehme. Obwohl ich selbst nicht auftrete. Warum es wichtig ist, zu veranstalten, dass ich Menschen eine Bühne gebe und damit etwas für andere und mich selbst tue.

Ja, Kulturarbeit ist scheiße viel Arbeit und dabei viel In-der-zweiten-Reihe-Stehen. Ist Vortritt lassen und Wege bereiten, damit andere darauf gehen können. Es ist die Handlung im Hintergrund, damit die Kultur allen hier das geben kann, was sie gerade brauchen. Sei es Sichtbarkeit, Unterhaltung oder eine Szene, die einem ein Zuhause gibt.

Aus Liebe zum Menschen
Anna Schober

CN: Krankenhaus

Pfffp – der Zipper.
Dududup, dududup, dududup – der Pager.
Flap, flap – die Handschuhe.
Klick, klick – der Kulli.

5:04. Bauchschmerzen seit drei Wochen, aber jetzt müsste das wirklich einmal angeschaut werden.
Fuuup ahhhh – durch die FFP2 Maske.
Schweißperlen auf der Stirn, weil der Plastikanzug keine Transpiration zulässt.
Pfpfpfpf – die Blutdruckmanschette.
Du-dum, du-dum, du-dum – durch das Stethoskop.
130 zu 90, Herzfrequenz 76, Atemfrequenz 12.
Schutum – die kleine Nadel in die Fingerbeere – Blutzucker 102 mg/dl.

Nehmen Sie Medikamente? Haben Sie Allergien?
Seit wann haben Sie nochmal Bauchschmerzen? Seit drei Wochen? Ah ja.
Aus Liebe zum Menschen.

Du-dup … … … Du-dup – langsames Herz.
Gebeutelt vom Gift im Kopf und in den Venen.
Zyanose.
Huuuuu … Haaa – der Atem.
Hmpfhmpf – das Schluchzen der Schwester.

Nimmt er regelmäßig Heroin? – Nicken.
Tschuuuuuuuuu – der Sauerstoff.
Badum, badumbadumbadum – die Notärztin.
Pfuu – Aufatmen.
Aus Liebe zum Menschen.

Ahhhhhh – Schreien.
Klatsch – Schlag ins Gesicht.
Ahhhh – mehr Schreien.
Wuaaa, wuaaa – Kinder weinen.
Haphap – Schere öffnet Verbandspackung.
Lassen Sie mich Ihnen doch einmal einen Verband anlegen!
Jugendamt kontaktieren, Polizei anrufen:
Ja, muss sein um die Uhrzeit – auflegen.
Aus Liebe zum Menschen.

Wehenabstand: 1 Minute 30 Sekunden.
Auaaaaa – Schreien der Gebärenden.
Hhhhh – Hecheln der werdenden Mutter.

Das geht sich nicht mehr aus ins Krankenhaus. Das müssen wir bitte hier machen.
Fährst du da vorne bitte kurz raus?

Pflupp – Kind geboren.
Wuee, wuee – Kind weint.
Pfuu – Aufatmen.
Wutsch – Nabelschnur durchschneiden.
Hmmhmm – Kind einwickeln – Lachen.
Aus Liebe zum Menschen.

Guaaaa – Gähnen am Morgen.
12 Stunden Schicht beendet.
Schwupschwupschwup – Duschgel auf Körper verteilen.
Rote Uniform in den Sack – Farbe der Liebe ablegen.

Brrruuuttt – Kaffeemaschine.
Tag in der Arbeit beginnen.
Abends früh schlafen, weil man die Nacht mit Liebe zum Menschen verbracht hat.
Liebe kann ziemlich anstrengend sein.

Zwischen Blaulicht und Tod,
Übergewicht und Atemnot,
zwischen Menschenhass und Liebe zum Menschen
kommt man manchmal krass an seine Grenzen.

Zwischen Medizin und Laienpraxis,
netter Kollegin und Epistaxis,
zwischen Trauma und Notarztindikation,
diabetischem Koma und Fehlinformation:
Irgendwo da liegt eine rote Form auf weißem Grund.
Ein tiefer Wunsch, alle auf der Welt wären in gleichem Maß gesund.

Zwischen Angriff und Aufgegriffenem von der Straße,
Fachbegriff und blutiger Nase,
wird man wenigstens auch adäquat entlohnt?
Ja, mit dem Ehrenamt, das hier über allem thront.

Wo andere ihre Psyche und Physis
in der Freizeit aufwerten,
holen wir uns im Mercedesbus
mehr von den Beschwerden.

Weil man zurückgibt, wo man
auf der besseren Seite der Ungleichheit steht,
und endlich mal erkennt,
wie gut es einem auf der Welt geht.

Weil Offenheit und Toleranz hier
nicht nur im Kopf passiert,
sondern man sich in der realen Welt
mit andren Leben arrangiert.

Wenn der Dienst nicht besetzt wird
und man den 7. im Monat macht,
zieht man die Ambulanz am Sonntag
auch noch in Betracht.
Neben Ausbildung und Fortbildung
sind Tests zu bestehen.
Denn bei Liebe zum Menschen
geht es manchmal ums Leben.

Qualität und Quantität sei beides vorhanden,
denn welche Liebe misst man schon in Quanten?
Doch trotzdem ist mehr hier immer mehr,
denn dir steht die Farbe der Liebe so sehr.

Wenn der Kopf morgens brummt
und der Magen dann knurrt,
und in der Tasche der Pager
immer noch surrt,
dann merkt man, wie wenig Ehre
und wie viel Amt in dieser Uniform steckt.
Und wünschte sich manchmal einfach
ein bisschen mehr Respekt.

1.2 Unbezahlte Kulturarbeit

Oder: Warum es schwierig ist, Leute davon zu überzeugen, dir Geld zu geben, wenn alles, was du verkaufst, ein Gefühl ist – Janea Hansen

Ich habe mal wo gelesen, dass Marina Abramovic eine der teuersten Yachten der Welt besitzt. Das habe ich bemerkenswert gefunden, denn: Marina Abramovic ist Performance-Künstlerin. Das ganze Prinzip ihrer Kunstwerke besteht daraus, dass sie nur in dem Moment existieren, in dem sie passieren. Sogenannte transitorische Prozesse. Du kannst Marina Abramovic kein Kunstwerk abkaufen, es in dein Wohnzimmer stellen und dann vor deinen reichen Freund*innen angeben: »Schaut, ich habe hier einen echten Abramovic.« Aber irgendwo gibt es Leute, die bereit sind, dafür Geld herzugeben, dass sie einen Moment erleben, dass da ein Gefühl entsteht. Und sie sind durchaus der Meinung, dass diese Person, die das Gefühl durch ihre Gestik, Mimik, Aussagen oder Talente erzeugt, eine angemessene finanzielle Gegenleistung für die Tätigkeit bekommen sollte. Das ist gut und wichtig.

Es ist Juli 2022, ich bin 31 Jahre alt, organisiere Europas größtes Festival für Bühnenliteratur und arbeite 20 Stunden pro Woche im Buchhandel. Weil ich dadurch krankenversichert bin. Weil ich damit mein Geld verdiene. Und wenn ich ehrlich bin, dann war das auch schon vor der Pandemie so. Man hat sich irgendwann mal dafür entschieden, Kultur zu machen. Weil Kunst schön ist und schöne Dinge sind schön. Und das Schönste an Kunst ist: Es ist einfach genug, dass es da ist. Es braucht keinen Mehrwert. Es muss keine Profite erzielen. Es muss einfach nur sein. Und das hat doch irgendwie etwas Beruhigendes, dass es in dieser Welt Dinge gibt, die einfach nur um ihrer Existenz willen da sind. Wenn alles andere – Arbeit, Körper, Leben – kapitalisiert wurde, dann ist da immer noch ein Gedicht, das nichts will, außer zu sein.

Aber der Markt wird das schon regeln. Das ewige Mantra der Liberalen. Der Markt wird regeln und wir wissen, was im Kapitalismus mit Dingen passiert, die keine Profite abwerfen. Die einfach nur da sind. Der Markt regelt und der Markt bestimmt: Das ist nichts wert. Wir sind es gewohnt, den Wert von Dingen in Geld zu messen. Und wenn ich kein Geld für das bekomme, was ich tue, dann glauben Leute, meine Arbeit sei wohl nicht gut. Weshalb man dann wiederum nicht bereit ist, mir dafür Geld zu geben. Wir drehen uns im Kreis. Der Uroboros des Kapitalismus.

Und noch etwas, das wir zusätzlich in den letzten Jahren lernen mussten: Wir und unsere Arbeit sind nicht systemrelevant. Kunst und Kultur, das ist das, worauf man verzichten kann, wenn es hart auf hart kommt. Das ist Luxus. Arbeit, die man freiwillig macht, scheint gesellschaftlich weniger wert zu sein, weshalb man weniger bereit ist, dafür zu zahlen. Weil wenn ich es freiwillig mache, dann muss ich das ja genug mögen, um es unbezahlt zu tun. Dann ist es wohl ein Hobby. Und Arbeit, für die man nicht bezahlt wird, kommt den Leuten nicht wie Arbeit vor. Manchmal kommt es mir selbst nicht wie Arbeit vor. Und darum habe ich keine Arbeitszeiten. Ich kann bis heute nicht sagen, wie viele Stunden pro Woche ich damit verbringe, einen Kulturverein am Laufen zu halten. Weil ich die Zeit nie gemessen habe. Weil ich es lieber nicht so genau wissen will. Diese Hobby-Logik ist natürlich leicht zu dekonstruieren, denn in den wenigsten Haushalten wird jemand fürs Geschirrspülen oder Aufräumen bezahlt. Trotzdem wissen hoffentlich alle, dass die Person, die das tut, es nicht tut, weil sie so viel Freude daran hat, sondern weil es noch unerträglicher wäre, wenn es nicht getan würde. Kulturarbeit ist eigentlich das Geschirrspülen unserer Gesellschaft.

Leute sind verwundert, wenn ich ihnen sage, dass dieser Kulturverein, sehr, sehr viel unbezahlte Arbeit ist. Und sie sagen: »Hä, na klar, weil das ist ja auch ein Hobby!« Und gleichzeitig möchten sie, dass ich jederzeit auf ihre E-Mails antworte, ihre Ticketingprobleme löse, für sämtliche Vereinsmitglieder und Locations über ihr Verhalten Rechenschaft ablege, sie über unser Programm informiere und dabei natürlich stets zuvorkommend und höflich bin. Denn dafür haben die Leute ja Geld bezahlt, da kann man auch einen entsprechenden Kund*innenservice erwarten. Ich habe Eintritt verlangt, um den Künstler*innen ihre Arbeit bezahlen zu können. Ich kann nicht so viel Eintritt verlangen, dass ich auch alle anderen Leute, die dabei helfen, fair bezahlen und versichern kann, weil sich dann keiner mehr ein Ticket leisten kann/will. Ich will keine Abstriche bei den Künstler*innen machen. Ich mache die Abstriche bei mir. Mache die Abstriche bei den Personen, die den Verein tragen, am Laufen halten und weiterbringen. Unbezahlte Kulturarbeit ist immer auch das schlechte Gewissen, dass man von anderen Menschen unbezahlte Arbeit erwartet, damit Dinge weitergehen.

Dann sitzt man kopfschüttelnd da, weil man hat das doch durchgerechnet. Man hat doch kalkuliert, man hat doch festgestellt, dass die Veranstaltungen sich jetzt finanziell selbst tragen, man hat doch Förderungen beantragt und am Ende steigt theoretisch das ganze bei Null aus. Aber leider ohne die Personen, die die Veranstaltungen planen, betreuen und abschließen, auch bezahlen zu können. Das macht einen traurig und das fühlt sich auch dann nicht mehr wie ein Hobby an.

Niemand wird dich fürs Förderanträge Schreiben bezahlen. Du musst rausfinden, wie das funktioniert. Warum, wann und wie man um Förderungen ansucht. Wie viel man da bekommen kann. Du musst das schreiben, prüfen, abschicken, im Blick behalten, nicht vergessen, überall darauf zu achten, dass die Förderstellen auch genannt werden, und einen Abschlussbericht schreiben. Du wirst dafür nicht bezahlt werden, denn: In den Förderungen ist die Bezahlung für das Schreiben von Förderanträgen nicht vorgesehen.

Niemand wird dich für all die E-Mails bezahlen, die du schreiben musstest. Niemand wird dich fürs Händeschütteln der Leute bezahlen, die du kennenlernen musstest. Niemand wird dich für all die Gedanken bezahlen, die sich im Kreis drehen, bis Lösungen da sind.

Und die Leute sagen einem: »Ja, aber das kommt dann später alles zurück.« Na ja, es kommt der Punkt, wo man sich vielleicht nicht ganz so viel Sorgen darum machen muss, ob sein Verein auch im nächsten Jahr noch existiert. Aber du wirst nicht reich von Kulturarbeit. Du bist kein*e Ausnahme-Künstler*in, der*die entdeckt wird und für Millionen Euro Bilder oder Bücher verkaufen kann. Du bist auch nicht Marina Abramovic. Du bist die Kulturveranstalterin. Du bist die Person, die diesen Künstler*innen eine Bühne bietet.

Manchmal schüttelt man ungläubig den Kopf, wenn man kurz innehält, sich umschaut und feststellt, dass man einen Großteil seiner Zeit damit verbringt, E-Mails mit großen Veranstaltungshäusern hin und her zu schicken, Verträge zu unterschreiben, Kooperationen auszuhandeln, Personen zu koordinieren und ein Team zu leiten, ohne dafür bezahlt zu werden, weil man eigentlich einfach nur irgendwann mal gedacht hat: »Hey, ich mag Poetry Slam und ich würde gerne eine coole Bühne bieten, wo Leute mal ihre Texte so vorlesen können.«

Und an manchen Tagen, ist das einzige, was ich aus meiner ganzen Arbeit mit nach Hause nehmen werde, ein Gefühl. Dieses Gefühl ist Stolz.

Stolz darauf, dass wir da eine Veranstaltung geschaffen haben, die Leute berührt hat. Stolz auf die Menschen, mit denen man zusammenarbeitet, die so viel lernen und so viel Verantwortung übernehmen und so viel Herzblut reinstecken. Und letztendlich Stolz auf mich selbst, für alles, was ich gelernt habe, alles, was ich bewältigt habe, und darauf, dass es heute Menschen gibt, denen ich mit allem, was ich da tue, ein Vorbild bin. Ich bin müde, ich bin wütend, ich bin frustriert, ich bin überarbeitet, ich bin selbstständig, ich bin erfahren, ich bin informiert, ich bin zuständig, ich bin besonnen, ich bin mit ganzem Herzen dabei – ich bin Kulturveranstalterin und ich bin stolz. Ich hab zwar keine Yacht, aber eine Badeente. Ein Werbegeschenk von unserem Hotelpartner. Sie heißt Marion.

Willst du Kunst? Dann gib Gage!
Elif Duygu

Du sagst, du hast gehört, ich mache Poetry Slam. Ja, richtig. Du sagst, du möchtest mich gerne buchen. Du hast gehört, ich scheine auf der Bühne vor lauter Freude auch ohne Scheinwerfer, und ich denke, ich soll dir einfach die Mühe ersparen, einen anderen coolen Act zu suchen.

Du sagst, es wird ein langer Tag mit langweiligen Vorträgen und dass es bestimmt ein*e jede*r mag, wenn zwischendurch ein junger Mensch auf die Bühne geht und sie unterhält. Nur ist es so … Du weißt nicht so genau, wie du es sagen sollst, aber für meine künstlerische Leistung, für die hast du kein Geld, denn ihr seid knapp bei Kassa, und dass ihr mir nichts als Gegenleistung anbieten könnt, ja, das bringt euch so nah ans Wasser.

Ja fix, ihr seid weder eine kleine, gemeinnützige Organisation noch ist das ein Benefiz-Event, NEIN, ihr seid eh nur eine mega bekannte Firma, die eine ur aufwendige Konferenz organisiert … Ja, ihr habt fix kein Geld, denk ich mir.

Dann sagst du wiederum: Aber Elif, hey! Hey! Es werden viele Leute da sein und es wird voll nett! Und wenn das Video von der Performance mal online ist, dann sieht das die ganze Welt. Aber jetzt bitte nicht länger als die üblichen fünf Minuten, denn ihr habt einen dichten Zeitplan und wenn das so lang dauert, dann verliert das auch wieder seinen Charme, aber ihr braucht ja irgendwen, der oder die charmant ist, ihr braucht irgendwen, der oder die euch unterhält, aber für meine künstlerische Leistung, für die habt ihr kein Geld. Und dann denk ich mir wiederum: Warum sind alle so scharf auf Kunst, aber nicht bereit, dafür zu zahlen?

Kunstschaffende werden von YouTube-Klicks genauso wenig satt wie Ärzt*innen, Krankenpfleger*innen, Supermarktmitarbeiter*innen und Reinigungskräfte vom Applaus. Jeder Mensch verdient für seine erbrachte Arbeit eine faire Gegenleistung. Ich sag ja auch nicht zu meiner Friseurin, nachdem sie mir die Haare geschnitten hat: »Ma, hast du das heut wieder super gemacht, sieht voll toll aus! Ich fühl mich wie neugeboren! Wirklich, wirklich, wirklich tolle Arbeit … Hier sind zwei Getränke-Gutscheine.« Nein, ich bezahle den Betrag, den sie mir nennt.

Und jetzt bin ich in dieser unangenehmen Situation, wo ich einerseits eine Gage verlangen will und andererseits Angst habe, dass ich wieder ausgeladen werde, denn vor allem unter uns recht jungen Künstlerinnen und Künstlern, die noch ganz am Anfang stehen, findet ihr bestimmt irgendwen, der oder die bei euch umsonst auftritt, denk ich mir. Und ich will ja auch bei euch auftreten, aber ich will auch eine angemessene Gegenleistung und ich will nicht als geldgierige Bitch abgestempelt werden, weil das bin ich nicht. Ich hätte einfach nur gern das, was mir zusteht. Also frag ich mich, ob ich's riskieren soll, in der nächsten Nachricht das Thema Geld anzusprechen. Und letztendlich schreib ich dir vorsichtig, dass ich bei solchen Events eigentlich nur mit einer gewissen Gage auftrete und frage nach, ob nicht doch noch etwas im Budget drinnen ist, und ein Tag vergeht, zwei Tage vergehen, drei verdammte Tage vergehen und es kommt, im Gegensatz zu deinen sonst recht raschen Antworten, einfach nix zurück.

Na toll, denk ich mir, ich wusste, dass das jetzt kommt. Für ganze 30 Sekunden bereue ich meine letzte Nachricht von vor drei Tagen wieder ein wenig und bin traurig darüber, aber dann überkommt mich doch ein Gefühl der Freude, weil ich merke, dass ich in dieser Situation genau gewusst habe, was ich will, und dazu gestanden bin.

Wisst ihr, seit letztem Jahr wird mir immer klarer und klarer, dass Leute zu unterhalten in der Zukunft nicht nur ein Hobby von mir sein soll, sondern dass ich mal von der Kunst leben will. Wie Sharpay und Ryan aus »High School Musical«: »I want it all«. Also ist es okay, keine Rückmeldung mehr zu bekommen, das wird nicht die letzte Anfrage sein, die ich bekommen werde, es macht mir nichts aus:

Denn weißt du?
Mein Name ist Elif Duygu.
Untertags bin ich Studentin
und am Abend ne Poetin.
Ich schreibe liebevolle Texte,
in denen ich mit vielen Reimen flexe.
Sie stecken voller Schweiß und Tränen –
is viel Arbeit, muss ich erwähnen –
und willst du auf der Bühne mich,
meine Kolleginnen oder Kollegen,
solltest du ein bisschen in die Tasche greifen
und uns eine Gage dafür geben.
Egal, ob alt oder jung,
ey, kommt, verkauft uns nicht für dumm!
YouTube-Klicks sind mir zwar nicht ganz egal,
aber von denen kann ich keine Miete zahlen.
Also sei so nett,
schreib bei der nächsten Anfrage, wann und wo
und wie viel Geld.

CUT: Es vergeht noch ein weiterer Tag seit meiner letzten Nachricht und plötzlich klingelt mein Handy, denn du schreibst mir wieder. Du schreibst mir wieder! Du sagst, dass doch noch bisschen was im Budget drinnen ist und ihr mich für meinen Auftritt bezahlen könnt. Du sagst, ihr freut euch schon auf mich, und wünschst mir einen schönen Tag. Ich freu mich darüber, dass ich mich getraut und nochmal nachgefragt hab.

Work-Life-Balance
Sarah Anna Fernbach

Das Wort »Work-Life-Balance« ist ein ziemlich bescheuertes Wort, wenn man länger darüber nachdenkt, denn es ist ja so: Die meisten Menschen arbeiten an fünf Tagen pro Woche und an zwei Tagen haben sie frei. Wenn man jetzt aber wirklich ein Gleichgewicht von Arbeit und Entspannung herstellen will, merkt man schnell, dass sich hier etwas nicht ausgeht, denn es würde bedeuten, dass man doppelt so zeiteffizient entspannen müsste wie arbeiten. Da kommt man selbst beim Entspannen ins Schwitzen, zum Beispiel in der finnischen Sauna einer diesem systemimmanenten Struggle der arbeitenden Mittel- und Oberschicht ein Ende bereitenden, beinahe etwas wie Erholungserfolgsdruck erzeugenden Entschleunigungstempel.

Sie schwärmen krankhaft zur Thermenlandschaft,
deren wärmende Kraft ihnen Stärke verschafft,
sie verehren das krass und begehren das Nass
in generiertem Spaß, denn sie verdienen das.
»Da spießt was im Gepäck«, unter mir verborgen lag
nur widerlicher Dreck, den jemand ungeniert verloren hat,
»sieh, was in dir steckt«, les ich,
munter zieh ich torkelnd ab.

Das Schließfach ist defekt,
's geht nicht, und es ist Senior*innentag.
Sie liegen reserviert auf reservierten Liegen,
man kriegt 'n Reh serviert, gähnend wird geschwiegen.
Hinter Milchglas Seichtes lesend taumeln,
ich lass meine Seele baumeln.

Auf dem hochenergetischen Klangteppich harmonischer Panflötensymphonien reguliere ich meine Bauchatmung proaktiv. In schlichten Erdtönen gehaltene Lebensweisheiten zieren Zirbenholzwände und ich stelle das Zimtstangenlimonendampfbadgetränk neben die Teebeutelaustropfklangschale.

Und so verharre ich in dem mich temporär vor der mich selbst an meine eigene To-do-List tackernden Büroklammer schützenden Kokon aus Polyesterbademantel. Denn morgen ist wieder Montag und dann muss ich wieder hundertachtundvierzigtausendsiebenhundertdreizehn Mails checken und wer privat von mir was braucht, soll liebend und gern mein Gesäß lecken, denn ich werd sachkundig hier faul und viele Stunden vorm PC nappen. Zwischendurch brainstorme ich im Flexibility-Meetingroom, um die Key-Objectives fürs nächste Quartal zu setten. Kreativität bedeutet hier nichts als ein Blatt Flipchart-Papier und eine Handvoll bunter Stifte. Ich seziere mir die Innovation aus dem Frontallappen, ich kotz mir gleich das Entrepreneurship in den Schoß, so viel Commitment bin ich bereit zu sacrificen, dass ich sogar Date-Anfragen blind nur wegswipe, schick als Hint den Link zur Website, denn eines ist zu guter Letzt klar: Ich bin Ms. Unersetzbar.

Du fragst, ob ich Kinder hab? Ich sag folglich: »In der Tat. Sind verschollen im Internat. Ich hab an All-In-Vertrag.« Und da wird die Work-Life-Balance zum Drahtseilakt, weil ich mich niemals ausruh auf meinen Preiselbeeren. Und wenn ich trotzdem mal verlier? Ja, dann verlier ich halt. Darüber kein Wort!! Ich wein tierisch, wenn ich gänzlich versagt habe, weil mein Spirit Animal ist ein Angsthase.

Ich hab Angst, nicht dazuzugehören,
ich hab Angst, mit Tattoo zu empören,
ich hab Angst, im Anzug zu verstören,
ich hab Angst, tief nachts 'nen Bluthund zu hören.
Ich hab Angst, mal was Falsches zu fragen,
ich hab Angst, zu 'nem Adler mal Falke zu sagen,
ich hab Angst, meinen Partner im Alter zu plagen,
ich hab Angst, es vorm Altar mit Malte zu wagen,
ich hab Angst, meinen Vater auf 'ne Karre zu klagen,
ich hab Angst, mein Erspartes in bar rumzutragen.
Ich hab Angst, beim Pilates mit Scham zu versagen.
Ich hab Angst, eines Tages mir klagend zu sagen:
Du bist abgesackt, bezeichnest dich als verbraucht,
mit abgefucktem Kleinkram – Lilienstrauch –
im nicht abbezahlten Einfamilienhaus.
Schon das zehnte Los ne Niete,
doch du hoffst schon aufs Elfte,
du sagt Haus, doch es ist nur eine Doppelhaushälfte.
So viele Stunden hast du Aktenkram geweiht,
doch da ist Plaque am Zahn der Zeit.
Weil du dir Schweinsragout in' Leib rammst,
den Freitag rufst im Schreikrampf,
in deiner Uhr rinnt Treibsand.

Weil du bei all den goal achievements
dein Ansehen »wohl verdient« nennst,
bist du beleidigt, doch gestehst beizeiten,
dass 'ne Medaille stets zwei Seiten hat.
Das Ziel lockt, bis das Bewusstsein entsteht,
dass Sieg oft mit 'nem Verlust einhergeht.

Gewinnst du stolz den Lorbeerkranz,
isst träumend blaue Trauben,
verlierst du, als du torkelnd tanzt,
zig Freunde aus den Augen.

Wenn sie mit Schulungen für Härtetests
und Fleiß werben,
verspür ich Unmut, blind vor Neid,
will ärgstens reich werden,
doch ich werd blutjung, gut ernährt
und schwer entgleist sterben,
mich dann verfluchend will ich
meine Weste weiß färben.
Ich wär lieber putzmunter hier
als zwischen zwei Särgen,
doch stürz mit Mut ins Verderben,
ja, ich zeig Härten, weil, ja, ich
schluck für den ersten Preis Scherben,
doch ich hab Schmuck zu vererben:
Schweißperlen.
Und wenn dann eines Tages von
leer gefegten Gängen spät nur
sehr gedämpft Gelächter weht,
vorm Herzfrequenzenmessgerät
schwer gekränkt 'ne Schwester steht,
Ärzte seltsam weggetreten
ferngelenkt den Stecker zogen,
bis wie ein lieb tanzend Karussell,
erst langsam und dann schnell,
ein herztonaufzeichnender Faden merkt:
's hat aufgehört, zu schlagen.
Es ist dies pfeilgerade Fädlein
die einzig wahre
Deadline.

Kapitel 2: Ankunft & Abschied

Über das Betreten und Verlassen, das Beginnen und Beenden, leisen Jubel und lautes Schweigen.

Mit einem Beitrag von
Yannick Steinkellner

Mit Texten von
Laura Hybner
Omar Khir Alanam
Fabian Navarro
Ivica Mijajlovic

2.1 Was sich verändert
Yannick Steinkellner

Ein ganzes Leben für Liebe und Applaus.
Ein ganzes Leben für Fahrtkosten und Bier.

So lauten zwei zentrale Zeilen der Hymne des österreichischen Poetry-Slam-Fußballteams, die durchaus mit einem Augenzwinkern zu verstehen ist. Bis zu einem gewissen Grad trifft sie dennoch bis heute das Gefühl jener Menschen, die in diese Szene eintauchen, bei Slams erstmals auftauchen und auf Bühnen erste Erfahrungen sammeln. Will man aber dranbleiben, nicht nur tauchen, sondern auch schwimmen und sich stetig verbessern, dann stößt man mit Liebe, Applaus, Fahrtkosten und Bier sehr schnell an Existenzgrenzen.

Für mich war die Existenzgrenze anfangs die tatsächliche Bundesgrenze zwischen Österreich und Deutschland. Denn als ich 2013 mit Poetry Slam begann, waren faire Gagen in Österreich eine Ausnahme. Der wirtschaftliche Aspekt war für das Gros der Szene notgedrungen hintangestellt. Poetry Slam war ein geteiltes Hobby, eine Leidenschaft, ein Freundeskreis, aber keine Einkommensquelle. Fahrtkosten waren meist drinnen, aber nicht überall garantiert, Hauptsache die Freigetränke kamen rein, die Schlafplätze waren organisiert und man kam ohne ein großes Minus wieder nach Hause.

Wollte man sich als österreichisches Szenemitglied zu Beginn der Zehnerjahre ein bisschen etwas dazuverdienen, organisierte man sich eine mehrtägige Auftrittstour in Deutschland. Der Poetry-Slam-Hype zeichnete sich zwar 2013 bereits ab, denn immer mehr Videos von Auftritten wurden auf YouTube geteilt, im Freundeskreis sprach sich rum, dass das Format ganz unterhaltsam sei, doch als 2014 das oft erwähnte Video von Julia Engelmann viral ging, rannte ein junges, hungriges Publikum von Flensburg über Bern bis Graz einer ganzen subkulturellen Szene die Türen ein. Eine Professionalisierung, die in Österreich bis dahin nicht zur Debatte stand, wurde erzwungen – egal, wie viel Überforderung das für die Veranstaltenden mit sich brachte.

Wir improvisierten. Wir gründeten Vereine. Wir schufen wacklige Strukturen auf kleinen Fundamenten, die bis dahin ausgereicht hatten. Für einzelne Veranstaltungen mochte das bis heute gereicht haben, doch am Ende wurde vor allem Geld verteilt und Erfolg abgeschöpft. Die goldenen Slam-Jahre zwischen 2014 und 2017 ermöglichten vielen jungen Menschen – auch mir – den Sprung in die professionelle Selbstständigkeit. Doch die fehlende Erfahrung in der Kulturarbeit zeigte auch Schwächen in der strukturellen Organisation auf. Learning by doing war angesagt. Ein Poetry Slam organisiert sich noch recht einfach, aber wie organisiert sich eine ganze Szene? Und wie tut sie das so nachhaltig, dass auch über einen Hype hinaus alles weiterlaufen kann?

Wann immer in Österreich Slams mit deutschen Gästen stattfanden, versuchte ich, dabei zu sein. Die (manchmal distanzierte) Professionalität, die erfahrene Poet*innen an den Tag legten, war ungewohnt und imponierte mir. Die geschliffene Qualität der Anmoderationen fand ich bemerkenswert, die eingeübten Performances beeindruckten mich und die Selbstverständlichkeit, mit der die Deutschen auf der Bühne agierten, machte mich neidisch.

Ich wollte dieselben Reisekosten gezahlt, ähnliche Erwartungen an Hotels erfüllt bekommen und ich wollte höhere Gagen verdienen. Doch nicht nur das: Ich wollte auch selbst so veranstalten, dass dieser Level an erwarteter Professionalität bereitgestellt werden konnte.

Der Hype lief weiter und ermöglichte es uns, neue Geldtöpfe anzuzapfen. Ehemals verschlossene Türen lokaler Kulturstadträt*innen und Fördergeber*innen waren endlich einen Spalt breit offen und wir waren gewillt, unseren Fuß in die Tür zu bekommen, um sie aufzustoßen. Endlich wussten die Politiker*innen, was wir machen. Dieses Interesse galt es zu nutzen. Mein Ziel war in greifbare Nähe gerückt: vom Poetry Slam zu leben.

Doch um 2016 bemerkte ich, dass die Szene in Österreich noch an ihre Grenzen stieß. Nicht alles ging uns leicht von der Hand. Weder gab es ausreichend professionell aufgezogene Bühnen, noch war die Anzahl der Menschen, die sich Vollzeit dem Poetry Slam verschrieben hatten, an mehr als zwei Händen abzählbar. Auf Tour im Ausland schien alles besser zu laufen als zuhause: Die heimischen Bühnen waren Monat für Monat schnell abgegrast, die Szene zwar kreativ, vielseitig, aber leider auch überschaubar. In Deutschland, da spielte die Musik.

In einem gemachten Nest zu bleiben, erschien mir mit 23 in meiner Situation zu einfach, zu langweilig, zu ambitionslos, zu früh. Ein zufriedener Fisch in einem kleinen Teich kann man auch später noch werden, dachte ich mir, also nahm ich Risiko und wechselte ins Ruhrgebiet, der Antithese zu Graz.

Nichts war mehr beschaulich, kaum etwas gemütlich, erst recht nicht malerisch und kein Schwein interessierte sich für mich. Rau, austauschbar und rustikal waren die Städte und genauso wirkten die Leute auf den ersten Blick. Ihre Texte waren perfekt zugeschustert auf das Publikum. Im Backstage hatte alles seine Ordnung. Die Infomails waren gut strukturiert und fein säuberlich zusammengebastelt. Wie perfekt geölte Laufwerke wirkten die Slam-Veranstaltungen in fast allen deutschen Regionen. Deutschland, so schien es mir, konnte aus allem eine Maschine machen und hatte das auch mit Poetry Slams geschafft. Wieso konnte ich nicht auch einfach ein Zahnrad werden?

Ich lernte. Ich lernte so viele Dinge. Über den Kulturbereich. Über das Schreiben. Über das Veranstalten. Über mich selbst. Ich lernte, mich zu orientieren, mich einzuordnen. Doch so recht fand ich meinen Platz anfangs nicht. Ich lernte Menschen kennen. Ich lernte die Bundesrepublik kennen. Ich lernte die Deutsche Bahn kennen, zu antizipieren, zu akzeptieren. Ich resignierte nicht und das machte sich bezahlt. Denn als ich kurz davor war, zu verzweifeln, und schon damit abgeschlossen hatte, jemals anzukommen, bemerkte ich die vielen Stärken, die Poetry-Slam-Österreich hatte und was ich mir davon dringend bewahren wollte. Zwischen Überlegungen zu Kreativität und Originalität, realisierte ich, dass Österreich selten etwas zu einer Maschine machte und dass das nicht unbedingt eine Schwäche war. »Passt scho, schauma mal.«

Ich lernte, wo es in Österreich organisatorisch hakte, aber auch, was ich schmerzlich an Österreich vermisste, was ich in Deutschland einbringen konnte und was es vielleicht sogar dringend brauchte. Ich machte das, was wohl das Österreichischste war, was ich in dieser Situation tun konnte: Ich bereitete mir eine köstliche Melange, die nur dank der vielen unterschiedlichen Einflüsse so gut werden konnte.

Doch während ich der Heimat den Rücken zugekehrt hatte und nach 2016 vorrangig aus der Ferne nach Österreich blickte und mich mit mir selbst beschäftigte, hatte die heimische Szene angefangen, eigene, österreichische Slam-Laufwerke zu basteln.

Ich sah, wie Wien Tempo aufnahm und anfing, die veranstalterische Lücke zwischen Deutschland, der Schweiz und Österreich auf professionelle, ambitionierte Art und Weise zu schließen. Linz drehte richtig auf und breitete sich mit einem eingespielten Kollektiv aus. Graz profitierte von rasch gegründeter Vereinsstruktur, von für die Region typisch selbstbewussten Ansagen, und erschloss so neue Locations und Publika. Auch in Klagenfurt, der alten Slam-Hochburg Innsbruck und in Vorarlberg passierte viel. Österreichische

Meisterschaften wuchsen und wurden professioneller. Der Stillstand und die Trägheit schienen plötzlich österreichische Stereotype der Vergangenheit. Alles war im Fluss, nix war mehr »passt scho« und schon goa nix »schauma mal«.

Die vom Hype erzwungene Professionalisierung einer ganzen deutschsprachigen Szene hatte nun auch im behäbigen Österreich eine Veränderung bewirkt. Junge Leute, die mit mir angefangen hatten, älter und erfahrener wurden, bringen sich heute ein. Eine ganze Riege Menschen in Österreich lernte, dass eine Szene nur wachsen kann, wenn man nicht bloß nimmt, sondern auch zurückgibt. Am besten im Kollektiv. Diese Szene wurde immer größer und wuchs trotzdem immer enger zusammen. Und Wien holte endlich die deutschsprachige Meisterschaft nach Österreich – es war der Höhepunkt einer langen Professionalisierungsreise, die dem ganzen deutschen Sprachraum signalisierte: Wir sind jetzt da! Wir sind jetzt so weit! Wir nehmen nicht nur, wir geben auch zurück!

Auch wenn ich ein paar dieser Schritte nicht mitgehen konnte: Auszuwandern, war ein wichtiger Schritt für meine persönliche Entwicklung. Österreich war für mich in vielerlei Hinsicht eine Bremse, die ich erst durch die geografische Distanz gelöst bekam. Es war ungemein wichtig, an einem Ort zu leben, wo man nicht nach kurzer Zeit bereits alle Leute kennt. Wo man es sich nicht gemütlich einrichten kann. Wo man durch Professionalität und Ambition besticht und nicht durch Bekanntschaft und Anpassung. Viele dieser Tugenden wären in Österreich nur schwer zu lernen gewesen, gerade in kleineren Städten wie Graz. Die Vorteile aus dieser innigen, persönlichen Kontaktpflege aus der Heimat helfen mir heute aber auch in Deutschland. Umgekehrt bringen mir die Erfahrungen aus dem Ruhrgebiet sehr viel, wenn ich heute in der Steiermark arbeite. Probiert es aus – es fühlt sich gut an.

Von meinen zehn Jahren im Poetry Slam verbringe ich bald sieben Jahre in Deutschland. Ein Jahrzehnt im Ruhrgebiet dürfte es wohl werden. Hätte ich das meinem 20-jährigen Ich erzählt, es hätte mich geohrfeigt, o'gwatscht. Mein 20-jähriges Ich war aber auch ein ziemlich österreichisches Klischee eines Möchtegerns. Heute, zehn Jahre später, bin ich froh, dass ich mich getraut habe, alles auf eine Karte zu setzen und in eine Region zu ziehen, die von außen oft belächelt und von unreflektierten Menschen herablassend bewertet wird.

Dabei lernt man hier wirklich gut: Je reicher die Bandbreite an Erfahrungen, desto besser die eigene persönliche Entwicklung – das glaube ich heute wirklich aus voller Überzeugung. Niemand hat mit 20 ausgelernt. Und mit 30 auch noch nicht. Ein paar Erfahrungen werde ich in Deutschland noch machen und neben den Freundschaften werde ich auch viele Erfahrungen, Rückschläge, Errungenschaften und Orte im Herzen mit mir tragen. Die Zeichen deuten seit Kurzem darauf hin, dass die Reise dann zurück nach Österreich geht – vermutlich nach Wien.

Als ich Österreich verließ, dachte ich, dass eine Rückkehr nur in Verbindung mit einem Jobwechsel möglich wäre. Heute weiß ich, dass es möglich ist, als etablierte Slam-Person auch in Österreich ausreichend Geld zu verdienen. Das verdanke ich einer österreichischen Szene, die sich breiter und diverser aufgestellt hat, als ich es bei meiner Abreise für möglich gehalten hätte. Darauf sollte diese Szene stolz sein, denn das haben wir gemeinsam geschaffen. Das hat sich verändert. Das haben wir verändert. Und das hat mich verändert.

Kinderzimmer
Laura Hybner

Die Berge glitzern durch das Zugfenster im Inn, während der Zug über die Brücke donnert

Nächster Halt Innsbruck Hauptbahnhof / Next Stop Innsbruck Main Station

Und wieder bin ich hier,
hier an diesem Bahnhof,
hier bei dir

7 Quadratkilometermeter zählt deine Welt, dein Leben, dein Wilten[1], und ich war einmal ein Teil davon

So viele Fragmente, vom meisten bloß geträumt, durch den Regen gelaufen, mehr als einmal nass geworden, neue Freund*innen und gelernt, dass manche doch keine wahren sind, das Kinderzimmer hinter mir gelassen

7 Quadratkilometer, die mir zu wenig waren und alles, was du gebraucht hast, deine Welt, deine Grenzen

Die Matratze auf dem Boden in deinem Kinderzimmer, das Bier und mein pinker Nagellack, wenn ich mal wieder auf der Durchreise bin und dir eigentlich gerne schreiben würde, aber ich weiß, ich könnt es nicht ertragen, nach einer Woche

....
1   Wilten ist ein Stadtteil in Innsbruck.

Bücherkisten schleppen auf der Arbeit, zwischen verpassten Zügen und solchen, die nie abfuhren, was wäre, wenn gestern nicht passiert wäre, wenn wir heute noch wären, als wäre vieles nicht passiert und vieles noch immer nicht gesagt

aber da sind jetzt 300 Kilometer,
eine Grenze und zwei Mal Umsteigen
ich ziehe in meine ersten eigenen vier Wände,
habe Koffer gepackt und wieder ausgepackt,
geweint und gelacht, ein neues Zuhause gefunden
300 Kilometer und dazwischen eine Grenze
so viel Neues, das ich lernen muss
ich sage »ja fix« und weiß eigentlich nicht,
wann ich wiederkomme

Wir gehen auf einen letzten Drink in Wilten, mein Cocktail heißt last word, dabei hätten wir uns doch noch so viel zu sagen, aber mein Zug fährt – bald ist es spät und die Nacht bringt mich nach Hause

Himmelhochjauchzend, ich tätowiere mir die Berge, frage mich, ob ich es irgendwann vermisse zwischen den Bergspitzen eingeengt zu sein, ein Zelt auf einem Berg, ein Apartment in der Großstadt, zuhause bin ich immer da, wo ich gerade bin, bunt und laut und schön, wenn ich verloren gehe, mich verloren fühle, steige ich einfach in den nächsten Nachtzug ein, werfe eine Münze, wohin es als Nächstes geht, jeden Tag neue Koordinaten programmieren, Roadtrippoesie

Wir gehen essen, in deinem Wilten, ich bestelle den Chaosburger, lächle und denke leise, dass das ganz gut passt, gut passt zum Chaos in meinem Leben, zwischen Ikea-Möbel-Zuhause finden und Studentin »im Ausland« werden, ich komme gerade von meinem Roadtrip durch Spanien zurück, braungebrannt und gut gelaunt, doch da ist mehr,

mehr in meinen Augen und zum ersten Mal greifst du die Sehnsucht darin, ich erzähle von Sommerplänen, dem Ausland und dem Van, den ich ausbauen will, und alles, was du willst, ist ein Sommer, hier mit mir

Draußen warten 7 Quadratkilometer Wilten auf dich, deine Welt, ich verstehe nicht, was du hier so liebst, aber hier sind wir aufgewachsen, hier sind wir zur Schule gegangen, haben gelacht und geweint und gelebt, hier kennst du jeden Winkel, jeden Kanaldeckel und das reicht dir völlig zum Leben

aber da sind jetzt 300 Kilometer,
eine Grenze und zwei Mal Umsteigen
ich ziehe in meine ersten eigenen vier Wände,
habe Koffer gepackt und wieder ausgepackt,
geweint und gelacht, ein neues Zuhause gefunden
300 Kilometer und dazwischen eine Grenze
so viel Neues, das ich lernen muss
ich sage »ja fix« und weiß eigentlich nicht,
wann ich wiederkomme

Und wäre mein Herz nicht auf deinem Kinderzimmerboden zersprungen und hätten wir uns nicht im Regen geküsst

Noch immer hasse ich diesen Bahnhof, weil ich jedes Mal hier strande, auch wenn der Zug durchfährt und weil die Pommes beim Imbiss gegenüber jedes zweite Mal versalzen sind, seit dir habe ich das Nichtstun verlernt
Während ich Bücherkisten geschleppt habe, haben wir auch den Sommer danach überlebt, mit ein wenig Melancholie, zwei Sommer danach und erste Erinnerungen, später hast du endlich wieder Boden unter den Füßen

Nächster Halt Innsbruck Hauptbahnhof / Next Stop Innsbruck Main Station
Und wieder bin ich hier

Woher kommst du?
Omar Khir Alanam

Rund um die Geburt unseres Sohnes habe ich unwahrscheinlich viel gelernt. Vor allem, dass Frauen sooooo hart im Nehmen sind. Und dass der echte arabische Mann dort aufhört, wo er eine Frau in den Kreißsaal begleitet. Weil er erfährt, was sie alles aushalten kann. Und weil er sich spätestens da (ganz heimlich und ohne jemals mit seinen arabischen Freunden ein Wort darüber zu verlieren) diese Frage stellt:

Wie würde es mir ergehen?

Ich habe es in ihrem Gesicht gelesen, und das zu erkennen, war bestimmt keine große Leistung von mir: Alenas Schmerzen müssen enorm gewesen sein.

»Ich habe dich vorgewarnt«, sagt Alena.

Ja, das hat sie. Ihr Vorbereitungskurs auf die Geburt, den sie für mich ganz privat abgehalten hat, hat so gelautet:

»Omar, egal, was passiert. Du verlässt den Kreißsaal nicht. Hast du verstanden? Ganz egal, was passiert!«

»Was meinst du, Alena?«, habe ich gefragt.
»Auch wenn ich dich beschimpfe. Auch wenn ich dich schlage. Es ist nichts Persönliches. Es ändert nichts an unserem Verhältnis. Aber du gehst NICHT hinaus, verstanden?«

Begriffen habe ich das erst, als es so weit war.

Sie hat gesagt: »Setz dich da her. Halte meine Hand. Rühr dich nicht von der Stelle. Und aus.« Bald danach habe ich sie wie in Trance erlebt. Ja, und sie hat mich geschlagen und geschimpft und ich habe mir gedacht: Was kann ich für sie tun?

Also hab ich ihr in dem Moment, als sie (glaube ich jedenfalls) die allergrößten Schmerzen gehabt hat, mit der allerweichsten Stimme, die ich nur habe, ins Ohr geflüstert:

»Alena, wie geht es dir?«

»Haaaaaaaaalt den Muuuuuund!!!«, hat sie geschrien. Augenblicklich habe ich gelernt: Das ist nicht die perfekte Frage, Omar, die du einer Frau mit Geburtsschmerzen stellen kannst.

Und noch etwas kann ich allen arabischen und nicht-arabischen zukünftigen Vätern aus eigener Erfahrung raten: Wenn eine Frau in den Wehen liegt, sie die Augen geschlossen hat und du glaubst, das wäre jetzt der geeignete Moment, um deiner wo auch immer in der Welt auf Nachricht wartenden Mutter mitzuteilen, dass ihr Enkelkind unterwegs ist – macht niemals, was ich getan habe. Sonst kann es geschehen, dass die Frau, die eben noch wie bewusstlos vor dir liegt, plötzlich aus vollen Kräften schreit:

»Tuuu ... daaas ... scheiiiiß ... Haaaandy ... weeeeg!!!!«

Später, als wir schon darüber zu lachen begonnen haben, hat Alena mir endlich verraten, warum sie mich so geschimpft hat. »Weil ich gedacht habe: Das ist so gemein. Ich sterbe hier fast vor Schmerzen. Und er hat nichts Besseres zu tun, als auf seinem Handy zu spielen.«

Und dann habe ich begonnen, zu weinen. Als er da gewesen ist. Unser Sohn. Als mir mehr und mehr bewusst geworden ist, dass ich nicht nur Vater geworden bin. Das allein ist schon bewegend genug. Nein. Ich bin es in der Fremde geworden. Hier, in Österreich. Als Flüchtling. Wie das Land, das mich so freundlich aufgenommen hat, auch.

Und ich sage still bei mir:
Woher kommst du?

Das ist die Frage, die ich hier so oft zuallererst zu hören bekommen habe. Und nun stelle ich dieselbe Frage meinem Sohn, in Gedanken bloß und unter gänzlich anderen Voraussetzungen.

Woher kommst du, kleiner Mann? Von einem anderen Stern?

Jetzt bin ich es, der auf einmal wie in Trance ist. Alena nicht mehr. Sie ist zurück im Jetzt, wird mit jedem Atemzug ihres Kindes an der Brust stärker und stärker. Ich bin es, der schwebt. Das Wunder Geburt ist an mir vorübergeflogen und ich habe das Wunder kaum fassen und halten können. Alles ist so unbegreiflich. Alena. Ihr Zustand. Ihre Kraft. Dieses kleine Wesen. Wie es plötzlich in die Welt schlüpft und in den Armen seiner Mutter liegt.

Allmählich fange auch ich mich wieder und ohne es zu wollen, denke ich daran: Ja, Omar, du hättest wirklich ein Wettbüro aufmachen sollen. So oft, wie du darauf angesprochen worden bist. In den Wochen und Monaten vor der Geburt. Weil so viele dagegen gewettet hätten. Haben. Also rutscht mir mein erster Satz nach der Geburt einfach so über die Lippen:

»Schau, Alena, er hat meine Haare. Nicht deine.«

Wien
Fabian Navarro

Gesäumt
von Skigebieten und Gipfelkreuzen
in einem Land, wo sich die Leute
über riesige Schnitzel beugen
wo vom alltäglichen Kitzel
politische Stichwahlen zeugen

Hier blühen Edelweiß und Hopfen
man isst Leberkas und Topfen
presst aus Reben edle Tropfen
die die Leber dann verstopfen

Beim Innehalten
hört man Kälber über Felder stampfen
sieht Wälder dort am Berghang dampfen
und am südöstlichsten Ende dieses Landes trifft
man eine Stadt, die einfach »anders« ist

Magische Ortsnamen, wie nur ein Märchen sie birgt
Einfallsreich und melodisch. Zum Beispiel: »Erster Bezirk«
In warme Umarmungen ist man sehr schnell eingehüllt
dank des Zigarettenrauchs der hier aus den Beisln quillt

Hier
wo man schimpft und schmäht und sudert
wo man trinkt und schließlich pudert
Und wenn hier jemand »alter« anstatt »oida« sagt
dann merkt man gleich, dass ein Deutscher naht

Ich packte meinen Koffer
Setzte mich in das Auto
fuhr eintausend Kilometer gen Süden
parkte auf dem Parkplatz
den ich bereits vorher im Internet mit einem virtuellen
Handtuch reserviert hatte
zog nach Wien
und sagte: »Alter! Das ist ja knorke! Voll leiwand!«

Begeistert träumte ich
von Praterstern und Riesenrad
vom Schanigarten; dies Bild war
für mich so klar

Hier an der Donau
wo die Tauben auf den Prunkfassaden sitzen
und am Grund des Wassers blitzen
neben vergessenem Plunder und Splittern von Beibooten
Scherben von Flaschen und angerostete Kleinode

Ich wusste
dass etwas Wunderbares vor mir liegt
wie ein Hundertwassermosaik
Ich sah mich schon Mozartkugeln schmeißend
auf dem Kutschbock des Fiakers stehen
durch Opernhäuser streifen
und das dritte Stückchen Sacher nehmen

Sah mich die Schlagobersflecken
wie bereits die Habsburger schlecken
mich vorm Magistratsamt verstecken
weil: zu bezahlende Raten vergessen

Und in dieser Euphorie
kraxelte ich den Donauturm hinauf
spürte eine Mozartmelodie
und sang als Frohnatur hinaus:

WIEN!
Oh Wien!
Ich wohne jetzt in Wien!
WIEN!
Oh Wien!
Ich wohne jetzt in Wien!

Sieh dir
nur die Fassaden an
bin voller Tatendrang
dass ich kaum warten kann
Oh, meine Freude ist so groß
denn ab heute geht es los

Und sogleich erklang das Echo
aus den Straßen, da rief es:
»Hoit die Pappn, Piefke!«

Und da realisierte ich zum ersten Mal
dass es hier wirklich anders war
Ich merkte
dass Österreich gar nicht so wie Bayern war
dass Wien nicht irgendwo unter München liegt
man spricht hier anders als
zum Beispiel in der Steiermark
ich lag damit wohl gründlich schief

Ich war jetzt ein Ausländer
ich war jetzt ein Neuer
und als dieser Schock überstanden war
bekam ich Paranoia

Was, wenn hier keiner mit mir reden will?
Was, wenn mich alle auslachen?
Was, wenn ich keine Freund*innen find?
Denn als Piefke musst du aufpassen

Ich las in der Krone von Selbsthilfegruppen und von
Schreckensberichten
von »Ich hab ja nichts gegen Deutsche, aber ...« und
etlichen Witzen
Ich mag doch Genauigkeit
und hier regiert Graf Ungefähr von Schaunmermal
Alsbald umfing mich eine Traurigkeit
sah aufs Jammer- und aufs Trauertal

Doch in diesem Moment
erschien neben mir eine Gestalt
und es war:
Kaiser Franz

Der mit einer Hand auf meiner Schulter
welche schwitzig wie eine Käsekrainer war
eine Lebensweisheit sprach:
»Bua, scheiß di net an! Und hör auf, Dialekt
nachzumachen!«

Dann legte er den ganzen Arm um mich, deutete auf die
Stadt, die sich unter uns ausbreitete, und fuhr fort:
　　»Alles, was das Licht berührt, das ist Wien. Das wird nun
deine Stadt sein. Warte nur ab, sie wird auch dich aufnehmen!«

Und ich sagte: »Aber Franz! Was ist mit dem dunklen Fleck dort hinten?«

Franz: »DAS, ist Floridsdorf, da darfst du niemals hingehen!«

Und mit einem letzten warnenden Blick wandte er sich ab und verschwand in der Abenddämmerung

Beruhigt ging ich durch die Bezirke

Die Gebäude strahlten
in den prächtigsten Farben
Sowohl Schönbrunns Mauern
als auch die Lugner-City-Fassade

In andere Städte zu reisen
wird immer seltener denkbar
ich sitze mit neuen Freund*innen
unter dem Heldenplatz-Denkmal

Wir werfen lange Schatten voraus in die Nacht, die nun folgt
die Flasche Grüner Veltliner ist zu einem Achtel noch voll
Aus den Handyboxen tönen Yasmo und Bilderbuch
Ob ich hier wirklich glücklich werd?
Ach, verdammt, das weiß ich nicht
doch gibt mir ein 16er Blech und ich fühl mich kaiserlich
Und ja, ich werde es probieren
mich hier zu integrieren

Ich gelobe feierlich
die Tüte zu meiden
und 's Sackerl zu ehren
Will keine Tomaten verspeisen
nur Paradeiser verzehren

Denn
Wien, du hast mein Herz paniert
bei jedem Schlag, da knuspert es
Und wenn mir das Leben mal Zitronen gibt
dann passt das einfach sehr gut zusammen

Denn ich leb jetzt
in dieser Stadt
und trete hinaus
Hier bin ich
Servus Wien!
Ich hoff, das geht sich noch aus

10. Juli
Ivica Mijajlovic

Content Note: Tod

Du sagst immer: »Eines Tages wirst du einen Text über mich schreiben.«
   Auch sagst du: »Cristiano Ronaldo ist ein gottverdammter Schönling.«
   »Mit Cristiano hast du recht«, habe ich immer gesagt. Doch 170 ist 100 zu viel.

Aber du liebst das Adrenalin, ich das Risiko.
Und dann ist es eben 170. In unseren Venen Alkohol, in unseren Gedanken Endorphine.
»Das Glück ist stets mit den Verrückten und den Dummen«, habe ich immer gesagt.

Szenenwechsel.
Er sitzt da, ist unruhig.
Im Fernsehen läuft das Finale der Europameisterschaft: Frankreich gegen Portugal.
Es ist Sommer, der 10. Juli, und er ist nervös.
Er zittert, aber schiebt es einfach auf den Alkoholexzess gestern Nacht.
Es war ein bisschen viel, alles ein bisschen zu viel.
Doch er zittert und zittert, es hört nicht auf.
Er läuft durch den Raum, aber es hört nicht auf.

Und im Fernsehen sieht er, wie sich Cristiano Ronaldo im Spiel verletzt, dieser gottverdammte Schönling.

Szenenwechsel, drei Wochen zuvor.
Ich wache in meinem Bett auf.
Es klopft an der Tür, meine Mutter.
Sie sagt mir, dass es einen Unfall gab.
Dass es wohl du warst, 170 mit deinem Auto gegen eine Straßenlaterne. Vier Leute im Auto, die anderen drei haben überlebt.
50 Meter vor deinem Haus.
170 sind doch 100 zu viel.

Ich kann es nicht glauben. Du hast drei Brüder, einen Zwillingsbruder.
Vielleicht war es einer von ihnen.
Ich glaube es erst, als dein bester Freund mich anruft. Mir unter Tränen sagt, dass es stimmt.

Und ich? Ich kann es nicht glauben, kann nicht einmal auf deine Beerdigung. 1 000 Kilometer zwischen uns. Und genau genommen noch viel mehr.

Ich erinnere mich, wie du mich mit 16 aus dem Busch trägst, als ich nach dem Pinkeln betrunken umgefallen bin.
Erinnere mich, wie du jedes Jahr verliebt warst, wenn ich dich besuchen kam. Und jedes Mal war es wegen jemand anderem. Ich habe dich immer dafür bewundert, denn du hast wirklich daran geglaubt.

Erinnere mich, wie ich dich das letzte Mal sah. Ich war mit meiner Ex-Freundin da, Pärchen-Urlaub, keine Zeit für Freunde.
Doch am letzten Abend, als sie schon schlief, kamt ihr drei noch auf ein Bier vorbei. Betrunken und bekifft über das Leben geredet. Und du warst wieder verliebt.

Erinnere mich, wie ich an deinem Grab stehe. Du liegst direkt neben meinem Onkel, meinem Lieblingsmenschen.

Das Schicksal ist eine Bitch und sie ist verdammt ironisch.
Ich zünde euch beiden eine Kerze an.
 Ihr würdet mich auslachen. Der alte Agnostiker zündet für euch eine Kerze an.
 Doch 170 ist immer noch 100 zu viel.

Szenenwechsel.
 Cristiano verletzt, dieser gottverdammte Schönling. Doch dieses Zittern ist nicht normal, sowas hatte ich noch nie. Und die Hände zittern mehr und mehr, ich laufe den Raum auf und ab. Schaue in den Spiegel, merke, dass etwas nicht stimmt.
 Ich versuche, zu sprechen, aber kann nicht mehr sprechen.

Die Todesfälle, drei in den letzten fünf Wochen, es war alles ein bisschen zu viel.
 Gestern habe ich mich auf dem Stadtfest betrunken. Ich habe übertrieben und dabei Handy und Geldbeutel verloren.
 War alles ein bisschen viel.
 Ich denke: »Schlaganfall.«
 Das war's.

Ich ziehe mich an, laufe zu meiner Mutter, kann nur einen Satz sagen – und den nicht einmal wirklich aussprechen: »Mir geht es nicht gut.«

Meine Mutter holt Hilfe, bringt mir Wasser.
 Ich kann meine Hände nicht mehr bewegen und die Beine fangen auch an, zu zittern.
 Ich kann meine Beine nicht mehr bewegen.
 Ich kann nicht mehr reden.
 Langsam spüre ich es auch im Gehirn.
 Ich denke: »Schlaganfall.«

Meine Mutter schreit hysterisch, als ich mich unter Tränen von ihr verabschiede.
 Der Krankenwagen braucht eine Ewigkeit.
 Sekunden werden zu einer Ewigkeit.
 Ich sehe all die Menschen, die ich liebe und geliebt habe. Es gibt noch so viel zu sagen! Ich bitte innerlich alle, denen ich wehgetan habe, um Vergebung.
 It's getting dark, too dark to see ...

Der Arzt kommt und gibt mir eine Spritze.
 Ich werde in den Krankenwagen getragen.
 Liege dort. Man sagt mir, ich werde nicht sterben.
 Es sei nur eine Panikattacke.
 Meine erste Panikattacke.

Das Problem ist, du weißt nicht, dass es eine Panikattacke ist. Und weil du es nicht weißt, wirst du nur noch panischer.
 Man fragt mich, ob ich mich über etwas aufgeregt habe. Ich sage: »Nein, es ist eigentlich alles in Ordnung.«

Ich liege im Krankenhaus, in meinem Bett.
 Die drei Todesfälle hintereinander.
 Das war wohl alles doch ein bisschen zu viel.
 Ich frage den Krankenpfleger, wer denn gewonnen hat. »Portugal«, meint er.
 »Cristiano Ronaldo, dieser gottverdammte Schönling«, denke ich. Und während ich im Bett liege, schreibe ich in meinem Kopf diesen Text.

Ein Jahr renne ich vor diesem Text weg.
 Wenn ich recht habe, sehen wir uns nie wieder.
 Wenn du recht hast, sehen wir uns wieder.
 Und ich bin mir sicher, du wirst wieder verliebt sein.
 Ich höre deine Stimme: »Eines Tages schreibst du über mich einen Text.«
 Doch dieser Text ist nicht für dich.

Dieser Text ist für P., meinen Sitznachbarn aus der Realschule, der kurze Zeit nach dir starb.
Er besiegte den Krebs. Der Krebs wusste es nur nicht. Genau genommen hat der Krebs ihn getötet, doch am Totenbett hat er uns alle noch gegrüßt.
Er hat seinen Humor nicht verloren, und deshalb hat er ihn besiegt.

Dieser Text ist für T.
Ich habe dir vor Jahren versprochen, ich verkuppele dich mit einem Mädchen, sonst bekommst du eine Flasche Whisky.
Toni, unsere beste Freundin, ich habe sie noch nie so weinen gesehen wie an deinem Grab. Will sie nie wieder so weinen sehen.
Wir haben dir Rosen ans Grab gelegt.
Du hättest uns ausgelacht.
Eines Tages bekommst du deine Flasche Whisky.
Ich muss nur bereit dafür sein.

Dieser Text ist für jeden Menschen, der irgendjemanden verloren hat. Wir sollten nicht trauern, weil sie gestorben sind, sondern froh sein, weil sie gelebt haben.

Dieses Spiel gewinnt keiner von uns.
Garantiert ist nur die Niederlage.
Doch kein Mensch ist tot, solange jemand an ihn denkt. In jeder unserer Taten leben sie weiter.
Und hin und wieder hören wir ihre Stimmen in unserem Kopf. Jede Erinnerung im Herz gespeichert.
Die kann uns niemand nehmen.
Die kann mir niemand nehmen.

Ich habe diesen Text schon hundertmal geschrieben. Und schon hundertmal gelöscht.
    Er war nie gut genug.

Und du hattest recht.
    Cristiano ist ein gottverdammter Schönling.
    Aber 170 war schon immer 100 zu viel.

Und dieser Text ist nicht für dich.
    Er ist für P. und er ist für T.
    Er ist für jeden Menschen, den ich verloren habe.
    Jeden Menschen, der jemals jemand verloren hat.
    Er ist für mich.
    Ach, scheiß drauf!
    Er ist für dich.

Kapitel 3:
Gleiche Rechte oder G'nackwatschn
— Feministische Perspektiven

»G'nackwatschn, die«: Ein mit der flachen Hand ausgeführter Schlag ins Genick.

Das ist kein Gewaltaufruf. Das ist ein Gleichklang.

Mit Beiträgen von	Mit Texten von
Mieze Medusa	Christine Teichmann
Agnes Maier	Käthl
Anna Hader	Barbarina
Caro Neuwirth	Rhonda D'Vine
	Jonin Herzig

3.1 Es braucht keinen Druck, es braucht Sog
Mieze Medusa

Ich weiß noch genau, wie das alles begann.

»Ah, du hast mit Poetry Slam angefangen?«, sagt irgendwo ein Mensch aus dem Publikum zu mir und nickt wissend. Meistens bestätige ich nickend und sag nichts dazu. Es ist einfacher so. Auch wenn ich weiß, dass der Mensch unter Poetry Slam etwas anderes versteht als ich, oder zumindest: als ich damals.

Poetry Slam, das ist heute: hundert(e) Leute im Publikum, Sturm auf die offenen Listenplätze, motivierte Menschen auf der Bühne, die sich was überlegt haben (und hoffentlich auch immer wieder etwas Neues ausprobieren). Relativ schnell könnt ihr Auftritte mit (bisschen) Gage bekommen, sehr schnell könnt ihr euch vernetzen, wenn das euer Ziel ist.

Poetry Slam, das war damals: zwei Poetry Slams in Österreich, der eine im Vorzimmer eines Wiener Pogrammkinos mit schlechtem Sound, der andere der legendäre BPS Slam (heute der Bäckerei Poetry Slam in Innsbruck, damals der Bierstindl Poetry Slam in Innsbruck, das B hat den Locationwechsel unbeschadet überstanden). Eine überdurchschnittlich hohe Reisebereitschaft: quer durch Deutschland, Schweiz und Österreich für Fahrtkosten, das war eine erfolgreiche Tour.

Aber auch: sehr oft sehr viele Jungs auf den Bühnen. Die ersten Jahre war es schon ein Erfolg, die einzige Frau auf der Bühne zu sein, ein paar Jahre später, wenn zwei im Line-up waren. Als dann, angestoßen durch Franziska Holzheimer und die Slam-Alphas, die längst überfällige Diskussion über die Verantwortung bei Booking und Moderation, beim Gestalten der Backstage-Atmosphäre und der Gewährleistung der Sicherheit in Sachen Unterbringung, kurz gesagt, das Thema Safe Spaces und #metoo auch die Slam-Szene erreicht hat, hat mich ein Argument massiv vor den Kopf gestoßen: »Ihr (Frauen*) hättet euch halt besser vernetzen müssen!«

Ja, wie denn, wenn ihr immer nur eine Frau ins Line-up bucht?

Doch: Raum können wir einnehmen und Szenen können wir gestalten. Ich wäre wahrscheinlich nicht Teil der Slam-Szene geblieben, wenn ich nicht (fast) von Anfang an auch aktive Szenearbeit (Workshops, Booking, Moderation) betrieben hätte.

In den ersten Jahren habe ich zu allen Frauen, die auf die Bühne gekommen sind, gesagt: Komm wieder. Und gefragt: Wie war's für dich? Hat es dir Freude gemacht? Ich habe sie, so früh wie möglich, gebucht und eingeladen, ich habe so geschlechtsneutral wie möglich moderiert bzw. versucht, so gut es geht, auch das Publikum zu erziehen und auf ihre Erwartungshaltungen hinzuweisen.

Ich habe das übrigens nicht alleine gemacht, aber das Name-Dropping aus dieser Zeit ist so *Ancient History*, das spar ich mir lieber.

Was hilft also? Wie bauen wir Szene?

- Sprachbewusstes moderieren: Es macht einfach einen Unterschied, ob die Moderation sagt: »Jetzt kommt die einzige Frau heute auf die Bühne, sie ist übrigens aus

Österreich.« Oder: »Offene Ohren und einen riesengroßen Applaus für _____!«

(Gender ist da übrigens natürlich nicht die einzige Baustelle. Wir als Slam-Szene sind schon aufgefordert, immer wieder zu überprüfen, ob wir unseren eigenen Vorstellungen einer offenen Szene überhaupt genügen.)

– Booking: Wenn ich die einzige Frau auf der Bühne bin, bin ich fürs Publikum automatisch die Stimme der Frauen. Aber wie soll ich denn dem gerecht werden können? Wie könnte ich denn für alle Frauen sprechen?

Das ist eigentlich das Einzige, was ich damals bei diesen Jungs-Line-ups den Jungs geneidet habe. Sie mussten nie für die Männer sprechen, sondern immer nur für sich selbst. Konnten, weil sie die Norm waren (weiß, männlich, meist aus Deutschland), einfach ausprobieren, was auf der Bühne für sie funktioniert.

Ich kann mich sehr gut an einen Slam erinnern, bei dem nur Slammerinnen auf der Bühne waren, die Moderation aber gar nicht darauf hingewiesen hat. Wow! Wie sich das anfühlt, wenn du einfach Facetten zeigen kannst, ohne auf den Prototyp Frau zurückgeworfen zu sein. Seit diesem Tag ist viel Zeit vergangen, gerade in Österreich kann man sagen, ein Slam-Line-up mit nur einer einzigen Frau ist eigentlich undenkbar.

– Ermutigung: »Dein Text hat mir total gefallen!«

– Aktives Weiterempfehlen: »Kennst du _____? Hat tolle Texte, schau dir die mal an.«

– Aktives Weitergeben von Bookinganfragen: »Ich habe leider keine Zeit, aber kennen Sie _____ (der Einfachheit geb ich da nicht nur mehrere Namen an, sondern meist auch die Emailadressen, aber Achtung: Beim ersten Mal nachfragen, ob die Person einverstanden ist mit der Weitergabe der Adresse. Telefonnummern gebe ich niemals weiter, ohne nachgefragt zu haben.)

– Immer über Geld reden: Gagen vergleichen, Anfragen vergleichen, überhaupt: Bei Unsicherheit immer Kolleg*innen fragen, wie sie das handhaben.

– Entspannt bleiben, wenn andere Menschen berühmter werden als man selbst: Es gibt nicht eine bestimmte Anzahl von Bookings und eine bestimmte Anzahl von Chancen. Es wird mehr, wenn wir mehr und besser werden.

– Entspannt bleiben, wenn Leute, auf die man gebaut hat, ihre Chancen nicht wahrnehmen, sondern die Lust verlieren (oder auf andere Sachen Lust haben). Szenearbeit ist keine Einnahmen-Ausgaben-Rechnung. Nur weil »Es ist ja auch Werbung für dich« ein sicheres Signal dafür ist, dass man eine Anfrage auch gerne mal weiterziehen lassen kann, heißt das nicht, dass es keine Umwegrentabilität gibt.

– Entspannt bleiben, wenn Fehler passieren, aber überhaupt nicht entspannt bleiben, wenn schwere Fehler oft passieren. Dass eine Szene, die sich über Touren und Party definiert hat, so stark und unüberlegt in die U20- und Workshoparbeit gegangen ist, weil gerade in der Anfangszeit das fast die einzige Art war, Geld zu verdienen, ist, rückblickend betrachtet, problematisch. Wenige Täter, die viel reisen und an Machtpositionen sitzen, genügen, um die meist sehr engagierte, respektvolle Arbeit zunichtezumachen und junge Menschen zu traumatisieren. Das wissen wir jetzt. Das machen wir ab jetzt besser. (Dass andere Szenen von Hochkultur bis Subkultur ebenfalls ihre #metoo-Fälle haben, ist kein Trost. Ganz im Gegenteil.)

»Ah, du hast deinen Namen mit Poetry Slam gemacht?«, sagt manchmal ein Mensch aus dem Publikum oder aus einer anderen Szene zu mir. Manchmal nicke ich lächelnd, manchmal sag ich die Wahrheit: »Nein, ich hab nicht meinen Namen mit Poetry Slam gemacht, ich habe Poetry Slam gemacht. Aber nicht alleine, zum Glück nicht alleine, niemals alleine.«

Gute Kunst und gute Szenearbeit haben nämlich etwas gemeinsam: Es braucht keinen Druck, es braucht Sog. Es braucht Gegenseitigkeit, es braucht Austausch, es braucht, dass wir voneinander lernen und uns gegenseitig inspirieren. In meinem Fall hat das oft geheißen, dass ich von Leuten lerne, die jünger und neuer in der Szene sind als ich. Weil sie Poetry Slam anders kennenlernen und damit Poetry Slam auf eine andere Art erfassen und definieren. Weil eure Blicke interessant sind. Und weil wir uns, damit es künstlerisch spannend bleibt, immer wieder neu erfinden müssen. Andere Schreibtechniken ausprobieren, die Bühnenfigur bisschen umformulieren, neue Orga-Strukturen testen.

Gerade in der Orga-Arbeit bin ich froh, wenn ich von anderen lernen kann, und noch froher, wenn ich es nicht muss. Während mein Herz für Poetry Slam und die Szene (und ein paar andere Szenen) schlägt, bin ich nur mäßig interessiert an Orga-Arbeit. Ich mach sie, weil es nötig ist. Lieber ist es mir, sie ist nicht nötig.

Hab wenig Lust auf Pressearbeit, wenig Lust auf das Schreiben von Ansuchen, weil ich einfach lieber Texte schreibe. Ein riesengroßes Dankeschön, also von meiner Seite, für das Ausrichten des Slam22. Die deutschsprachige Meisterschaft in Sachen Poetry Slam kommt endlich nach Österreich, kommt endlich nach Wien. Very well done!

Wegweiser
Christine Teichmann

CN: Häusliche Gewalt

Dieser Text entstand im Auftrag des Gewaltschutzzentrums Steiermark und beruht auf anonymisierten Wegweisungsprotokollen.

Da ist eine Faust in meinem Magen, die öffnet sich kurz, und dann fasst sie nochmals nach, fasst meine Gedärme und nimmt mir die Luft. Dann wird es eng im Kopf. Da fliegen Fäuste, meine Fäuste, da muss ich etwas klein machen, da will ich, dass jemand kuscht und Angst hat vor mir.

Ich habe eine Unterstützung, das sind die Kinder. Ich habe Verbündete, das sind die Kinder. Ich habe eine Waffe, das sind die Kinder. Die Waffe richtet sich gegen dich, aber manchmal, da zielt sie auch auf mich, und ich will schreien und davonlaufen und wieder jung sein und alle Möglichkeiten offen. Und dann spüre ich, wie deine Wut sich in mich hineingefressen hat und in mir wächst wie ein Parasit und durch mich hinausbricht, und ich fühle mich so ausgelaugt und benutzt, weil ich nicht mehr weiß, was bin dann ich, und die Kinder, denen muss es doch auch so gehen, und dann sehe ich, wie sich streiten und schlagen, und hat das denn gar kein Ende.

Wir sind alle Geschlagene. Wir sind in unserer Würde Verletzte. Wir sind Verlierer in einer Gesellschaft, die nur Platz für Gewinner hat. Wir lernen früh die falschen Dinge. Wir lernen, zu kuschen, wir lernen, zu warten, wir lernen: Warte, bis ich so groß bin wie du.

Ich hab dir doch alles erzählt. Niemandem habe ich so viel erzählt wie dir. Vom Kind, das ich einmal war und zwischen den Zeilen, habe ich dich doch gewarnt. Ich hab dir die Narben gezeigt, die man sieht, und von den anderen habe ich nichts gesagt. Du hättest mich retten sollen, mit deiner Liebe.

Da ist es zum ersten Mal, das Wort, was für ein Wort.

Ich gebe dir noch eine Chance, habe ich gesagt, und ich habe es nochmals gesagt und nochmals. Ich habe geglaubt, dass du es ehrlich meinst, als du geweint hast, und ich habe mit dir geweint und wir haben uns versöhnt. Und du hast gesagt, die Kinder. Und ich habe genickt, die Kinder, und gedacht habe ich mir – und ich?

Und da waren doch die gemeinsamen Zeiten und wir haben getanzt, und erinnerst du dich, als wir mitten in der Nacht in den See. Fahr nicht, habe ich nachher gesagt, weil wir schon so viel getrunken hatten, aber du hast nur gelacht, solange ich noch sitzen kann. Vielleicht hätte ich da schon wissen sollen, aber wer weiß das denn, und immer glaubt man doch. Und die anderen sind doch auch so, und schau mich an. Jeden hätte ich haben können, aber das stimmt nicht. Jeder hat mich nicht wollen, und bevor wir gewusst haben, ob das was wird, war das erste da und du hast gewusst, was anständig ist. Und schnell, bevor man's sieht – und ja, trotzdem in Weiß.

Du verstehst das nicht. Du weißt nicht, wie das ist, wenn dein Kopf fast explodiert mit all den Möglichkeiten, die du verpasst hast. Mit all diesen Abzweigungen, die du hättest nehmen können, aber du bist immer den anderen Weg gegangen, der dich so zielstrebig hierhergeführt hat, weil wenn du von hinten schaust, führen alle Wege hierher, und wie hätte es anders sein sollen. Und dann siehst du in den Augen deiner Kinder, wie sich die Wegweiser schon wieder in die falsche Richtung drehen, und das hältst du nicht aus.

Sei nicht wie ich, möchtest du brüllen und glaub nicht, dass du was Besseres sein kannst als ich, prügelst du in sie hinein, und egal, wohin der Wegweiser zeigt, stimmt die Richtung nicht, denn die richtige Richtung ist irgendwo verloren gegangen. Und du hasst alle, die so tun, als wüssten sie, wo es hingehen soll. Die Schnalle vom Jugendamt und die Lehrerin und die Sozialarbeiterin und all diese Frauen, die alles für dich besser wissen und immer noch eine Antwort haben, gerade dann, wenn du mit dem Reden fertig bist.

Und reden magst du nicht mehr, es ist doch schon alles gesagt, und für das Andere hast du doch nie Worte gehabt.

Du schlägst mich und dann tut es dir leid. Ich weine und es tut dir leid, und ich weiß, jetzt ist ein paar Tage alles gut und wir sind fast so wie früher. Dann tun wir alle so, als ob wir Familie wären, aber auf Zehenspitzen. Und die Spannung wird so groß, dass jetzt und jetzt und jetzt etwas passieren muss, und die Kinder platzen fast vor Brav-sein, bis endlich das erlösende Glas zu Boden fällt oder die Tür zu laut zugeschlagen wird. Wir atmen auf, bevor wir durchatmen, und dann kann es wieder losgehen. Da kennen wir uns aus, da muss man keine Angst haben, weil das, wovor wir Angst haben, steht jetzt da mitten im Raum und kauert nicht mehr unter dem Bett in der Nacht oder versteckt sich im Schrank. Und wir müssen gar nichts mehr sagen. Am nächsten Tag ziehen alle lange Ärmel an und ich schreibe die Entschuldigung fürs Turnen. Das passt schon so, das kennen wir.

Da sind wir jeder so ein kleines Zahnrad und alles fasst ineinander und die Welt dreht sich einen Tag weiter und wir warten.

Deine Liebe hätte mich retten sollen, aber sie war nicht genug. Und dann hast du diesen Blick, der schaut durch mich hindurch, der denkt woanders, und da schlage ich dich, damit du herschaust. Und jetzt schaust du zu mir, aber das ist doch nicht der Blick, den ich wollte. Deine Liebe hätte mich doch retten sollen, und wo ist sie jetzt? Und ich fessle dich an mich, damit du mich rettest, und

jetzt stehen wir beide da, so gefesselt und so allein und aneinandergekettet und so unglücklich.

Wir sind alle Geschlagene. Wir sind in unserer Würde Verletzte. Wir sind Verlierer in einer Gesellschaft, die nur Platz für Gewinner hat. Wir lernen früh die falschen Dinge. Wir lernen, zu kuschen, wir lernen, zu warten, wir lernen: Warte, bis ich so groß bin wie du.

3.2 Der lange Weg
Agnes Maier

Als ich mit Slam anfing, war ich mit Anfang 20 gerade zu alt für die U20-Bewerbe. Ich mischte direkt bei den »Großen« mit und bald trudelten die ersten Einladungen ein, die mich trotz anfänglicher Erfolge sehr überraschten. Wow, irgendjemand will mir 50 Euro zahlen und mich auf seiner Couch schlafen lassen, damit ich bei ihm auftrete? Wirklich?

Auch nachdem ich viele Slams gewonnen hatte – und die Aufträge deutlich lukrativer und angenehmer wurden –, ertappte ich mich beim Gedanken: Hab ich das wirklich verdient? Bin ich echt gut genug? Und sogar heute – bei großen Veranstaltungen oder in renommierten Kulturhäusern – frage ich mich manchmal, ob ich wirklich hierhergehöre.

Natürlich weiß ich, dass das fast kindisch ist. Als ein seit Jahren fixer Teil der österreichischen und deutschsprachigen Slam-Szene bin ich dort richtig.

Was ich damit sagen will, ist aber: Während ich zahlreichen männlich gelesenen Personen dabei zusehe, wie sie selbstbewusst im Backstage lungern und ebenso auf die Bühne gehen, bin ich – wie viele andere Frauen, die ich bisher getroffen habe – nach wie vor nur schwer davon zu überzeugen, dass ich Applaus, Anerkennung und Aufmerksamkeit verdiene. Auch wenn es mir längst klar sein müsste. Das ist schade und ich denke gerade für die, die erst mit Slam beginnen, nur schrittweise und mit viel Bestärkung lösbar. (Dank gilt an dieser Stelle allen, die mich immer wieder ermuntert haben!) Wir verdienen einen Platz auf der Bühne und unsere Stimmen, unsere Sicht auf die Welt, unsere Präsenz und unsere Erfahrungen, die wir mit dem Publikum teilen, sind wichtige Bausteine für eine offenere und tolerantere Gesellschaft.

Dieses Bewusstsein ist in der Slam-Szene angekommen:
Line-ups werden weiblicher, diverser und weniger cis-männlich dominiert als noch vor wenigen Jahren. Veranstaltende achten vermehrt auf Umgangsformen und erstellen Awareness-Konzepte für größere Events. Doch der Wandel scheint mir trotz allem langsam vonstattenzugehen: Mein letzter (und bei weitem nicht einziger) Slam, bei dem ich »die einzige Frau im Line-up« war, fand erst 2018 in der Schweiz statt. Und auch wenn mittlerweile auf eine (annähernd) ausgewogene Geschlechterverteilung und Diversität unter den Slammer*innen geachtet wird, ist weiterhin eine männliche Dominanz bei vielen Veranstaltungen die Regel: Zum Beispiel, weil rund um das Programm auftretende Personen – wie Feature, Moderation und/oder DJ – männlich besetzt werden.

Warum ist das problematisch?

Weil eine konstante Unterrepräsentanz einer Gruppe eine gewisse Signalwirkung hat.

Die gut repräsentierte Gruppe dominiert und bestimmt die Dynamik auf und abseits der Bühne, während die andere im Geschehen untergeht.

Natürlich wirkt sich all das auch auf die Zuhörenden aus: Immer wieder spüre ich die unterschiedliche Erwartungshaltung des Publikums an männlich und weiblich gelesene Personen. Erstere werden zum Beispiel oft schon als lustig und sympathisch empfunden, bevor sie überhaupt losgelegt haben, während es letztere ungleich mehr Mühe zu kosten scheint, das Eis zu brechen – auch dann, wenn sie am Ende den Abend gewinnen. Manchmal habe ich fast den Eindruck, als würde freudige Erwartung, die durchaus auch enttäuscht werden kann, skeptischem Abwarten gegenüberstehen. Den einen wird es zugetraut, die anderen sollen es erst mal beweisen. Natürlich gilt das nicht für jedes Publikum, bei jeder Veranstaltung, doch wenn man lang genug beobachtet, sind Tendenzen deutlich spürbar. Ich bin davon überzeugt, dass das mit unserem sozialisierten Blick auf die Geschlechter zu tun hat: Männer werden öfter als lustig empfunden, selbstbewusstes Auftreten wirkt kompetent. Frauen hingegen wird Humor oft nicht zugetraut, weibliches Selbstvertrauen wird schneller als unangenehm empfunden oder kritisch gesehen. Natürlich muss Slam bei weitem nicht nur witzig sein, sondern ist viel facettenreicher. Dennoch sind die humorvollen Auftritte oft die erfolgreichsten. Auch das finde ich persönlich manchmal schade, denn gerade die sorgfältig gereimten, gut durchdachten, nachdenklichen und/oder literarisch hochwertigen Texte begeistern mich viel mehr als die, die nur auf (billige) Lacher aus sind.

Konstante männliche Dominanz empfinde ich jedenfalls heute wie damals als sehr anstrengend.

Jahrelang hatte ich bei vielen Slams das Gefühl, die Quotenfrau zu sein, die zur Gestaltung des Abends ohnehin nicht viel beitragen kann. Oft betrat ich den Backstage und suchte im Line-up nach weiblich klingenden Namen. Und auch wenn ich dann vielleicht froh war, zumindest ein paar zu entdecken, erwischte ich mich im gleichen Moment bei dummen Rivalitätsgedanken á la: »Wenn wir schon so wenige sind, will ich wenigstens die Beste sein.«

Heute weiß ich um dieses Phänomen, das in vielen Bereichen zu beobachten ist, in denen Frauen in der Minderheit sind: Statt sich gegenseitig zu stärken und zu stützen, entsteht die Konkurrenz untereinander, weil es wenig Platz an der Spitze zu geben scheint.

Daran gilt es aus meiner Sicht nicht nur im Slam-Bereich weiterhin zu arbeiten. Es ist wichtig, uns gegenseitig zu unterstützen und zu stärken und nicht auch noch gegeneinander zu arbeiten.

Heute sehe ich mit Freude junge Slammer*innen auf die Bühne kommen, die hoffentlich genug Gefallen an diesem Format finden, um dabeizubleiben. Leider ist das nicht immer der Fall. Während im U20-Bereich beziehungsweise beim sogenannten »Nachwuchs« viel weibliche Präsenz spürbar ist, verliert sich dieses Verhältnis über die Jahre.

Und ich frage mich, ob es auch an dem eingangs erwähnten fehlenden Selbstvertrauen und der spürbaren männlichen Dominanz liegen mag, dass viele darin nie mehr als »nur ein Hobby« sehen, sich mit der Zeit immer mehr abwenden oder ganz damit aufhören.

Aus meiner Sicht befinden wir uns jedenfalls in einem Prozess, der bei weitem noch nicht als abgeschlossen bezeichnet werden kann. Deshalb freut und bestärkt es mich immer wieder aufs Neue, als Slam-Poetin mit feministischen Beiträgen Erfolg zu haben. Viele Menschen wollen genau das hören und sind hungrig nach gesellschaftskritischen Inhalten, doch gesamtgesellschaftlich gesehen haben wir immer noch einen langen Weg vor uns, den wir mit Sicherheit nur gemeinsam gehen können.

Spiagl
Käthl

I hab mi heit
no gar nit gscheit
im Spiagl angschaut

Aba es isch a gleich,
weil da Spiagl,
der erzählt koa Wahrheit

I hab mi heit no goa nit gscheit
im Spiagl angschaut

und
i frag mi

Wia schau i denn aus?

Weil i hab mi heut,
nämlich no goa nit gscheit
im Spiagl angschaut
und i fühl mi schen!
So scheeeen!

Was kannts a Scheneres geben, als zu leben?

Und dann frag i mi doch:
Was is, wenn ma nimma will,
wenn mas nimma schen findet,
wenns oafach lei mehr

schiach tut.
und ma fühlt sich a schiach.
Ma hats Gfühl, ma selba is so schiach, wias Leben sich anfühlt:

Augen schiach
Nasen schiach
Mund schiach
Gsicht schiach
Haar schiach
und fettig
Körper schiach
Busen schiach
Arsch schiach und dreckig

Alles isch lei mehr no:
schiach und dreckig

Und ma schaut sich so lang im Spiagl an, weil ma
was finden will,
was vielleicht no
okay
is
Es muas ned mal schen sein

Aba ma findet nix
Alles is lei mehr
schiach und dreckig

Deswegn:
I hab mi heit no goa nit gscheit im Spiagl angschaut,
weil a die Staubschicht, die übern Spiagl liegt,
und die Zahnpasta-Zahnputz-Spritza
nit versteckn kennen,
dass i mi heit nit mag

I mag mi heit nit,
und warum soll i mi dann a anschaun?

Warum soll i ma des Gsicht anschaun,
des sich selber vor sich graust

Da hängt da da eingetrocknete Rotz owi,
da hasch an Pickl,
deine Nippl sein eher da unten,
dei Vulva is volle fett und
dei Bauch eher so a Wampn
und zum Anschaun ned nett

Zumindest hersch des imma no,
wenn die es erste Mal vor jemandn ausziachsch,
weil des es Erste war, was ghört hasch,
als die es erste Mal vor jemandn anderen ausgezogen hasch

Du hasch damals dacht:
Jemand, der die mag,
ist netter als dei Spiaglbild
Du hasch da dacht:
Jemand, der die mag,
der nimmt die, wia du bisch

Naja und er hat die a gnommen!
Aba fein wars halt nit,
weil alles, was für ihn ned schen war,
war für die dann lei mehr no falsch

Du bisch falsch da,
du ghersch da ned her
und fang jez ja a nit no an plärrn!

Reiß die mal zamm!

»Geh, Madl, lach doch amal.
Es Lebn is doch so schen!«

Aba du hasch halt nix zum Lachn ghab

Und dann hasch die vorm Spiagl gstellt
Du hasch die angschaut
Jedn Millimeta deina Haut mit am Maßbandl abgmessen

Obwohl goa ned gwusst hasch,
was du da eigentlich missch,
hasch gwusst, dass es zviel is

Also hasch versucht, wia beim Gwand
des abzunehmen
Also zerscht auftrennen,
Haut abnehmen,
enger machen,
wieda zuanahn

Du hasch die jeden Tag vorm Spiagl gstellt,
du hasch die angschaut,
jedn Millimeter deina Haut mit am Maßbandl abgmessen

Obwohl goa ned gwusst hasch,
was du da genau missch,
hasch gwusst, dass es imma no viel zviel is

Also hasch weitergmacht,
bis da dei haut wieda irgndwann gepasst hat

Des
is jez schen,
hasch da dacht

Nur hasch ned gmerkt,
dass du imma no ned lachsch,
und wenn wen kennenglernt hasch,
hasch imma no ghert:

»Ge, Madl,
lach decht amal
Du bisch ja nit schiach!
Aba so wie du dei Gsicht verziagsch ...
Ge, Madl!
Es warart doch so schen,
wenn du lachsch
für
mi!«

Und dann hasch die nimma ausgekannt,
du kannsch dein Körper zwar in a Korsett bringen,
aba zum Lachen kannsch di halt nit zwingen

Und dann hasch die noamal vorm Spiagl gstellt
und die angschaut
Jeden Millimeter deina Haut
mit am Maßbandl abgmessen:
Hat alls passt, hasch nix vergessen
...
...
Bis gmerkt hasch,
dass die halt imma no ned magsch,
dass es die imma no vor dir selber graust,
wenn du in Spiagl schausch

Und dann hasch die noamal vorm Spiagl gstellt
und die angschaut
Hasch die Lippn nach obn gezogen
und
wieder alls falln lassn,
hasch mal probiert, zu lachen,
obwohls grad koana vo dir braucht

»Ha ha ha ha!«

Und dann hasch da dacht:
I hab mi eigentlich no goa nia gscheid im Spiagl angschaut!

Aba
es
isch
a
gleich,
weil der Spiagl, der erzählt koa Wahrheit

3.3 Diggi, wir schaukeln das schon!
Anna Hader

Sie haben gesagt, wir würden das nicht schaffen. Sie haben gesagt, wir wären zu schwach. Sie haben gesagt, alles sei zu viel für uns. Sie haben gesagt, wir bräuchten ihre Hilfe. Sie haben so vieles gesagt und wir haben so vieles geglaubt.
Irgendwann haben wir aufgehört, auf sie zu hören.

Beim Schreiben eines Beitrags über die feministische Perspektive auf die Poetry-Slam-Szene fühle ich mich ein wenig schlecht, rücken zuallererst positive Gedanken auf meine imaginäre Leinwand. Als wäre es unfeministisch, nicht sofort vom Struggle und Leid und Aufwand zu erzählen, den es bedeutet, als FLINTA in der Slam-Szene gesehen zu werden. Für Erfolg musst du leiden. Uff. Eh. Haben wir. Aber ich fühle mich gleichzeitig rebellisch. Es ist Rebellion, nicht immer über die schwarzen Löcher zu schreiben.

Ich sehe es absolut nicht ein, warum von denjenigen, die von einer Art der Diskriminierung betroffen sind, erwartet wird, dass sie immer und überall ausschließlich davon berichten. So als wäre unsere Diskriminierung das einzig Interessante an uns. Wir leben sie ja schon, ist das nicht genug? Das hat dann fast schon den Charakter der »Wie ist es so als Frau im Poetry Slam?«-Frage, die mir nie gestellt wurde, die ich aber oft genug berichtet bekommen hatte, sodass ich nach Auftritten schon mit mentalen Fäusten geballt darauf vorbereitet war, der fragenden Person eine wütende Wortkaskade entgegenzuballern. Gefragt wurde ich das nie, das Gefühl bekommen, nicht wirklich dazuzugehören, hab ich umso öfter. Besonders als junge Frau. Jung und dann noch dazu 'ne Frau! Das schreit ja förmlich nach Naivität und: »Och, lass mal das Mädchen einladen, weil die arme Maus muss man unterstützen, die tut sich noch recht schwer.« Nee, Diggi, wir schaffen das schon. Es wird uns nur schwer gemacht.

Wenn mir erst nach sechs Jahren in der Szene eine Moderation angeboten wird, dann ist diese vielleicht *deswegen* nicht sofort der absolute Hammer und nicht, weil ich eine Frau bin. Denn Thomas (random Name für einen cis white straight Dude, der viel zu laut brüllend seine mediokren Stand-up-Witze über das Teurerwerden der Späti Preise zum Besten gibt und dann als herausragend politisch abgefeiert wird) wurde bei seinem Minus vierten Auftritt bereits von seinen Kumpels in den Eliteclub der halblustigen Typen aus der Mittelschicht aufgenommen und das gesamte Bühnenwissen von zehn Jahren Erfahrung davor wurde ihm, ohne an seinem Potential zu zweifeln, eingedroschen. Klar, dass der dann schneller souveräner wirkt. Coincidence, biology oder das fucking Patriarchat? You choose your opinion.

Manchmal ist es einfach nur anstrengend, schon vor dem ersten Ausprobieren zu hören: »Huch, das wird ganz schön schwierig für dich.« Uns wurde so vieles gesagt, noch bevor wir angefangen haben, uns etwas zu trauen. Irgendwann haben wir aufgehört, darauf zu hören.

Und ach, bin ich froh! So vieles ist auf einmal anders, wenn du nicht mehr darauf hörst, was alles schwierig und unschaffbar sei. Das ist wie mit der Hummel. Bei ihrem Körpergewicht und der Größe ihrer Flügel dürfte sie physikalisch gesehen gar nicht fliegen können. Die Hummel weiß das aber nicht und fliegt einfach. Besonders in Wien bin ich sehr, sehr stolz auf all die Hummeln um mich herum. Auf das, was wir gebaut haben, was wir geschafft haben und wie wir zusammenhalten. FOMP zum Beispiel hat derzeit zwölf Mitglieder, davon sind sieben FLINTAs. Das macht einen Unterschied. Welchen genau? Jeden. Wir versuchen, die Menschen zu werden, die wir früher gebraucht hätten. Zu zeigen, dass es sehr wohl möglich ist. PrepTalks sind nicht mehr erfüllt von mitleidigen Blicken und zaghaftem Schulterklopfen, sondern fetten Grinsern und einem selbstbewussten Ton in der Stimme, der sagt: Du wirst das wundervoll machen. Go rock the stage!

Wir versuchen, die gestohlenen Chancen der letzten Jahre mit einer unerschütterlichen Sicherheit in uns und unsere Arbeit wettzumachen. And it shows. Auf einmal sind wir an einem Punkt angekommen, an dem wir aktiv den lustigen weißen Dude als Quotenmann einladen müssen, weil hey, wir achten ja auf Diversität in unseren Line-ups. Wir sind an einem Punkt angekommen, an dem Newcomer*innen ihren ersten Auftritt bei Hörsaal Slams feiern dürfen. Denn wir glauben an sie und deswegen glauben sie auch an sich selbst. Wenn ich jetzt eine zache Erfahrung bei einem Auftritt mache – außerhalb meiner Bubble versteht sich – dann fühle ich mich nicht mehr alleine und hilflos, sondern weiß, dass mein Team und die Szene hinter mir stehen. Immer mehr Veranstaltungen werden rein von FLINTAs organisiert, immer mehr Line-ups von uns gefüllt. Das fühlt sich unwirklich schön und safe an.

Ja, Wien ist definitiv amazing, besonders was diesen Aspekt angeht. Anderswo dauert's halt ein bisschen länger. Manchmal ist es zäh. Aber das ist Honig auch und niemand zweifelt an seinem Potential, den Kuchen zu versüßen. In diesem Sinne, shout out an meine Hummeln. Wir machen unser Ding trotzdem, trotz allem und sind dabei ziemlich am slayen. Also, Diggi, mach dir keine Sorgen um uns, wir schaukeln das schon!

my body my choice
Barbarina

CN: Gewalt, übergriffiges Verhalten

Im folgenden Text habe ich über »Frauen« geschrieben, doch ich möchte sehr wohl darauf aufmerksam machen, dass gerade auch genderqueere Menschen von genderbasierter Gewalt betroffen sind.

Wenn deine Brüder über meine Schwestern lästern und du sagst, Feminismus ist von gestern, dann halt dich fest an, denn jetzt bin ich dran

Ich hoffe, mittlerweile wissen alle schon, dass
Kommentare, dass Drohungen zu dem werden, wo wir heute die Zahl 30 schreiben
Wir sind nicht die, die übertreiben
Frauen sterben, ohne Schonung, Mann bringt Frau um

Zitat:
»Achte auf deine Gedanken, denn sie werden Worte, achte auf deine Worte, denn sie werden Handlungen, achte auf deine Handlungen, denn sie werden Gewohnheiten, achte auf deine Gewohnheiten, denn sie werden dein Charakter, achte auf deinen Charakter, denn er wird dein Schicksal!«
Doch in dem Fall nicht deines, sondern ihres
Das von Dilara, Shari und Iris

Und wenn du jetzt verwirrt bist
Dann denk mal drüber nach, was dein vermeintlich lustig gemeinter Kommentar für einen Unterschied macht

Ich bin verwirrt, wenn der Körper einer Frau zum Schlachtfeld wird
Wie kleinkariert das Mindset von Hans und Peter ist
Wie oft du vergisst, dass der Körper ihr gehört
Hast du mich gehört?

My body my choice, my mouth my voice
Our body our choice, our mouth our voice

Egal, wie kurz mein Rock, wie frech mein Zopf, wie offen mein Knopf, wie verdreht dein Kopf
Lass mich verdammt nochmal in Ruhe und respektiere mich
Ich hab das Gefühl, du verstehst einfach nicht, dass ich keine persönliche Einladung bin für dich

Yes means yes and no means no
However I dress, wherever I go

Wenn eine Frau nachts alleine unterwegs ist, sollte es selbstverständlich sein, dass MANN die Straßenseite wechselt
Doch du verwechselst in Ruhe lassen mit auslassen über Frauen, die Männer hassen
Weil sie sie ungefragt anfassen, beim Partymachen unter Menschenmassen
Sie einfach abpassen in engen Gassen, denn sie zählen ja zu den Schwachen

Doch wieso sind noch immer stereotypisch patriarchale
Gedanken in dir verankert, ist das nicht schon langsam zu
sehr gealtert – für viele immer noch Alltag
Und es folgt eine nach der anderen Gewalttat

Beziehungsdrama, Tat aus Eifersucht, Mord aus Liebe,
Rosenkrieg
Wie wär's mit 'nem Versuch, Dinge so zu benennen, wie
sie wirklich sind?

Doch von dem sind wir ganz weit weg, wenn unser
Hauptproblem ist, dass du dich vor einer Frau erschreckst,
die ihre Körperhaare nicht bedeckt
Oder du findest es oag geil und na, das zaht dich voll, du
findest ja Frauen mit Büschen unter dem Armen eh richtig
toll
Aber die Kompetenz, die du trotzdem nicht erwirbst, ist,
dass du mit all deinen Wertungen den Körper einer Frau
sexualisierst

My body my choice, my mouth my voice
Our body our choice, our mouth our voice

Egal, ob psychisch oder körperlich, Gewalt muss für die
Täter schambesetzt sein, nicht für die Opfer. Warst du
wegen so eines Sachverhalts schon mal beim Anwalt?
Üb dich in Geduld. Man braucht dann halt wegen des
beschissenen Gesetzes einen Psychodoktor
Du – trägst – keine – Schuld!

Und weil's noch so schön zum Thema passt, ein ganz
kurzer Exkurs
Kurz gsagt, mir wär's so gern wuascht, aber:

Wenn ein Slammaster von minderjährigen Slamer*innen für sein »Studium« anzügliche Fotos erfragt, dann bin ich geplagt, dein Verstand ist gefragt, der hoffentlich sagt, dass es fünf nach zwölf schlagt

Hab die Gesetze gefragt, keines davon sagt, dass man dagegen etwas machen kann
Grauzone
Verstaubzone
Patriarchale Gesetze geschrieben von keinen Frauen, sondern »men only«
Bin lonely
Alleine zwischen:
War minderjährig, aber über 14, also eh mündig
Aussichtslos, weil aus freien Stücken und man ja auf den Bildern nichts Explizites sieht
Doch was ich hier sehen kann, ist das strukturelle Problem, und ja, ich werde das Wort patriarchal schon wieder in den Mund nehmen und es so laut ausspucken, dass es alle gehört haben müssen

Und wenn ich sag, das Patriarchat tötet, dann mein ich das auch so
Ich hoffe, in diesem Staat gibt's wen, der errötet, denn wir wurden von dieser Gleichberechtigung belogen
Die Regierung schweigt und toleriert
Schau halt, wo du bleibst und was mit dir passiert
Ist ja nicht so als wär's ein Thema, das pressiert

Wie ich angefangen hab, diesen Text zu schreiben, haben wir noch die Zahl 26 geschrieben
Es wurde keineswegs übertrieben
Und wie notwendig manchmal schonungslose Ehrlichkeit ist

Ich hoffe, dass keiner je wieder vergisst, dass der Körper
einer Frau ganz alleine ihr gehört
Hast du uns jetzt gehört?

My body my choice, my mouth my voice
Our body our choice, our mouth our voice

My body my choice, my mouth my voice
Our body our choice, our mouth our voice

My body my choice, my mouth my voice
Our body our choice, our mouth our voice

3.4 Brief an mich selbst
Caro Neuwirth

Hey du. Ich weiß, wir haben uns schon länger nicht gesehen, zehn Jahre, um genau zu sein. Aber ich will, dass du weißt, ich denk an dich. Niemals würd ich dich vergessen. Ich denk an dich und was alles noch vor dir liegt. Wie gern würde ich nun vor dir stehen und wirklich mit dir reden können. Dich umarmen und dir sagen, dass alles gut wird.

Ich will dir eigentlich nicht sagen, was du tun und lassen sollst, denn wir wissen beide, dass du das nicht gern hast. Dass du lieber deinen eigenen Weg gehst und dir nicht gerne sagen lässt, wie du zu leben hast. Wir wissen beide, dass du dann meistens genau das Gegenteil machst, und das ist auch gut so. Der Protest an Normen und an dem, was andere von dir verlangen. Bitte behalt dir das. Bitte mach nur das, was du auch selbst wirklich willst, und lass dir nie von anderen sagen, wie du dein Leben zu führen hast. Lass dir nie sagen, was du anziehen darfst und was nicht, wie du auszusehen hast oder dass das, was du bist, nicht genug wäre.

Ich will dir sagen, dass du stark sein musst, aber auch, dass schwach sein völlig okay ist. Ich will dir sagen, dass es mehr als okay ist, zu weinen und wütend zu sein. Dass du nicht immer glücklich sein musst. Sei wütend und laut und trotzig und sag, wenn dir was nicht passt. Sei frech und vorlaut und lass dir ja nichts gefallen. Sei die Spaßbremse und diese eine Person, die immer ein bisschen gegen das System arbeitet. Schon damals hast du verstanden, dass nicht du das Problem bist. Dass nichts falsch mit dir ist, nur weil du nicht in dieser Schublade leben willst. Nein, es ist nicht fair. Ich weiß, du trägst einen rosa Stempel seit deiner Geburt.

Einen Stempel, der mit Regeln und Erwartungen, aber ohne Mitspracherecht kommt. Ich weiß, du willst diesen Stempel nicht, und auch, dass du nicht stattdessen den blauen willst. Oh, wenn sie nur wüssten, wie gerne du deinen Stempel einfach ganz abwaschen würdest. Ich weiß, du denkst, du wärst allein, und du hast das Gefühl, nicht gehört zu werden. Ich weiß, sie sagen immer, es ist halt so. Es ist nicht fair, da hast du recht.

Ich weiß, der Stempel tut weh, du willst ihn nicht. Auch wenn du noch nicht weißt, wieso du dich so unwohl damit fühlst. Ich weiß, du hast keine Energie mehr. Keine Energie, dir ständig anzuhören, was alles falsch an dir sei. Aber bitte glaub mir, dein Körper ist kein Problem. Egal, ob rasiert oder nicht, egal, ob er Flecken und Narben und Dellen hat. Es ist dein Körper, der immer mehr für dich ist als gegen dich, viel öfter als du selbst. Ich weiß, das ist oft schwer zu verstehen, aber hör nie auf, an dich selbst zu denken, dich als deine eigene Priorität zu sehen.

Ich weiß, es fühlt sich an, als dürftest du gar nicht du selbst sein, denn so passt es ihnen am besten. Aber weißt du, es ist schön, zu sehen, wie wütend du darüber bist. Sei wütend und laut und trotzig und sag, wenn dir was nicht passt. Sei frech und vorlaut und lass dir ja nichts gefallen. Sprich aus, wenn du was nicht okay findest, und sag was, wenn jemand deine Grenzen überschreitet. Sag nein. Sag: Ich will das nicht. Ich weiß, du wünschst dir, unendlich klein und still zu sein, aber so bist du nun mal nicht. Ich weiß, du willst keinen Platz einnehmen und am liebsten unsichtbar sein. Aber bitte, sei laut und nimm dir deinen Platz. Nimm Raum ein, ganz viel davon, und sei einfach du selbst, egal, ob es ihnen gefällt oder nicht.

Ich weiß, es ist noch so viel so unklar, und ich weiß auch, wie beängstigend das ist. Du hast noch so viel vor dir. Ich weiß, du stehst das durch, weil du so stark bist. Du bist so unglaublich stark und das weißt du nicht mal. Du weißt gar nicht, wie viel in dir steckt. Aber ich weiß es und ich will, dass du weißt, ich denk an dich. Ich glaub an dich und vergess dich nicht. Niemals würd ich dich vergessen. Ich denk an dich.

Es ist 2021
Rhonda D'Vine

CN: Transfeindlichkeit, sexuelle Übergriffigkeit

Es ist 2021. Es wird Sommer. Es wird heiß. Die Leute wollen raus, wollen schwimmen. Sie drängen ins Freibad. Einfach aus der Wohnung raus. Sich abkühlen. Und schon sind sie wieder da, die »Beach Body«-Werbungen der Fitness-Center. Mit denen sie uns vorschreiben wollen, wie Körper auszusehen haben.

Seit Jahren gibt es Gegenwind. Eine starke Body-Positivity-Bewegung, die die Problematik damit aufzeigt. Eine wichtige Entwicklung, um vom ständigen Bodyshaming wegzukommen, das uns überall entgegenschlägt. In Werbung, in Filmen, in Fernsehshows. Denn: Jeder Körper ist ein Beach-Body. Du hast einen Körper, du gehst an den Strand – bumm, zack, Beach Body.

Aber ... trotz der ganzen Body-Positivity-Bewegung wird ein Teil Body Shamings immer noch ständig ignoriert und fortgeführt. Es fällt mir immer noch schwer, meinen Körper zu zeigen. Das Bodyshaming sollte mich ja nicht betreffen, oder? Ich bin schlank, ich hab keine Behinderung, Leute sagen mir öfters, dass ich cute sei ... Wo ist also mein Problem? Die Körper von Menschen wie mir werden trotzdem ständig anders wahrgenommen.
 Ich glaub, ich hole ein wenig aus damit.

Es ist 2015. Ich sehe die Dokumentation »Female to What The Fuck«. Eine Dokumentation über sechs trans Personen. In einer Szene siehst du einen der Hauptdarsteller am Meer schwimmen gehen. Seine Freundin sagt, es wäre das erste Mal, dass er das tut. Es war ein bewegender und befreiender Moment, das mitzuerleben – aber es zeigt auch, dass so was Banales wie Schwimmengehen schwierig sein kann.

Es ist 2016. Ich treffe mich mit Freund*innen im Park. Ich fühle mich wohl und gesehen als ich. Bin im Rock unterwegs, es ist ein schöner Abend. Auf dem Heimweg in der U-Bahn ruft mir ein wildfremder Typ hinterher: »Du bist keine Frau!« Als ich nicht drauf reagiere und weitergehe, ruft er nochmal. Ich dreh mich nicht um und gehe rasch weiter.

Es ist 2017. Ich treffe mich mit ehemaligen Arbeitskolleg*innen. Wir waren immer sowas wie eine große Familie. Es war echt eine schöne Zeit, die Kontakte sind immer noch stark da, wir treffen uns öfters. Es war eine ausgelassene Stimmung, ein schöner Abend, aber ... ich war noch nicht bei allen out. Ich hab es dann im Gespräch erwähnt und einem Kollegen gesagt, er solle für mich doch nicht ständig das Pronomen »er«, sondern »sie« verwenden, und erkläre es nochmal.

Plötzlich fasst er mir zwischen die Beine und sagt: »Du hast ein Bimpfi, du bist keine Frau.«

Es ist 2018. Ich bin auf einer Konferenz mit vielen lieben Menschen um mich herum. Sie alle wissen, dass ich trans bin. Schon seit langer, langer Zeit. Am Abend ist die Stimmung häufig feucht-fröhlich, wir lachen, tauschen uns über Persönliches aus, trinken gemeinsam. Ich erwähne, dass ich ein halbes Jahr zuvor angefangen hab, Hormone zu nehmen. Erwähne, dass ich merke, dass meine Brust wächst, und wie sich das anfühlt. Als ob nichts dabei wäre, wird mir plötzlich an die Brust gefasst.

Es ist 2019. Eine Person stellt auf Twitter eine Frage an trans Personen: »Einen Tag lang gibt es keine cis Personen in der Welt. Ihnen geschieht nichts, sie sind am nächsten Tag alle wieder da. Was würdet oder könntet ihr an dem Tag machen?« Die Antworten waren von Banalitäten geprägt, aber die häufigste Antwort war bezeichnend: »Schwimmen gehen.«

Es ist 2020. Die Autorin-deren-Name-nicht-genannt-werden-darf schreibt einen langen Essay. In dem sie eine Gefahr, die von trans Frauen ausgehen soll, heraufbeschwört. In dem sie sich um verlorene Mädchen sorgt, die glauben, trans Männer zu sein. Und das zum Teil damit zu begründen versucht, dass sie von einem cis Mann Gewalt erfahren haben? Die britische Twitter-Bubble greift es wohlwollend auf, um ihren »gender critical«-Kampf gegen trans Personen fortzuführen. Der Diskurs wird vielerorts sehr verhärtet geführt. Auch hierzulande.

Zum Glück hab ich diesen Sommer die Möglichkeit, mich hinter der Pandemie zu verstecken, um nicht raus zu müssen.

Es ist 2021. Ich gehe mit meiner Freundin schwimmen. Es ist furchtbar heiß. Wir treffen am See eine Bekannte, mit der ich kurz rede. Meine Freundin drängt darauf, ins Wasser zu gehen. Erst im Wasser fragt sie mich, ob wir das nächste Mal woanders hingehen könnten, wo nicht so viele Menschen komisch schauen würden. Ich musste mehrfach nachfragen, weshalb, erst langsam wird mir klar, was sie meint. Die Leute haben offensichtlich über mich getuschelt. Auf mich gedeutet. Über mich gekichert. Über die Jahre hinweg hab ich mir wohl antrainiert, es zu übersehen, nicht mehr zu bemerken. Meinen eigenen Blick zu verschließen. Um leben zu können. Um überleben zu können. In diesem Cistem, das uns ständig sagt, wir sollten eigentlich gar nicht existieren.

Es ist 2021. Und das Bodyshaming hört nicht auf. Es erdrückt mich. Es erdrückt uns. Hört auf, von Body Positivity zu reden, wenn ihr trans Personen ihre Körper vorwerft. Hört auf vom Auflösen der Geschlechter zu sprechen, wenn ihr die Stereotypisierung der vermuteten Körperteile durch eure Blicke, eure Handlungen nur noch verstärkt. Es ist nicht mehr glaubwürdig. Wir haben 2021.

Körper
Jonin Herzig

CN: Transfeindlichkeit, binäre Körperwahrnehmung, Operation

Eigentlich hast du ja gehofft,
dass dieser Körper so bleibt.
Natürlich wurde dir gesagt, dass sich da was verändern wird.
Später.
Du hast das schon verstanden.
Aber glauben – so ernsthaft –, dass da was anders wird?
Mal davon abgesehen, dass du größer wirst.
Doch dann merkst du:
Da verändert sich doch etwas.
Viel zu früh – also deiner Meinung nach.
Die anderen in deiner Klasse wären jetzt gerne schon Teenager.
Wetteifern, wer zuerst Brüste/Periode/den ersten Freund kriegt.
Prahlen in der Umkleidekabine vor dem Sportunterricht, dass sie jetzt schon »BHs« tragen – oder wie sie's sagen: tragen müssen.
Weil sie ja sonst nicht mehr aus dem Haus gehen können.
Du drehst dich beschämt zur Wand, als du dein Sportshirt anziehst.
Sie erklären dir, dass du mit deinem Körper nun jetzt auch nicht mehr ohne so ein Ding obenrum aus dem Haus gehen kannst.
Das geht halt nicht mehr, wenn du Brüste bekommst.

Also würdest du am liebsten nie mehr aus dem Haus gehen.
Um nicht noch mehr aufzufallen – oder gar mit den Eltern darüber reden zu müssen –, klaust du aus der Waschküche eines dieser »Tops« der zwei Jahre älteren Nachbarsmädchen.
»Top« – so nannten sie das meist diskutiere Kleidungsstück in den Grundschulgarderoben der Mädchen.
»Top« – ein Hybridwesen; etwas zwischen einem Sport-BH und einem Trägershirt. »Top« – ein schlechtes Gewissen hast du natürlich.
Es war das erste und einzige Mal, dass du etwas geklaut hast.
Aber du redest dir ein, dass es ihr sicher schon zu klein ist.
Denn dir schneidet der Gummizug auch schmerzhaft in die Seiten.
Die ersten zwei Stunden bist du dir sicher, dass du bald keine Luft mehr kriegst. Du möchtest dieses Ding um deine Brust am liebsten zerreißen.
Du möchtest die Ansätze deiner kommenden Brüste am liebsten abreißen. Was soll dieser Körper, der sich gerade entwickelt?
Warum freuen sich alle darauf?
Warum bin ich der-die-whatsoever einzige, die-der-ich-hab-doch-keine-Ahnung sich dafür schämt?
Auf was freuen sich eigentlich alle?
Auf diesen Körper?
Was bedeutet dieser Körper, der da kommen soll?
Ich will das doch nicht.
Körper entwickelt sich gegen Willen.
Im Körper entwickelt sich Widerwillen.
Und gleichzeitig willst du doch nichts lieber als eines dieser Mädchen sein.

Die selbstbewusst über ihre Köper reden,
die selbstbewusst ihre Kleidung tragen,
die selbstbewusst ihre Körper tragen.
Die erzählen von diesen Marken, die sie toll finden,
die erzählen von diesen Filmen, die sie toll finden,
die erzählen von diesen Jungen, die sie so toll finden.
Also erzähl doch auch von diesen Jungs!
Und du erzählst schon von diesen Jungs,
aber eigentlich wärst du lieber mehr wie die Jungs, von
denen du erzählst, als dass du in sie verliebt wärst.
Aber du bist ja SOWAS von verliebt, dass du eine Freundin
fragst, wie man einen Liebesbrief schreibt.
Denn du willst verliebt sein.
Dass du eigentlich mehr in genau diese Freundin verliebt
bist, ignorierst du lieber.
Das wär ja nicht mehr wie alle Mädchen.
Und du musst das doch sein. Sein wie alle Mädchen.
Also lässt du dich ein.
Als du zwölf bist, »erbarmen« sich zwei Mädchen aus
deiner Klasse
und starten die Mission, dich umzustylen.
Paar unsichere Stunden später
wirst du von drei Seiten angestarrt.
Es passte nicht zusammen.
Ein Bär im Sommerkleid.
Von draußen drängen deine Freundinnen.
Du siehst aus wie ein Clown.
Der Vorhang geht auf: du, verkleidet und ausgestellt.
»Du gsehsch so andersch us!«
»Du mueschs umbedingt chaufe!«
Der Vorhang fällt. Tief ein- und ausatmen.
Ein- und ausatmen. Ein- und ausatmen.
»Wer beginnt schon, zu weinen, nur weil er ein Kleid
anprobiert hat?«
»Wer beginnt schon, zu weinen, nur weil SIE ein Kleid
anprobiert hat?«

In der Schlange bohren sich deine Fingernägel in deinen Unterarm. Der Mann hinter der Kasse lächelt dich an.
Es ist ein Lächeln, das ein Mann einer Frau schenkt.
Einer Frau, die er attraktiv findet.
Dieser Mann schenkt dir dieses Lächeln.
Du bist zwölf.
Du willst dich in Luft auflösen, unsichtbar sein.
Auch ein bisschen tot sein.
Willst das nicht.
Du lächelst zurück – weil man das so macht, weil frau das so macht, und hasst dich dafür.
Blicke anderer entwickeln sich gegen Willen.
Werden aufdringlich, du wirst oh wie begehrenswert.
Gegen Willen. Gegen deinen Willen.
Paar Jahre, psychiatrische Gutachten und Krankenkassenkriege später. Schwere Augenlider.
Steril weisse Umgebung.
Erschöpfter Körper.
Ein Lächeln, ein: »Oh, er ist erwacht.«
Ein Blick auf die Akte. »Oh, entschuldige, dass ich ›er‹ gesagt habe, hier steht ja ein ›F‹.« Ein schwaches: »Nein, nein, ›er‹ ist schon gut.«
Drückender Verband um die Brust.
Schmerzen.
Aber Schmerzen des Willens.
Tage später.
Abtasten des modifizierten Körpers.
Fingerkuppen fahren über blaugrüne Haut.
Schnitte, zusammengehalten von blutgetränktem Faden.
Noch nie habe ich diesen Körper so – gesehen.
Und doch noch nie so schön gefunden.
Glück.
Glück dank Willen.
Zum Körper meines Willens.
Zu meinem Körper.

Kapitel 4:
Bühnen & Barrieren

Über jene, die fehlen, und die Frage, weshalb. Über die unsichtbaren Fallstricke und wie diese zu kappen sind.

Mit Beiträgen von
Elif Duygu
Simon Tomaz

Mit Texten von
Yasmin Hafedh
Shafia Khawaja
Tara Meister
Katharina Wenty

4.1 Fehlende Diversität – Slam ist weiß, bürgerlich und gymnasial
Elif Duygu

So wie in sehr vielen Bereichen unserer Gesellschaft herrscht auch in der Slam-Szene eine fehlende Diversität. Was FLINTA oder LGBTIQ+ Personen angeht, natürlich sowieso, aber auch BIPoC und Menschen mit Migrationshintergrund findet man selten auf den deutschsprachigen Slam-Bühnen. Es gibt viele verschiedene Faktoren, die Slam so weiß, bürgerlich und gymnasial machen. Ich werde hier nur einige meiner Gedanken zu diesem Thema teilen. Damit ist die Sache aber natürlich weder abgeschlossen noch gelöst.

Einer der, meiner Meinung nach, größten Gründe für eine fehlende Diversität auf Slam-Bühnen findet seinen Ursprung in der Schule. Kindern mit einem sogenannten »Migrationshintergrund« wird vom Kindergarten hinweg die ganze Schullaufbahn hindurch immer wieder eingeredet, dass ihr Deutsch nicht gut genug, schlecht oder sogar nicht ausreichend sei. Wenn einem das immer wieder eingeredet wird, dann fängt man an, das auch irgendwann selbst zu glauben. Wenn man ständig zu hören bekommt, dass man eine Sprache nicht gut beherrscht bzw. nicht gut mit ihr umgehen kann, hält das einen, sowohl im Kindesalter als auch später im Erwachsenenleben, in vielen Fällen davon ab, selber etwas zu schreiben, die eigenen Gedanken aufs Papier zu bringen und sie mit Menschen zu teilen. Man denkt sich dann nämlich: »Ich kann das eh nicht« oder: »Was habe ich schon Interessantes zu sagen?« Das war bei mir und vielen Freund*innen nicht anders. Ich sage nicht, dass alle Pädagog*innen dies tun, aber es gibt leider genügend von dieser Sorte. Die Kids, denen diese falschen Glaubenssätze in den Kopf gesetzt werden, verstehen in so einem jungen Alter einfach nicht, dass mit zwei oder mehreren Sprachen aufzuwachsen, die doppelte Arbeit ist, und die Pädagog*innen, die sie so verunsichern, die werden es wahrscheinlich sowieso nie kapieren. Sprachen lernen ist wie sein Glas mit Wasser aufzufüllen. Österreichische Kids haben ein Glas, das ziemlich schnell voll ist, da sie auch zuhause Deutsch sprechen und von ihren Eltern Input bekommen. Kinder, die mehrsprachig aufwachsen, haben zwei Gläser. In der Zeit, in der das österreichische Kind sein Glas ganz aufgefüllt hat, hat ein Kind, das zum Beispiel zuhause noch Türkisch spricht, zwei halbvolle Gläser. Es dauert noch eine Weile, bis sich diese beiden Gläser füllen. Sind die Kinder jedoch mal Teenager, dann steht der österreichische Teenager mit nur einem Glas da, während der türkische Teenager zwei volle Gläser besitzt, aber die Zweifel an den eigenen Deutschkenntnissen bleiben dennoch irgendwo in einem.

Ich finde, dass Workshops in Schulen daher enorm wichtig sind, um erstens diese falschen Glaubenssätze mit neuen, positiven zu ersetzen oder gar zu verhindern, dass diese entstehen, und um zweitens mehr Diversität auf unseren Slam-Bühnen zu erlangen. Workshops sind eine tolle Möglichkeit, um Kindern Poetry Slam vorzustellen und für die Schüler*innen ist es auch wahnsinnig schön, wenn zur Abwechslung mal Erwachsene in der Klasse stehen, die keine Lehrkräfte sind, sondern Künstler*innen, die das Schreiben zum Beruf gemacht haben. Diese Künstler*innen können nämlich wirklich einen Einfluss auf die Selbstwahrnehmung der Kinder haben, sie motivieren, Texte zu schreiben, und ihnen zeigen, dass auch sie wichtige Dinge zu sagen haben. Denn meine Güte, sind Kinder g'scheit! Es steckt so viel Potenzial in ihnen und es tut mir im Herzen wahnsinnig weh, dass einige Erwachsene, die sie eigentlich in ihrer Person stärken sollten, vielen von ihnen das gegenteilige Gefühl vermitteln. Wichtig ist bei den Workshops aber, nicht nur welche in »Hipster-Bezirken« wie dem 7. in Wien zu geben, sondern auch in den Außenbezirken, und vor allem nicht nur in Gymnasien.

Apropos Hipster-Bezirke. Um sowohl auf der Bühne als auch im Publikum mehr sozioökonomische Diversität zu gewinnen, muss Slam in Bezirke gebracht werden, deren Bewohner*innen nicht überwiegend weiß oder wohlverdienend sind. Denn viele Menschen, die nicht in den inneren Bezirken wohnen, fühlen sich, unabhängig von Hautfarbe oder Herkunft, nicht von Slam-Veranstaltungen angesprochen.

Doch das Leiwande an Slam ist ja, dass es beides kann: in Theatern in der Innenstadt, aber auch in Bars außerhalb des Zentrums stattfinden und funktionieren. Dieses Potenzial können Veranstalter*innen ausnutzen und ihre Veranstaltungen an Orten austragen, die noch nicht mit Poetry Slam vertraut sind. Durch Slams in sogenannten »Arbeiterbezirken« zum Beispiel, wie dem 10. oder 11., könnte man eine ganz neue Publikumskonstellation kreieren, die von der gewohnten weißen, bürgerlichen und gymnasialen abweicht. Diese Konstellationen sind meines Erachtens sehr wertvoll, weil man somit Menschen erreicht, die sonst vielleicht nie zu einem Poetry Slam hingegangen wären, weil sie noch nie etwas davon gehört haben oder weil sie sich von den vorherrschenden Angeboten in Theatern nicht angesprochen fühlen. Denn auch wenn man in der gleichen Stadt lebt, unterscheiden sich die verschiedenen Bezirke bzw. Bezirks-Gruppen sehr voneinander. Sie sind wie eine eigene Bubble und wir sollten aus unseren gewohnten Bubbles ausbrechen, um den Raum zu öffnen, neue Menschen zu erreichen und ihnen Poetry Slam näherzubringen. Dementsprechend sitzen dann nämlich auch Menschen vor der Bühne und in der Jury, die gewisse Texte ganz anders fühlen und nachempfinden können. Vielleicht gewinnt man dann auch aus diesem Publikum neue Poet*innen, die sich bei den nächsten Slams selber auf die Bühne trauen.

Aber wenn schon coole Shows in super fancy Theatern in der Innenstadt stattfinden, dann sollte man sich halt auch aktiv für ein diverses Line-up einsetzen. Ja, man kann auch für ein diverses Line-up sorgen, indem man BIPoC Poet*innen bzw. Poet*innen mit »Migrationshintergrund« aus der Szene einfach bucht, und das nicht nur ab und zu oder einmal im Jahr zum »Internationalen Tag der Muttersprache«, sondern jedes Mal.

Zum Schluss, wie bereits erwähnt, wird dieser Text hier das Problem der fehlenden Diversität nicht lösen. Ich hoffe aber, dass es Veranstalter*innen zum Nachdenken anregt und untereinander einen Austausch über mögliche Schritte zur Besserung einleitet. Dann können nämlich noch viel mehr Menschen ihre Gläser in die Hand nehmen und wir können gemeinsam auf Sprache und Poesie anstoßen. In diesem Sinne: Şerefe, cheers und prost!

Mr. Privileg und ich
Yaşmin Hafedh aka. Yasmo

Es ist frühmorgens und der Wecker klingelt zum zweiten Mal.
Deine Hand bewegt sich zur Snoozetaste – du hast grad keine Wahl.
Du drückst, die Augenlieder sind zu schwer.
Die Last auf deinen Schultern hält dein Bett auch nicht mehr lang.
Du liegst erledigt von der Welt,
fast reglos, willst nur Stillstand,
und wolltest du dich bewegen, du weißt, dass du das grad nicht kannst.
Du bist müde.
Du bist müde von der Welt
und müde von dir selbst.
Alles, was du hättest tun können, hast du doch eh gemacht,
du hast gearbeitet, du hast dich aufgerappelt, du hast geweint, du hast gelacht,
du hast mal eine wirklich gute Zeit verbracht,
du hattest Champagner, du hast die Welt bereist,
du hast gelernt, du hast studiert, du hast versucht, das Beste zu machen,
und jetzt fragst du dich, ob das reicht?
Für Midlife-Crisis ist es hoffentlich zu früh, für Quarter ist es doch zu spät.
Und du fragst deine Schlafzimmerdecke: Oida, was geht?

Tief drinnen weißt du, was dir fehlt,
aber zugeben? Neeeee!
Denn eigentlich hast du ja Privileg.
Du bist wohlbehütet in Mitteleuropa zu Welt gekommen,
hast zwei Eltern, bist gesund und hast immer Nahrung zu dir genommen.
Dein Wasser fließt aus der Leitung,
deine Hautfarbe zeigt deinen Migrationshintergrund nicht
und solltest du einmal krank werden, hast du keine Sorge,
weil du versichert bist.
Solltest du mal pleite gehen, hast du ein soziales Umfeld,
du lebst in einem sicheren Land und verdienst mit Kunst Geld!
Es geht dir gut, denkst du und blickst die Decke vorwurfsvoll an.
Du bist müde und weißt, dass du grad nicht aufstehen kannst.
Dort, wo du lebst, da darfst du eine Meinung äußern und eine eigene haben,
du darfst demonstrieren gehen, du darfst frei rumlaufen,
du darfst immer etwas sagen.
Es wird vielleicht nicht immer gehört, aber das liegt auch nicht immer in deiner Macht.
Liebe Decke, ich frage dich – hab ich was falsch gemacht?
Ich hab den Marx gelesen, um meine Herkunft zu verstehen,
um auf der Uni auch als Arbeiterkind zu bestehen,
ich war mit Brecht spazieren, hab den Schiller auswendig gelernt,
ich hab ein feministisches Selbstbild von Käthe Leichter geerbt,
ich habe mein Leben lang andere Menschen bestärkt.
Wenn man so will, hab ich den sozialen Aufstieg geschafft.

Ich hab bei Bourdieu gelesen, was das mit einem macht,
ich hab die meiste Zeit mit Arbeiten und Kämpfen verbracht
und werde nun als »verkrampfte Feministin« verlacht.
Da kommt Mr. Privileg her, und er zeigt mir seine Macht.
Denn er sieht die Privilegien nicht, das kann er sich leisten.
Und er macht mich so müde.
Ich bin so müde von seiner Mittelmäßigkeit, von seinem Selbstbewusstsein,
von seinem »Ich trag keine Verantwortung«, seinem »Mach das doch allein«,
von der 100sten Frage: »Wie ist das jetzt mit dem Feminismus gemeint?«
Von: »Ich hab nichts gegen ...,, aber« und von: »Sorry, du bist leider nicht dabei.«
Ich will nicht mehr diskutieren, wenn es um eine Quote geht,
und ich kann nicht mehr hören: »Bei Frauen geht es halt eher um Emotionalität.«
Alle Sätze von Mr. Privileg fangen mit »ich« an
und Rückfragen gibt es nur dann, will er sich der Aufmerksamkeit versichern.
Mr. Privileg, fick dich und all deine Privilegien,
und komm mir jetzt nicht mit Penisneid.
Das ist das älteste Ablenkungsmanöver und ich weiß, du willst, dass alles so bleibt,
aber glaub mir, das Einzige was ich hab, ist Privilegienneid.

Und nicht mal das, ich will doch nur, dass du siehst,
dass du uns allen mit deiner Egomanie Energie stiehlst.
Du bist so anstrengend mit deinem »not all men« und »ich bin ja nicht so«
– es geht nicht um dich, es geht um eine Richtung.

Ich bin so müde von der Welt
und ich bin müde von mir selbst,
ich will nicht immer erklären müssen, wenn mir etwas nicht gefällt.
Ich will den Schlüssel beim Heimgehen nicht zwischen meinen Fingern halten.
Ich will sagen können, ich habe auch ein Recht, diese Welt mitzugestalten.
Und dann will ich gehört werden und dann will ich, dass sich was ändert,
nur grad bin ich müde, und du hast schon wieder nicht gegendert.
Du hast schon wieder gefragt, wie ich das mit dem Feminismus meine,
aber nicht, weil du das wissen willst,
sondern weil du ur stolz auf deine Gegenargumentation bist und es gar nicht abwarten kannst, mir zu sagen, dass es doch Gleichberechtigung gebe, und außerdem sei ich die Sexistin, weil ich nicht sehen könne, dass alle Menschen gleich seien, und so weiter.
Ich bin so müde!
Es ist frühmorgens und der Wecker klingelt zum zweiten Mal.
Deine Hand bewegt sich zur Snoozetaste – du hast grad keine Wahl.
Du drückst, die Augenlieder sind zu schwer.
Die Last auf deinen Schultern hält dein Bett auch nicht mehr lang.
Du liegst erledigt von der Welt,
fast reglos, willst nur Stillstand.
Und wolltest du dich bewegen, du weißt, dass du das grad nicht kannst.
Du bist müde.
Du bist müde von der Welt
und müde von dir selbst.

Und das ist auch okay, du weißt, dass die Welt so, wie sie ist, nicht mehr lange hält,
um auf einer positiven Note abzuschließen.
Du weißt, es gibt genug Menschen mit einem Gefühl von Solidarität,
aber heute bist du müde und wirst einfach schlafen gehen.

Stimmt, Torsten, Rassismus gibt's ja gar nicht!
Shafia Khawaja

Anmerkung der Autorin: Weil ich keinen Bock habe, immer über meine eigenen Erfahrungen zu sprechen und weil die weiße Norm so gut wie immer unmarkiert bleibt, ist folgender Text ein kleines Gedankenexperiment. Also, POV: Du bist ein alter weißer Mann. Alt. Weiß. Männlich. AHHHHHHHH (Maskulines Kampfgeschrei). Du heißt Torsten. Du hast die Person dir gegenüber gerade eben gefragt, wo sie herkommt. Also eigentlich. Also ursprünglich.

Zwinky-Zwonky ;) (passiv-aggressiver Boomer-Semikolon-Klammer-zu-Smiley).

Ah, da kommst du also her! Uh ja, in dem Land ist so Terrorismus und Taliban, ne, Osama bin Laden, oder? *(Schmatzende Lufteinsaugen-Misophonie.)* Uh, schwierig, nee, schwierig, so politisch und so und dann 9/11, hm. Der war Saudi? Ach so. Na ja, Muslime sind ja eh alle gleich. *(Spöttisches Lachen.)* Alles so Fanatiker. Da weiß man manchmal gar nicht, wann der nächste in die Luft geht, so hui! Puff! *(Lautes Lachen.)*

Ach so und warum trägst du dann kein Kopftuch? Macht man das nicht so in eurem Kulturkreis? *(Interessiertes, aber süffisantes Schmunzeln.)* Ach so, du wurdest gar nicht muslimisch erzogen? *(Unterlippe schiebt sich enttäuscht vor, die hochgezogenen Augenbrauen legen die Stirn in Falten.)* Ach so, ich dachte so wegen dem Namen, weil ist schon arabisch, ne? Ja, ja, wusste ich doch. *(Die Stirnfalten glätten sich wieder ein bisschen.)*

Und sprichst du wenigstens die Sprache? Nein, nur ein paar Worte? Wirklich schade! *(Bedauerndes Kopf zur Seite neigen.)* Es ist ja so eine Bereicherung, viele Sprachen zu sprechen, also so die wichtigen Sprachen, ne? Also die man auch in der Wirtschaft braucht, so beim Verhandeln und so, ne? Also die Kanaken hier, die immer in der U-Bahn in ihr Handy brüllen, das brauch ich natürlich nicht. Das ist ja ganz klar. *(Beifall heischendes Lachen.)* Nee, also die hätten schon in ihrem Land bleiben können, sag ich mal so direkt, ja. *(Zufriedenes Grunzen.)* Was? Kanake sagt man nicht? Ach so, ich dachte, das wäre jetzt wieder cool? Nee? Ist es nicht so hip? *(Verwirrtes um sich Schauen.)*

Wie? Kanaky ist eigentlich die Eigenbezeichnung für die Einwohner von Neukaledonien? Wo isn dat? *(VERWIRRUNG.)* Im Südpazifik? Und die sind immer noch kolonialisiert? Ach so, na ja. *(Die Stirnfalten sind wieder da.)* Also DARF MAN DENN ETWA GAR NICHTS MEHR SAGEN ODER WAS? Nee, auf diese SCHEIß-POLITICAL-CORRECTNESS-DIKTATUR, DA HAB ICH KEINEN BOCK MEHR DRAUF! *(Die Spucke schießt aus dem brüllenden Mund, Speichelfäden tropfen von der zitternden Lippe.)*

(Aggressiv-knurrendes Ausatmen.) Ich darf mich nicht so aufregen. *(Maskulines Mundabwischen mit dem Handrücken.)* Das ist nicht gut für meinen Blutdruck! *(Erschöpfter Seufzer)* Also, habe ich das richtig verstanden? *(Versöhnliches, aber süffisantes Schmunzeln.)* Du sprichst die Sprache deiner Eltern nicht? Du kannst nur Hallo und Tschüss? Ja, asalamaleikum, ne? *(Wissendes Augenbrauenhochziehen.)* Haha, das weiß ich auch noch, also ich wollt's jetzt nicht so sagen, aber ich bin ja selbst so ein kleiner Globetrotter *(zufriedenes Glucksen)*, ein Weltenbummler, möchte man fast sagen, ich habe schon viele Länder gesehen. *(Kokettes Haarsträhnen-*

hinters-Ohr-Streichen.) Ja, in Afrika war ich auch schon. *(Verheißungsvolles Nicken.)* Wie? Das ist kein Land? *(Die Stirnfalten entgleisen wieder.)* Na ja, eh. Weißt doch, was ich meine. *(Verunsichertes, maskulines Hüsteln.)* Also, ich finde das immer richtig interessant *(Stimme crescendiert)*, da so in andere Länder zu gehen, das ist schon spannend, so, da sieht man immer, wie gut es einem geht in Deutschland, ne? *(Eifriges Lachen.)* Also dat sag ich auch immer zu meiner Gabi, weil manche, die sind ja schon bisschen primitiv ... *(Die wulstigen Stirnfalten reichen jetzt fast schon bis an den schütteren Haaransatz.)* Na, die essen zum Beispiel einfach mit ihren Händen? *(Demonstrativ Hände voller Unverständlichkeit heben.)* Na, also ich glaub, die haben einfach noch nie Besteck gesehen! *(Pikiertes Lippenkräuseln.)*

Wie meinst, du findest das überheblich, die primitiv zu nennen? Aber na ja, es stimmt ja. *(Schulterzucken.)* Ich bin nur froh, dass die ganzen Flüchtlinge hier aus der Ukraine wenigstens 'n bisschen zivilisierter sind. *(Erleichtertes Grunzen.)* Und die sehen ja auch aus wie wir, also ist ja ganz klar, dass wir die gerne aufnehmen! *(Zufriedenes Nicken.)* Wie jetzt, du findest das rassistisch? *(Kopfschüttelndes Augenverdrehen.)* Nee, mal ganz ehrlich, alles ist heutzutage Rassismus, alles mimimimi, wo ist denn das Problem, also in den Medien haben sie das auch alle gesagt, dass das die echten Flüchtlinge sind, ich denk mir dat hier ja jetzt nicht aus. *(Spöttisches Lachen.)* Hä? Ja, wat soll schon sein mit den Geflüchteten aus dem Irak und Afghanistan und Yemen und Eritrea und Syrien? *(Genervtes Grunzen.)* Dat ist mir doch egal! *(Arme in die Luft heben wie ein flugunfähiger Pinguin.)* Die kann man auch ruhig alle wieder abschieben, DAS SIND DOCH ALLES NUR KRIMINELLE UND VERGEWALTIGER, DIE UNSER ABENDLAND ISLAMISIEREN WOLLEN! *(Kleine Speicheltröpfchen fliegen wieder aus dem hintersten Rachenwulst hervor.)*

Wat? Du findest, die Solidarität für die Ukraine ist wichtig, aber alle Geflüchteten haben die gleichen Menschenrechte verdient? *(Ungläubiges Lachen.)* Nee, komm, irgendwann reicht's dann auch hier, mit diesem linksversifften Gelaber, wir können ja nicht jeden aufnehmen. *(Wegwerfende Handbewegung.)* Schau, deine Eltern hatten ja immerhin Glück, ne? *(Verständnisvolles, aber süffisantes Kopf-zur-Seite-Neigen.)* Die durften ja auch schon in unser Land. Also sei doch einfach mal dankbar, dass du hier sein darfst. *(Zufriedenes Grinsen.)*

Ach so, du-du-du wu-wurdest hier geboren? *(Ungläubiges Starren, die Spucke bleibt ehrfürchtig im sperrangelweit geöffneten Mund zurück.)* Na ja, komm *(verlegenes Räuspern)*, ist ja jetzt auch gehopst wie gesprungen. *(Leichtes Lachen und Pinguinarme-Heben.)*

Und außerdem, also ich weiß auch gar nicht, was dein Problem ist *(zu Fäusten geballte Hände in die Hüfte gestemmt)*, weil, weißt du, ich hab auch 'ne Freundin, ne, und ich sag mal so *(Augenbrauen hochziehen)*: Die hat halt auch *(flüsternd)* Migrationshintergrund, und die findet das üüüüü-beeer-haupt gar nicht schlimm!!! *(Kopfschütteln und zufriedenes Grinsen.)*

Stimmt, Torsten!
Wenn das deine eine Freundin sagt,
dann muss das natürlich stimmen!
Wie konnte ich jemals denken,
dass meine persönliche Erfahrungen
da irgendeine Bedeutung haben?
Ich glaube, du hast recht.
Weißt du, je mehr ich drüber nachdenke, Torsten,
desto mehr bin ich mir sogar ganz sicher:

Rassismus gibt es gar nicht.

4.2 Zerschmettert die vierte Wand
Simon Tomaz

Der Vorwurf ist mittlerweile so alt, wie er nach wie vor gerechtfertigt ist: Der soziokulturelle Background der Slam-Szene ist ziemlich homogen. Gerne diskutieren und thematisieren wir Sexismus und Rassismus auf Bühnen und bemühen uns als Veranstaltende um Line-ups, die die Diversität der Gesellschaft nach diesen Kriterien abbilden. Ich kann an der Stelle nur von Österreich sprechen, aber das letzte Mal, dass ich »die einzige Frau im Line-up« von einer Moderation gehört habe, ist Jahre her.

Ein weiterer wesentlicher Diskriminierungsfaktor kommt aber häufig noch zu kurz: die Klasse. Ein guter Indikator, um diese zu bestimmen, ist der nach wie vor stark erblich bedingte formale Bildungsgrad einer Person. Und hier hat die Slam-Szene ein Problem. Während niederschwellige Slams immer wieder nicht-Studierte auf die Bühnen holen können, geschieht es nur selten, dass diese wiederkommen oder einen gentrifizierteren Slam besuchen. Auch wenn wir Workshops an nicht-gymnasialen Schulen geben, gelingt es nicht, die Workshopteilnehmer*innen auf reguläre Slam-Bühnen zu holen.

Ich sehe keine sichere Strategie, wie wir dies beheben. Im Folgenden möchte ich deshalb ein Arsenal an Vorschlägen präsentieren, wie wir als Veranstaltende Barrieren abbauen können. Diese Ideen sind weder neu noch meine eigenen, sondern gesammelte Erlebnisse, aus denen Lesende schöpfen können.

Holt neue Leute auf die Bühne

Eine der charmantesten Ideen, die ich in den letzten Jahren bei Slams miterleben durfte, begab sich in Steyr. Eine Teilnehmerin hatte ihren ersten Auftritt, aufgrund der wenigen Teilnehmer*innen kamen alle ins Finale und sie hatte keinen zweiten Text parat. Also nutzte sie die Zeit, um einen Gutschein für einen Startplatz einzuführen, den sie an eine Person im Publikum vergab. Die damit verbundene Bedingung: Diese Person musste beim nächsten Slam[2] im Ort teilnehmen und dann ihrerseits den Gutschein weitergeben.

Ein solcher Anreiz kann bei Slams und Workshops geschaffen werden, eventuell an ein Goodie geknüpft, beispielsweise ein Notizbuch, in das man bis zum Slam Texte schreiben kann.

Geht in periphere Locations

Es ist zeitaufwändiger und manchmal ein finanzielles Risiko. Aber wenn man Leute abholen will, muss man entgegenkommen können. Wenn engagierte Multiplikator*innen in Jugendzentren, kleinen Gemeinden bekannt sind und genutzt werden können, dann sind sie die besten Brückenschläger*innen. Sie kennen die Gegebenheiten vor Ort, sie verstehen es, Publikum und Poet*innen anzulocken und tragen so entscheidend zum Gelingen bei. Damit die Leute wiederkommen, müssen dann aber die Veranstalter*innen und Poet*innen überzeugen.

Erlaubt spontane Teilnahmen

Wenn das Setting nicht zu streng ist, sollten Poet*innen, die während des Bewerbs draufkommen, dass sie noch mitmachen wollen, das auch dürfen. Natürlich nicht, wenn die Veranstaltung dadurch zu lange dauert oder die Technik es nicht erlaubt. In solchen

....

2   Nach Verfassen dieses Beitrags. Ich hoffe sehr, dass es funktioniert hat.

Fällen kann man den Fixstartplatz für den nächsten Slam anbieten.

Bietet Leuten ein Erlebnis

Ich fahre, sofern es mir möglich ist, jährlich zu einem Slam in der Südsteiermark mit dem von meinem Vater geliehenen Auto. Die Autofahrt von knapp drei Stunden bietet Möglichkeiten für Gespräche und zur Auflockerung versuche ich mittlerweile auch, einen Ausflug auf dem Weg einzubauen.

In den letzten Jahren war ich mit einer Gruppe etwa in einem Freilichtmuseum, einer Schokoladenfabrik oder am Badesee. Dadurch lernen wir einander als Menschen kennen, nicht nur als Poet*innen, erhalten eventuell Anreize gemeinsam Zeit zu verbringen, und bauen auf diese Weise Bindung auf. Man sollte Poet*innen, die noch nicht lange dabei sind, aber unbedingt die Möglichkeit geben, eine*n Insasse*in für das Auto auszuwählen, damit sie sich wohlfühlt.

Trefft euch regelmäßig auch abseits von Slams

Ein monatliches Treffen kann zur Feedbackgabe, zum Textideenaustausch und zur Information über aktuelle Veranstaltungen genutzt werden.

Seid diskussionsbereit

Je nachdem, wie Leute erzogen wurden, besteht die Möglichkeit, dass sie noch nicht mit den progressiven Positionen der Slam-Szene konfrontiert wurden. Sie darauf hinzuweisen, ohne sie zu verschrecken, um so die Möglichkeit zu schaffen, dass sie problematische Ansichten fallen lassen, ist manchmal ein hasardischer Drahtseilakt. Verhalten wir uns zu belehrend, verschrecken wir, verhalten wir uns zu tolerant, erzielen wir keine Wirkung.

Zerschmettert die vierte Wand
Zu guter Letzt: Bleibt nahbar. Die Angst, nicht gut genug zu schreiben, muss abgebaut werden. Dazu hilft es, im Workshop den eigenen im Workshop verfassten Text zu präsentieren, um zu zeigen, dass man selbst auch manchmal schlecht schreibt, aber für Bühnentexte eben genug Zeit, diese zu schärfen, hat. Generell hilft es, Scheitern zu präsentieren, in Workshops nicht nur über Slam, sondern auch über euch als Person zu sprechen. Bondet über Lieblingsmusik, Lieblingsessen etc. Wenn Bühnenaspirant*innen merken, dass wir nicht primär über die Kennzeichen postmoderner Literatur philosophieren, sind sie eher bereit, sich auch zu exponieren.

Alle diese Vorschläge sind natürlich nicht nötigerweise für dezentrale Slams zu nutzen, sondern können zur Ansprache aller Poet*innen genutzt werden. Denn am Ende des Tages sollte es schließlich egal sein, welchem Milieu jemand entstammt, wenn wir ihre*seine Texte mögen.

fix und fairtig
Tara Meister

Klein Frida trägt gern Lila
Ab in die Schule, Frida –
dividier mal neun durch drei
Teilen lernen heißt es, weil teilen total wichtig ist und alles
zu gleichen Teilen dann das Richtige ergibt, nämlich:
drei

Und Mathe, damit du die Schule schaffst, und Schule,
damit du dann Matura machst und die gleichen Chancen
wie alle anderen hast, im Leben
Schreiben und lesen sollst du lernen, geben und nehmen,
aber vor allem ehrgeizig sein – jeder kämpft für sich allein,
Frida

Ja und die da, in deiner Klasse, die hat zwar eine
Leseschwäche, aber auch die gleichen Chancen, und der
da, der hat einfach nicht alle Tassen im Schrank, aber
genau die gleichen Chancen, und wer da nicht mithalten
kann, der muss einen Gang höher schalten –
weißt du, Frida, leisten muss man eben, nur dann
bekommt man die gleichen Chancen, und wer das nicht
kann, na ja, der ist raus, die sortieren sich praktisch selber
aus – und das war's dann für die

Frida, sieh mal:
Köpfchen braucht man im Leben
Aber nicht nur das: auch zwei knochige Ellbogen, aber
nicht nur das, auch einen gewissen Biss, und dabei keine
Gewissensbisse, den richtigen Schliff, wissen, wo der
Hammer hängt und wer zu lang am Rockzipfel von Mama
hängt, wer beim Sport nur in der Ecke flennt, ja, aus
denen wird nichts, Frida

Es braucht eine gute Dosis emotionale Distanz, Ignoranz
und ein Einzelkämpfer-Mindset – klingt nach einem
vermeidenden Bindungsverhalten und Dissoziation?
Ist es auch, hat noch niemandem geschadet

Geflennt wird hier nicht, schon gar nicht, wenn du ein
Junge bist – bist du nicht, wäre aber vielleicht besser
gewesen, Frida, hier bekommt jeder die gleichen Chancen

Aber ja, wäre schon schön gewesen, du hättest zwischen
deinen Beinen einen Penis gehabt – ein Schwert und nicht
die Scheide! – das hätte deinen Marktwert doch nicht
unerheblich gesteigert und dir den Vorsprung beschert,
den du jetzt wettmachen musst

Also streng dich an, Frida:
Jeder kann alles erreichen, du bist deines eigenen Glückes
Schmied –
ja, Schmied heißt das, das wird nicht gegendert
Als ob das was ändert, klar bist du damit auch gemeint,
Frida, wir sind doch alle gleichberechtigt hier

Und wenn dir irgendwann auffällt, dass man sich dir
gegenüber anders verhält als bei deinen Kollegen, dann ist
das ein persönliches Problem, und wenn dir irgendwann
auffällt, dass niemand mehr teilt, dass in diesem System
dauernd jemand durch den Rost fällt –

Frida, die haben ihre Chancen einfach nicht genutzt
Weil Chancen haben wir hier alle die gleichen und die
Weichen sind gestellt, für eines jeden Weg in ein besseres
Leben

Und wenn dir irgendwann, Frida, wenn du
zwanzig,
dreißig,
vierzig bist und du in deiner 2-Zimmer-Wohnung sitzt,
mit drei Kindern, nachdem du's echt probiert hast,
studiert hast, es Hochs und Tiefs gab, Praktika und
Drogen, Auslandsjahr und depressive Episoden, durch
die du immer wieder rausgeflogen bist aus dem Karriere-
Karussell, das sich viel zu schnell dreht, um Schritt zu
halten, mit
eins,
zwei,
drei Kindern an der Hand, und auf dem langen Weg hat
kaum jemanden dein Verstand interessiert, viel mehr deine
Brüste, und der Vorstand hat getan, als wüsste er von
nichts –
jeder kämpft für sich, Frida

Ja, gut, du vielleicht nicht, weil du drei Kinder hast, für die
auch mitgekämpft werden muss,
aber schlussendlich hattest du ja die Wahl –
und dann auch noch Depression, Frida!

Burnout wäre ja schon schlimm genug gewesen, aber das
ist wenigstens mehr angesehen, weil die Leute verstehen:
Da hat wer gearbeitet bis zum Umfallen
und ist dann umgefallen, aber ums Arbeiten geht's,
Frida, verstehst'?

Und Kinder großzieh'n ist halt keine Arbeit und Arsch
abwischen von da Oma auch nicht, sprich: Es gibt kein
Gehalt dafür und wenn's kein Geld dafür gibt, ist es auch
keine Arbeit, und was keine Arbeit ist, das wird auch nicht
bezahlt, das leuchtet doch ein, so schwer kann das nicht
sein, Frida

Und wenn dir irgendwann aufgefallen ist,
dass alle Karrierefrau und tolle Mama wollen
und du keins von beidem bist,
dass Teilzeit nicht Freizeit ist
und sich eine Tür nach der anderen für dich schließt –
dann ist das dein Problem, und damit bist du auch allein.

Wenn du dich dann, Frida, fragst,
wie das alles eigentlich sein kann,
wieso du, nachdem du so viel geschafft hast, jetzt die
Armutsgrenze entlangschrammst –
du hast es doch echt probiert

Na ja, Frida:
Die Welt ist gerecht
Vielleicht hast du einfach damals schon zu schlecht
dividiert.

Findet den Unterschied!
Katharina Wenty

CN: Autounfall, Tod, Ableismus

1998, Herbst,
der Himmel im selben Blau eingeschwärzt
wie jener Opel auf der Autobahn,
vorne ein Ehepaar im Zorneswahn,
auf der Rückbank zwei Kinder.
Wütende Worte, immer geschwinder,
der Sohn beginnt, zu weinen,
die Eltern hören gar nicht den Kleinen,
die Tochter dreht sich um,
macht den Rücken ganz krumm,
grinst dem Busfahrer zu und winkt,
doch dieser grüßt nicht zurück,
also rutscht sie wieder nach vorne, ein Stück:
»Mama, ich muss ua dringend, ich mach mich gleich an!«
Der Vater seufzt, blinkt,
der Streit gestört,
er fährt rechts ran,
ebenda hört
man einen berstenden Knall,
Schreie hinter Metall,
scharf splitterndes Glas,
und nicht mehr vier Herzen schlagen.

Dort, wo vorher eine Familie saß,
schweigen blutverrenkte Körper,
deren wutgetränkte Wörter
eben noch in Lüften lagen;
abwesende Stimmen tragen,
was nicht mehr blieb zu sagen.

In meiner Geldbörse klebt die Erinnerung an den Metallklumpen,
aus dem man mich befreite,
in verbeulten Dachfalten am Boden schlief ich in Sternstumpen,
und der Arzt prophezeite,
dass, wenn ich schon nicht sterbe,
ich nie wieder gehen können werde.
Als ich aus dem Koma aufmerkte,
nicht nach Sekunden, sondern Tagen,
wurden all die Wunden Narben
sowie Spiegel meiner Stärke,
denn die schmerzenden Beine
tragen Zeugnis, dass nicht ich alleine
Querschnitt und Summe zufälliger Entscheidungen und entscheidender Zufälle bin.
Schicksal steht niemals 100 % in eigener Macht,
meines döste in den Augenlidern eines Busfahrers in der Nacht.

Ab diesem Punkt lassen sich beschreiben
zwei Bilder von zwei Möglichkeiten,
doch, Obacht, ihr müsst sie unterscheiden:

Bild I
Nach dem Unfall sitze ich
in der Volksschule und lerne,
ein paar Jahre später schwärme
ich für Florian aus der 8b.
Mit elf das erste Mal Heimweh
bei der Sportwoche im Burgenland,
mit zwölf halte ich die Hand
meiner Oma, als sie stirbt,
mit vierzehn verdirbt
mir mein Bruder den Geburtstag,
ein Jahr später der erste Kuss im Park
von jemandem, den ich gar nicht so mag.
Nach zwei Bewerbungen der erste Job,
mit sechzehn der erste Kurzfilm(flop),
mit zwanzig der erste Mic-Drop
it like it's hot, nothing's gonna stop
me writing my own plot!

Bild II
Nach dem Unfall sitze ich
in der Montessori-Schule und lerne,
ein paar Jahre später schwärme
ich für Michael aus der 8b.
Mit elf das erste Mal Heimweh
bei der Caritas-Haus-Woche im Burgenland,
mit zwölf halte ich die Hand
meiner Oma, als sie stirbt,
mit vierzehn verdirbt
mir mein Bruder den Geburtstag,
zwei Jahre später der erste Kuss im Park
von jemandem, den ich gar nicht so mag.
Nach vier Bewerbungen der erste Job,
mit sechzehn der erste Kurzfilm(flop),
mit zwanzig der erste Mic-Drop
it like it's hot, nothing's gonna stop
me writing my own plot!

Sagt mir nun, wo sind die Unterschiede,
wenn nicht in der Welt strenger Schmiede?

Hier, nehmt meine Seele, mein Gold,
meine Stärken und Schwächen,
habt ihr's nicht so gewollt,
ungleich zu schaffen, wo's gleich sein sollt',
anstatt meiner zu sprechen,
was ich kann und darf und was nicht?
Müssen wir das Licht
für Gleichwertigkeit abdrehen,
um in Dunkelheit zu sehen
das Strahlen brennender Herzen?
Wenn das so ist, behaltet eure Kerzen,
gern weile ich im Schwarz jener Nacht,
fern bleibe ich Differenzen im Lichtschein,
den Grenzen, die ihr euch gemacht,
dem Sein und Nicht-Sein
dessen, wie ihr mich erdacht.

Zu sagen, dass der Weg jeweils gleich verliefe,
wäre gelogen,
denn in Bild II hielt ich das Schwert erhoben
und musste täglich kämpfen für einen Platz in der Welt,
der mir im ersten Bild sichergestellt.
Ein anderer Startpunkt mit hundert Hindernissen,
viel mehr Einsatz mit gleichen Ergebnissen,
doch sind beide meiner Versionen dem Tode zum Trotz da,
mein Körper ist mein Memoire,
Geist und Seele mein Testament,
jeder Atemzug ein Fundament.

Nichts ist selbstverständlich,
alles nehmen wir als gegeben, ständig,
dass wir uns bewegen, großherzig, freihändig,
entscheidet manchmal nur ein Moment,
nämlich jener, in dem man erkennt,
dass das Wesen beider Bilder kongruent,
sich nur Rahmen und Welt
jeweils anders verhält.

Unsere perfektionistischen Normen
kann sowieso niemand einhalten.
Lasst uns als Gesellschaft neu formen,
anstatt Einzelne abzuspalten
und arrogant zu delegieren,
getrennt zu versorgen
in einer Halle.
Ungleichheiten zu annullieren,
von heute auf morgen,
ist denkbar unmöglich,
doch lenkbar und nötig
wäre es, den Raum zu adjustieren,
passend für alle.

Das, was als Schatten verkannt,
hat stets am hellsten gebrannt,
die Blicke anderer stahlen die Sicht,
geblendet warst du vom eigenen Licht,
denn ich stand nie im Dunkeln.
Siehst du mich nicht in beiden Bildern funkeln?

Kapitel 5:
Maskenball im Railjet –
Formen und Formate von Slam

wir wollen unsympathisch sein, doch sind nur journalistisch
wir tanzen kontextfrei auf hausdächern
wir wollen sophistisch sein, doch sind nur rosig
generation wegzehrung
unsere träume ockergelb
alle marschieren doch niemand fühlt es
niemand kann uns biken
gemeinsam blödeln
wir betäuben uns mit cappuccino

(@eloquentron3000)

Ein Bot baut Gedichte. Menschen bauen Teams.
Alle polieren die Form.

Mit Beiträgen von
Martin Fritz
Henrik Szanto

Mit Texten von
Hierkönntemein Namestehen
Markus Haller
Christoph Steiner
MYLF

5.1 Mess with the Formula!
Martin Fritz

Es gehört sicher wie bei vielen guten Dingen zu den Erfolgsfaktoren von Poetry Slam, ein im Grunde simples und fixes Konzept zu haben, aus dem sich gerade deshalb immer wieder Neues entfaltet. So wie die lateinische Schrift nur 26 einfache Kritzikratzis braucht, um damit ganze Bücher voller ganzer Welten zu füllen, oder so wie alle menschlichen Sprachen nur einen begrenzten Vorrat an Lauten brauchen, um damit alles überhaupt Sagbare sagen zu können, und überhaupt Sprache, geiles Konzept eigentlich, habt ihr da schon mal drüber nachgedacht? Echt abgefahren, aber ich schwiff ab, wo war ich?

Ach ja: So wie also die meisten guten Dinge aus ganz wenigen einfachen, gleich bleibenden Zutaten bestehen und gerade darum so vielseitig und cute bleiben, so hat auch Poetry Slam bekanntlich seine ganz wenigen heiligen Regeln (Offenheit – alle dürfen mitmachen, Zeitlimit – aber bitte nicht stundenlang, Konzentration auf die Textperformance – nicht singen, nicht verkleiden etc., Publikumsjury – aber die Punkte sind nicht der Punkt) und hat es damit geschafft, dass es einigen Leuten, die in diesem Buch versammelt sind (und nicht nur denen!), seit Jahrzehnten trotzdem nicht fad wird damit. Im Gegenteil!

Angesichts dessen könnte der vorliegende Essay auch schon wieder vorbei sein, nach dem Motto »Don't Mess With the Formula!«. Aber dann gibt es ja Diesen Nervigen Dude, den wir alle kennen, der bei der schönsten Aftershowparty auf einmal DA ist und uns, die wir das seit Jahrzehnten machen, mal so richtig schön erklärt, was Poetry Slam eigentlich ist und was daran alles falsch läuft (was Der Nervige Dude weiß, weil er mal ein YouTube-Video geschaut hat). Und was der Partycrasher kritisiert, ist, dass alle Slams immer gleich sind und immer nur Typen gewinnen mit lustigen, aber auch ein bisschen kritischen (im Sinn von: das sagen, was eh alle im Publikum denken) Texten über das Alltagsleben von Studenten (der Backstage-Störer sagt nicht Studierenden, aber darüber wollen wir mit dem lieber nicht diskutieren, sonst hört das überhaupt nie auf).

Natürlich ist das Bullshit, aber etwas daran wurmt uns doch noch am nächsten Tag beim Frühstücksbuffet in der Pension. Vielleicht würde manchen Slams, vor allem denen, die reine Einladungsslams sind und entgegen dem Prinzip der Offenheit keine Starter*innen von der offenen Liste mehr zulassen (und somit keine im Spektrum von »Uiuiui« über »WTF« bis hin zu »Mindblowing Amazing Cute5000« angesiedelten Überraschungen), vielleicht würde denen ein bisschen mehr Abwechslung guttun? Und auf der langen Zugfahrt nach Hause denken wir grübelnden Slam-Menschen dann darüber nach, wie es vielleicht mal anders ging, und that's how die ganzen Slam-Sonderformate, von denen ich jetzt reden werde, were born.

Oder diese ganze lange Einleitung war Quatsch, weil sie bedeuten würde, die Spezial-Slams wären nur kompensatorisch dazu da, einen Mangel und eine Schwäche zu beheben, und wären nicht einfach aus Spaß und Neugier aufs Unbekannte geboren. Auch das soll es geben, zum Glück! Hätten damals alle Angehörigen der minoischen Kultur gesagt: »Linear A reicht vollkommen!«, dann müssten wir heute noch umständliche Silbenzeichen in Tontafeln kratzen. Schönen Dank an die Creators von Linear B, btw!

Wie auch immer es gekommen sein mag, feststeht: Es gibt inzwischen eine ganze Reihe von Formaten, die mit der Formula eben schon messen, und ich habe mir gleich eine ganze Systematik dazu ausgedacht. Also aufgemerkt, es sind drei Hebelchen, an denen geschraubt wurde und wird, und somit drei Gruppen von Slam-Spezialitäten, die wir in der freien Wildbahn beobachten können:

a) Es gibt Zusatzregeln und/oder Regeln werden aufgehoben.

b) Slams eigens für bestimmten Personengruppen.

c) Slam wird mit anderen Kunstsparten vermengt.

Unter a) fallen wohl die zahlenmäßig meisten Sonder-Slams. Die einfachste Zusatzregel-Variante ist gewiss der Themen-Slam, also ein Slam, bei dem entweder nur Texte zu einem bestimmten Thema zulässig sind oder solche in der Wertung begünstigt werden. In Innsbruck gibt es seit 2014 den Gestaltwandler-Slam, dessen Konzept es ist, jedes Mal eine neue Ausformung zu haben, und den ich von daher bei fast jeder nun folgenden Form nennen könnte. Themen-Slams gab es eben bereits oft beim Gestaltwandler-Slam, mit dem witzigen Nebeneffekt, dass die Tiroler Slamily auf Touren oft thematisch ähnliche Texte im Gepäck hat – und es hat ihnen selten geschadet. Ganz im Ernst: Augenscheinlich ist für viele Slammer*innen eine thematische Einschränkung eher willkommene Inspiration als zusätzliche Bürde (großes Shoutout und Danke an die T-Slamily, die sich immer wieder auf diesen Spaß einlässt!). Weil das so gut funktioniert, gibt es häufig auch Kooperationen mit slamfremden Organisationen, die sich Themen-Slams zu einschlägigen Themen wie »Europa« (irgendeine gut dotierte EU-Agentur), »Warum der Onkel Erich so leiwand ist« (Arbeitsgruppe Erichs 75ste-Geburtstagsfeier) oder »Awareness für Capybara-Gesundheitsprävention« (Veterinär-Fachverband Hydrochoerus) bestellen. Dazu ist nur zu sagen: Solange die slamfremden Orgas gut zahlen, ist das für alle Beteiligten eine schöne Sache, und ich kenne nicht wenige bei solchen Events entstandene Texte, die den Themenbezug bis an die alleräußerste Belastungsgrenze gedehnt haben und die hinterher schnell zu Klassikern im Repertoire der jeweiligen Slammer*innen geworden sind.

Hebt eins die Nicht-Singen-Regel auf, wird eins mit einem Singer-Songwriter-Slam beschenkt. Mich erstaunt bei solchen gerne im Rahmenprogramm von Meister*innenschaften veranstalteten Events immer wieder, was für gute Musiker*innen die Slamily auch zu bieten hat. Unter Aufhebung der (meiner Meinung nach sowieso Humbug darstellenden) Verkleidungsverbots-Regel entstand in Innsbruck der so genannte Glam-Slam. Es ist dies eigentlich ein nur schlecht versteckter Queer-Slam, aber dazu komme ich noch später! Ob es auch einen Schnarch-Slam gibt, also einen Slam, der das Zeitlimit aufhebt und stundenlange Beiträge erlaubt, entzieht sich meiner Kenntnis. Anti-Slams kehren einfach alle Regeln um und funktionieren dementsprechend (nicht). Schnapsideen wie Schnaps-Slams, bei denen die Slammer*innen nach jedem Text alkoholische Getränke konsumieren müssen, gibt es jedenfalls zum Glück immer seltener.

Weil es meine Kategorisierung ist, bestimme ich, dass hier auch jene Slams hineinfallen, die eine Slam-Disziplin besonders featuren, also z. B. Tagebuch-Slams (für Spaß mit Tagebuchtexten), Rap-Slams (bei denen Rap-Texte gefragt sind), Dialekt-Slams (wer erraten hat, dass hier Dialekt-Texte willkommen sind, darf sich am Ausgang des Textes einen Keks abholen – und dieser Text wäre nicht vollständig, würde ich nicht sagen, dass Günther Tschif Windisch fast von Slam-Anbeginn in Wien einen sehr erfolgreichen, regelmäßigen Dialekt-Slam veranstaltet hat) oder Onkel-Erich-Gstanzl-Slams (sorry, aber ich bekomme von der Arbeitsgruppe 100 €!).

Zu b) gehören Team-Slams (für die Personengruppe von Leuten, die lieber mit ihren Teammates gossipen, als allein Texte zu schreiben) und U20-Slams (für Leute unter 20). Doch natürlich denke ich hier in erster Linie an FLINTA*-Slams, also Slams, die FLINTA*-Personen und -Themen (ui, schon wird klar, dass sich die drei Kategorien, wie immer alles, eh nicht so genau trennen lassen, na bravo!) eine Bühne geben, weil diese im normalen Slam-Alltagsgeschäft oft dramatisch unterrepräsentiert sind, wie es z. B. der Flawless-Slam in Wien regelmäßig tut. Pride- und Queer-Slams (die sind uns auch schon in einer anderen Kategorie untergekommen – wie passend!) tun das zum Glück nicht nur im Juni für alle, die außerhalb der cisbinärheterosexistischen Norm leben, lieben und texten. Und damit ist auch schon nahegelegt, dass es natürlich auch nahelege, die anderen systematischen Ausschlüsse anzugehen, die unsere Slam-Bühnen so viel weniger divers und vielfältig (also: ärmer) machen, als sie es sein müssten: Sich zu überlegen, was dagegen zu tun wäre, dass auf Slam-Bühnen der Anteil der weißen jungen able-bodied cishet-Dudes so viel größer ist als im Rest der Gesellschaft. Natürlich lässt sich hier wie generell immer diskutieren, ob es die richtige Strategie für marginalisierte Gruppen ist, in einen Spezialrahmen gesteckt zu werden. Zwischen Empowern oder erst wieder Ausgrenzen ist ein schmaler Grat, der sicher mit Fingerspitzengefühl im Einzelfall abzuwägen ist. Doch erstens muss es kein entweder-oder sein, können sich also auch reguläre Slams aktiv um Inklusion und diverse Line-ups bemühen und parallel Spezial-Slams besondere Gruppe besonders pushen. Zweitens spricht zumindest das Empowerment, das ich bei den FLINTA*- und Queer-Slams gespürt habe, die ich bisher miterleben durfte, eindeutig dafür, dass es eine gute Idee ist, temporär solche Räume zu schaffen, bis die Gesamtgesellschaft so weit ist, dass sie nicht mehr nötig sind.

Die Gruppe c) hätte ich in einem früheren Leben (als ich Vergleichende Literaturwissenschaft studiert habe) hochgestochen als Intermedialität bezeichnet. Das Slam-Prinzip lässt sich auch hervorragend mit einer oder mehreren anderen Kunstrichtungen kombinieren. Dabei können entweder die verschiedenen Kunstsparten im spielerischen Wettstreit stehen (welche Kriterien da gelten sollen, ist das Bier der Publikums-Jury) oder zu einer Gesamtperformance fusionieren. Ich habe schon erlebt (ohne Anspruch auf Vollständigkeit): Jazz-Slams (eine Jazz-Band spielt zu den Texten), Orchester-Slams (ein Orchester spielt zu den Texten), Tanz-Slams (Tänzer*innen setzen die Texte tänzerisch um), Dead-or-Alive-Slams (Schauspieler*innen performen schauspielerisch Klassiker im Wettstreit zu Slam-Performances). Damit diese Experimente für alle Beteiligten erfreulich sind, braucht es viel Aufeinander-Einlassen von allen Seiten und z. B. bei einem Orchester-Slam, ganz praktisch, sehr viel Organisationsaufwand (so ein Orchester kostet halt doch deutlich mehr als ein kleiner Beisl-Slam) – dementsprechend rar sind sie auch. Doch wenn es funktioniert, dann können dies für Publikum wie Slammer*innen (und hoffentlich auch die anderen Künstler*innen) die allerschönsten Momente im Slam-Zirkus überhaupt werden.

Ich könnte hier noch seitenweise vom slamverwandten Formaten schwärmen, die auch im weiteren Sinn keine Slams mehr sind, aber irgendwie doch damit verknüpft oder daraus hervorgegangen, etwa Veranstaltungsreihen wie »Rapper lesen Rapper«, »Slammer Dichter Weiter« oder »Retrograden aufgefrischt«, doch abschließen möchte ich mit etwas anderem. Denn wie gelungen diese Experimente und Versuche jeweils sind (wobei solche Experimente auch mal grandios scheitern dürfen!) in Hinblick darauf, dieses schwer bestimmbare Etwas von Unvorhersehbarkeit und Überraschung zu erzeugen, das uns alle so für Slam brennen lässt, das liegt meiner Erfahrung nach vor allem auch an denen, die sie anstellen. Letztlich sind es die MCs und die Orga im Hintergrund, die Slams inklusiv und innovativ halten und damit eine Art von Leuten anlocken, die dieses beständige und doch niemals gleichbleibende Feuer weitertragen (und weil Wiederholung die Mutter des Begreifens ist, wie die Kinderzimmer Productions dereinst rappten, oder falls der Hinweis oben zu versteckt war:

und Startplätze für die offene Liste!!). Und so wertvoll und speziell, wie die Zuständigen sind, habe ich keine Sorgen, dass wir in Zukunft noch so viele feinifeine Variationen von Slams erleben werden, dass dieser Beitrag bald hoffnungslos veraltet und unvollständig ist.

Kuchen in der Konditorei
Hierkönntemein Namestehen

Im Anfang warst du Staub gewesen
wüst und wirr, ein gemahlenes Wesen
das nur durch die Symbiose
eines weichen Kerns aus harter Schale
und dem Zutun weißen Golds fatale Änderung fand

Aus deines Schöpfers Hand ein Triebmittel
das dich auferstehen ließ
warst du gebettet in einer silber-weiß Stätte aus Metall
die dich vor dem Fall der heißen Hölle Grund wahrte

Die drei Zinken meiner Waffe geleiten dich nun hinab
in ewigem Schrein
und so mögest du in mir vollenden
das Motiv in deinem Sein

»Kannst du jetzt bitte den verdammten Kuchen essen?!«,
kam es aus der Runde,
als ich meine Liebe zur Backware bekundete
»Man muss sich immer mit dir schämen, wenn man
Kuchen essen geht ...!«
»Und du musst auch nicht für jedes Tortenstück ein
Gedicht aufsagen wie so ein deppertes Gebet!«

»Freunde«, erhob ich meine Hände
»Der Tag, an dem ich das erste Mal Kuchen aß,
war eine Wende,
wie damals,
als David Hasselhoff die Mauer zu Fall brachte

Deshalb: Verachtet nicht mein süßes ICH
und spielt mir lieber das Lied vom Kuchen
ABER bitte mit Sahne
denn ohne Sahne ist kein Kardinal eine Schnitte
und so verkünd ich heut in dieser Mitte, dass ich weiß:
Das Leben ist kein Kuchen ...
Manchmal muss man ihn suchen
denn nicht alle Wege führ'n zu ihm
doch auch ein blindes Huhn findet mal 'ne Konditorei
wo ich ohne zu zögern ungehemmt schrei:
»Kuchen is coming!«

Aus den Augen in meinen Magen
werd ich mich an jeglichem Inhaltsstoff laben
denn Kuchen ist die beste Medizin
und nicht des Pankreas Strychnin
oder der Tod der Zellen in meinem Gehirn
Jedes Stück Torte ist ein Gestirn meines Horizonts
und genau deswegen schlaf ich jede Nacht
mit einem Messer unterm Kissen
man kann ja niemals wissen, ob nicht ein Kuchen
angeschnitten werden muss ...

Denn vergeudeter Genuss erzeugt nur sinnlosen Verdruss
weshalb ich schon als Fötus Mutters Kuchen aß
und dabei auf den Fakt vergaß, dass der Mutterkuchen
mein zu Hause war

Und so gebar die Frau, die mir das Leben schenkte
ein obdachloses, blutgetränktes Kind
das durch Dr. Oetkers Hand geschwind
in eine Vitrine voller Mutterkuchen
wurd gebracht

Und damals, in derselben Nacht, als das Schreien
der anderen Säuglinge klang wie ein Fluchen
strahlten meine kleinen Äuglein und meinten:
Andere Mütter haben auch schönen Kuchen

Seither esse ich täglich glasierte, verzierte
mit Streuseln garnierte, mit Frucht dekorierte
mit Creme beschmierte, auch fettreduzierte
von Fett deformierte
mehlierte, frittierte, mit Sahne servierte
Mürbteig textierte
zermürbt, explodierte
fakturiert produziert, geschüttelt, püriert
vom Verkauf reduzierte, von mir adoptierte
im Mund exzerpierte
runde, ovale, viereckige und schmale
Kuchenstücke

Und so galoppier ich durch die Welt wie ein
Honigkuchenpferd
mit 'ner Gabel als mein Schwert
esse ich auch Pfannkuchen vom Herd und lege monatlich
mein Geld
auf ein Bausparkonto

Und bau mir mal ein Pfefferkuchenhaus
anstatt der Hexe komm ich raus
ich bin der Kuchen-Nikolaus
und teil nur MIR selbst Kuchen aus

Denn wie heißt es doch so schön:
»Geteilter Kuchen ist halber Kuchen ...
und ich teile nicht!«

»Also entschuldige, wenn i di jetzt unterbrich«,
meinte meine Freundin, als ich wie irre
mit einer glasierten Marille durch die Gegend wedelte
»Glaubst du nit, dass dein Leben
irgendwann an dir vorübergeht,
wenn diese ungesunde Obsession
weiterhin fortbesteht?«
Verstummt sank mein Blick auf ein Stück Plundergebäck
als in jedem Eck der Konditorei
plötzlich Tortenstille einkehrte

Natürlich war meine Sucht mitunter eine Qual
doch wie sprach auch schon Jesus
beim letzten Abendmahl
als die Jünger vergaßen
die Sauerlaibe gerecht zu bemessen:
»Amen, Amen, ich sage euch:
Wenn ihr kein Brot habt, sollt ihr doch Kuchen essen!«

Nachdenklich, schweigend, meinen Gedanken lauschend
wurd mein Besinnen gelöst durch des Radios Rauschen:
»Auch wenn unsere Liebe bricht,
dam, dam, dam, dam,
Marmorkuchen und Eisen bricht nicht,
dam, dam, dam, dam ...«

Und ich sprang auf:
Ein jeder soll es wissen, keinen Krümel möcht ich missen
Will es posaunen durch die Gegend
Backwerk ist mein Sinn im Leben

Und so fall ich auf die Knie
and make a motherfucking scream
and say: »C A K E, what else do I N E E D
Go and stop advising me 'cause
cake's my S P double E D!«

Mein Rauschmittel, mein Ecstasy
Medizin und Therapie
der Ursprung meiner Euphorie
der Stern in meiner Galaxie
und nie werd ich genug davon kriegen

Genervt verschwanden meine Freunde
als ich durch die Kuchenräume
schmatzend weiterkonsumierte
Strudel, Sacher, Biskuit probierte
und selig an meinem Tischchen saß
dabei auf die Zeit vergaß
und daran dachte, dass des Erdens Glück
nicht nur liegt in einem Kuchenstück

Doch kleine Freuden können erheitern
auch wenn sie nicht die Lösung sind
von Problemen, vom Scheitern
gehören sie trotzdem in unser Leben
und genau deshalb sollte es für jeden Menschen
manchmal ein Stückchen Kuchen geben

Style over Substance
Markus Haller

Ich sitze vor einem leeren Blatt Papier und verzweifle darüber, womit ich es füllen könnte. Idee nach Idee wird zwangs qualitativer Mindeststandardkontrollautomatismus auf mein kognitives Abstellgleis ausgeschieden, bis folglich die unausweichliche Endstation meines Gedankenzuges erreicht wird: Es liegt nicht an mir, es liegt an dir, deutsche Sprache.

Denn mein mentales Innovationsdefizit ist einzig und allein der Unzulänglichkeit der deutschen Sprache geschuldet, einer Sprache, die primär aus Widersprüchen besteht, einer Sprache, die Wörter wie Frauenmannschaft, Negativzinsen, Flüssiggas und Trauerfeier enthält, einer Sprache, in der unangenehme Vorgänge anhalten, wenn wir sie nicht anhalten, in der wir ein Schild umfahren müssen, wenn wir es nicht umfahren wollen, und in der es besser wäre, sich auszurasten, wenn man kurz davor steht, auszurasten, und da erwartet man allen Ernstes, ich könne einen sinnvollen Text in dieser Sprache auf-, ein-, aus-, um-, an-, ab-, zu-, be-, bei-, hin-, her-, rück-, mit-, ver-, groß-, klein-, hand- oder ihm vorschreiben, zu bleiben, den Texten Leben zu geben, danach zu streben, sie zu heben, bis sie neben jedem schweben und sich verweben, eben verkleben, ja, als würde es scheinen, dass in meinen Reimen aus feinen Heimen Ideen keimen, an die Orte, wo ich jene Sorte Worte zum Sporte vor der Pforte horte und supporte, wo die blinden Linden-

rinden schwinden, binden, winden, blinden und dann zurück zum Inhalt finden,
    aber für die Dramatik
    geh ich über Grammatik,
    einfach weil ich es liebte.
    Ja, ich kam, sah, und schriebte.
Und ich schriebte und schriebte und schriebte, ohne mich um den Inhalt zu kümmern, ja, ich erklimme den Gipfel des kreativen Analphabetismus, ich bin ein Autor, der so wenig Ideen hat, dass er darüber schreibt, keine Ideen zu haben, ich trage eine Rüstung, um den erlösenden Geistesblitz anzuziehen, denn eines Tages, Baby, werden wir alt sein, oh, Baby werden wir alt sein und an all die Geschichten denken, die wir anderen Slammer*innen geklaut haben.

Ja, ich bin ein von einer inhärenten Ideenlosigkeit geplagter Plagiator, ein literarisches Chamäleon, ein apathischer Antiheld, halb Mensch, halb Kopiergerät. Und dann kommst du und sagst mir, ich müsse einfach nur ich selbst sein, aber das sagt sich so leicht, denn während du mal in die Quelle der Inspiration gefallen bist, wandle ich am Wege des kohärenten Kollapses, ja, du lässt dich genüsslich auf dem Redefluss treiben, während ich die Umgebung umpflüge, um einen Wortschatz zu finden – du bist ein Wortgewalttäter und ich befinde mich an einem Kreativpunkt.

Und ich bin mir so verdammt unsicher, mit meinen Unzulänglichkeiten neben dir bestehen zu können, so unsicher, dass ich versuche, meine substanziellen Defizite mittels übertriebener Eloquenz zu kaschieren, und ich widme mich wieder diesem Text, doch dieser Text ist ein zusammengepanschtes Sammelsurium gereimter Ungereimtheiten;
    ein Fall von akustischer Umweltverschmutzung;
    ein kumuliertes Konglomerat aus verbaler Inkontinenz, gepaart mit literarischer Bulimie in Form von mehrfach durchgekauten, verschluckten und wiederausgekotzten Ti-

raden, die sich nun in halbverdauter Form über das wehrlose Publikum ergießen;

ein Fall von phonetischer Fragwürdigkeit, voll von schrecklichen Sprachspielereien;

eine ausgiebige, annähernd allumfassende, aneinandergereihte Aufzählung allerlei Alliterationen, verfasst von einem durchschnittlichen Dichter, vorgetragen in einer Geschwindigkeit kurz vor dem Durchbrechen der Redeschwallmauer, ja, ein inhaltlich diffuser Style-over-Substance-Text, der bereits 531 Wörter umfasst, ohne dabei auch nur das Geringste gesagt zu haben. Und während ich diese Zeilen zu Papier bringe, drängt sich mir immer und immer wieder die Frage auf: Wozu?

Ich sitze vor einem leeren Blatt Papier und verzweifle darüber, womit ich es füllen könnte.

Es ist nicht so, dass ich keine Ideen hätte, doch was mit jeder Idee einhergeht, ist die Angst den Ansprüchen der anderen nicht zu genügen.

Und eigentlich brauch ich diesen Text gar nicht für das, was ich hier sagen will, auch wenn mich gerade meine Unsicherheit wieder einholt, meine Unsicherheit, euch nicht zu gefallen, meine Unsicherheit, disqualifiziert zu werden für nicht kenntlich gemachte Zitate, für das Verwenden des Textblatts als Requisit oder auch nur für die Verschmutzung der Bühne mittels texttransportierender Medien, ja, eigentlich ist das Einzige, womit ich mir wirklich sicher bin, die Tatsache, dass ich mir unsicher bin. Was ich sagen will, ist, dass egal, wie unsicher man sich ist, es vielleicht nicht besser, aber auf jeden Fall wichtiger ist, das zu sagen, was man zu sagen hat, und nicht das, wovon man glaubt, dass es den anderen gefällt.

Platzangst
Christoph Steiner

Danke!

Das Gegenteil von babyleicht ist erwachsenschwer.
Das Gegenteil von jetzt dann gleich ist schon lange her.
Das Gegenteil von Schamhaaren sind die stolzen Glatzen.
Platzangst ist die Angst vor Plätzen
und die Angst, zu platzen.

Das Gegenteil von nie was sagen, wär,
wenn man widerspricht.
Wenn du etwas übersiehst,
dann brauchst du Übersicht.

Das Gegenteil von Nächstenliebe steht in den Kommentaren.
Das Gegenteil von Umfahren ist Umfahren.

Das Gegenteil von Müßiggang ist die Antriebskraft.
Ich glaube ja, ich glaube ja, ich glaube an die Wissenschaft.

Das Gegenteil von Wahlpflichtfach
steckt in dem Wort schon drin,
das Gegenteil von Blödelei
macht wirklich keinen Sinn.

Das Gegenteil vom Hängebauchschwein ist die Sixpacksau,
vom Katzenhai der Hundeciao.

Von Nachtigall die Tagigall,
vom Tintenfisch der Killerwal.

Von der Wohnungsmaus die Wanderratte,
von der Eintagsfliege die Wochenkrawatte.

Von den Flautenkatzen die Windhunde,
von der Zecke die Zrunde.

Vom Platzhirsch das Engereh,
vom Elefant das Elesuchte.

Vom Riesentier die Flohristin,
von der Gottesanbeterin die Atheistin.

Ich hab was abbekommen,
aber ich hab auch was abbekommen,
wenn ich mich an Kuchen labte
oder mich geprügelt habe.

Ich hab dir was abgenommen,
aber ich hab dir auch was abgenommen,
wenn ich dir vertraue
oder deinen Kuchen klaue.

Das Gegenteil von Schweigen ist Sprechen,
oft sind deine Stärken auch deine Schwächen.

Doch wenn andere sitzen, dann steh auf.
Wenn andere stehen, dann lauf.
Wenn andere zweifeln, hab Vertrauen.
Wenn andere sprengen, fang an, zu bauen.
Wenn andere vergessen, erzähle.
Wenn and're resignieren, wähle.

Denn das sind unsere Werte
und das sind unsere Ziele.

Wir sind nicht allein
– im Gegenteil – wir sind viele.

Ich bin der Christoph. Schön, dass ich heute Abend bei euch sein kann. Ihr kennt das bestimmt, wenn Gegensätze gar nicht so verschieden sind, und darüber hab ich einen Text geschrieben, und der geht so:

5.2 »Lass uns ein Team gründen!«
Henrik Szanto

Szene: Es ist Mittwoch, 23.08 Uhr. Du bist nach dem Slam in Hinter-Guckloch-Rauenberg noch auf ein Bier mitgegangen. Jetzt sitzt ihr zu siebt an einem viel zu kleinen Tisch und während die Moderation die aufgerundeten Fahrtkostenbeträge auf Quittungsblöcke schreibt und zerknitterte Zwanziger verteilt, bringt Schorsch die dritte Runde.

Du bist zufrieden, weil du morgen endlich wieder im Hotel schläfst und duschen kannst und weil der neue Text gut genug zog, dass niemand gemerkt hat, dass es eine Premiere war. Der neue Text ist, um einen zu zitieren, den du nicht mehr treffen wirst, »g'foahn«.

Neben dir sitzt ein*e Tourpoet*in – ihr kennt euch flüchtig. Seid dieses Jahr in allen Himmelsrichtungen gemeinsam aufgetreten, irgendwas muss dieser Mensch auch noch studieren. Während du die Informationsscherben sorgfältig zusammenkehrst, schaut der Mensch dich an. Aus der Anlage dröhnt Helene Fischer. Schorsch dreht auf. Der Blick, der auf dir ruht, ist erwartungsvoll, ein wenig schüchtern vielleicht.

»Lass uns ein Team gründen!«
Ja, denkst du. Warum eigentlich nicht?
Schnitt.
Es ist Freitag. 19.54 Uhr. In einer Slam-Textlänge beginnt das Finale der deutschsprachigen Meisterschaft. Im schmalen Gang zur Bühnentreppe tummeln sich die Duos. Manche umarmen sich oder flüstern synchron ihren Text. Ande-

re stoßen an oder wollen sich erst auf der Bühne wieder begegnen. Du denkst zurück an diesen Abend in einem Ort, den du nicht erinnerst. Schorsch ist hängen geblieben. Solide Doppeldeutigkeit – vielleicht was für den nächsten Text? Ihr habt viel geschrieben und geübt. Habt euch einen Namen gegeben, der witzig und durchdacht genug ist, dass sich niemand schämt, wenn die Moderation ihn gleich schreit. Ihr seid viel aufgetreten. Nochmal alles mitnehmen. Einziges Team im Line-up. Das ist entweder sehr gut oder sehr schlecht gelaufen. Einen Team-Slam durftet ihr mitgestalten. Gibt nicht so viele. Du verstehst das – doppelte Kosten für Reise und Unterkunft sind nicht ohne Weiteres zu stemmen. Aber jetzt seid ihr da. Eure siebzehn Auftritte, die ihr zusammengekratzt habt, haben gereicht. Gestern lief auch erstaunlich gut und heute Finale. Du hast Zweifel. Dann hörst du eure Namen. Die anderen wünschen euch beim Vorbeigehen viel Spaß. Du nimmst zwei Stufen auf einmal. Nebelmaschine. Text vergessen? Nee, ist normal, kurz vorm Auftritt. Los geht's.

In Veranstaltungstexten wird Team-Slam gern zur Premiumkategorie erhoben. Man spricht von vollendeter Wortkunst und findet feine Formulierungen für das sogenannte Sonderformat. Team-Slam ist anspruchsvoller, als alleine auf der Bühne zu sein. Selbst der Weg auf ebendiese ist ein anderer. Plötzlich zu zweit (oder zu mehrt) schreiben, heißt, ganz neu zu kommunizieren. Man lernt, eine kreative Vision zu erzählen und zu verhandeln, bis alle auf einem Stand sind und ein gemeinsames Arbeiten möglich wird. Durch eine Extra-Person ergeben szenische Texte Sinn, man kann die Bühne als Raum nutzen oder endlich den gar-nicht-so-insgeheimen Wunsch ausleben, Teil einer Rap-Crew zu sein. Falls niemand beatboxen kann, dann halt Böse-Katze und Schwiegersohncharme.

Team-Slam ist eine Premiumkategorie. Man muss sich anstrengen, es ernst nehmen. Sonst wird es peinlich. Da bei Meisterschaften häufig die Anzahl der Auftritte, also die investierte Zeit und die Beharrlichkeit, über die Teilnahme entscheiden und man sich zumeist nicht groß qualifizieren muss, ist Team-Slam auch eine Wundertüte. Da teilen sich plötzlich akribisch vorbereitete und jede Geste perfekt synchron ausführende Performance-Panzer die Bühne mit Leuten, die halt abwechselnd was vorlesen. Das Schöne? Beides kann gleichwertig großartig oder peinlich sein.

Der Team-Slam gehört auch zu den Veranstaltungen, die sich die gesamte Poetry-Slam-Szene gern anschaut, denn viele hoffen auf einen kreativ-intimen Moment beim dritten Bier bei Schorsch oder eine Gelegenheit, mit einer kreativ kompatiblen Person etwas Eigenes zu schaffen. Manche wollen auch unbedingt zu den Meisterschaften fahren und gründen dafür halt ein Team.

Hinter der Bühne sind alle gleich. Die Neugierigen, die Ehrgeizigen, die Opportunen. Die Prosa-Poet*innen, die sich nur in der Gruppe an Spoken Word wagen. Die verschachtelten Lyrik-Luftkappen, die erst dank der Anwesenheit einer zweiten Person einen Text vollbringen, den man auch nüchtern versteht. Die menschgewordenen Twitter-Grinds, die sich vorzüglich bei jeder Zeile beömmeln, bis das Publikum aus Mangel an Optionen einfach miteskaliert. Die feinwebenden Dramolett-Teams, bei denen du ohne Lektüreschlüssel verloren bist.

Ein Team zu gründen, ist ein richtungsweisender Gedanke und eine abgefahrene Erfahrung. Ein Moment, der deinem Schreiben eine neue Dimension verleiht, dich zwingt, wirklich über das, was du da machen willst, nachzudenken und das Erdachte dann mit einer zweiten Person zu verhandeln.

Und wofür? Bühnen gibt es wenige. Team-Slams sind teuer und unpraktisch. Das Publikum kommt nicht so bereitwillig wie bei den Einzel-Künstler*innen. Veranstalter*innen balancieren den Wunsch nach Bandbreite und schwarzen Zahlen.

Dabei ist Team-Slam – und hier verlässt mich die Wortgewalt vor lauter Begeisterung – einfach krass.

Meine schönsten Auftritte hatte ich in Begleitung. Meine schrecklichsten auch. Das gehört dazu. Der Grat ist schmal. Klar, man gibt sich Teamnamen, bei denen die lokale Friseurinnung anerkennend mit den Scheren wackelt. Hairvorragende Idee, Schwester. Klar, man muss sich warmschreiben. Es dauert, bis was Brauchbares entsteht, und viele Ideen, was Bühne und Performance zu mehrt anbelangt, haben andere schon abgegrast. Das ist gut. Lern davon. Schau dir was ab.

Folgendes brauchst du für ein Team:

1. Den richtigen Menschen
Es spielt keine Rolle, ob ihr ähnliche Texte macht. Wesentlich ist die Kommunikation. Unterschiedliche schreiberische Hintergründe machen euch vielseitig, unterschiedliche Bühnenschwerpunkte spannend. Es spielt keine Rolle, ob ihr optisch zusammenpasst.

Entscheidend ist eure kommunikative Basis: Seid ihr in der Lage, eine klare, kreative Vision (ja, ich weiß, wie das klingt, bear with me) in Worte zu fassen und sie einander vorzustellen? Seid ihr fähig, Kompromisse einzugehen? Ihr werdet tolle Zeilen schreiben, die es nicht in den fertigen Text schaffen. Damit müsst ihr klarkommen.

Eine zentrale Herausforderung beim Schreiben ist das Übersetzen eines diffusen Bildes in eine klare, aufeinander aufbauende Reihe von Formulierungen und jetzt kommt da noch eine zweite Person mit ihren Vorstellungen, Vorerfahrungen, Wünschen, Träumen, Ehrgeizen, Absichten und Gedanken dazu – viel Erfolg.

In meiner Teamarbeit war ein wesentlicher Teil das Storyboarden eines Textes, also das gemeinsame Klären von Aufbau, Absicht, Form und das Unterteilen der Skizze in Textparts, an denen dann gearbeitet werden konnte. Wenn wir noch nicht auf einem Nenner waren, sprachen wir oft vom »Nebel«, den wir durchschreiten mussten. Wenn alle auf demselben Stand sind, was Textvorstellung und Absichten angeht, schreibt es sich hervorragend. Wichtig: erst mal schreiben. Inszenierung kommt später.

2. Ein Verständnis für Bühne als Bühne

Ein Team-Text eröffnet kreative Räume, die du als einzelne Person nicht füllen kannst. Sei es durch Rollen oder die tatsächlich physische Nutzung der Bühne als Raum. Findet heraus, was ihr machen wollt, findet heraus, wie und wo ihr euch bewegt, wer wann spricht und wie ihr eure ungeskripteten Sprechparts aufteilt.

Viele Teams nutzen das Off, arbeiten mit Sound (bspw. durch Beatbox oder Body-Percussion), choreografieren ihre Schritte und timen die Abgänge.

3. Zeit & Willen

Team-Slam-Texte heißt Texte schreiben, die aller Wahrscheinlichkeit nach nur im Zusammenspiel mit Partner*innen ihre Aufführung finden. Du steckst viel Zeit in einen Text, viel Zeit in gemeinsames Proben, die Auftritte und der erwartbare Erfolg sind vergleichsweise schmal. Dein Lohn ist die Freude. Es gibt wenige Teams, die aus ihren Texten die handelsüblichen Verwertungsmöglichkeiten ziehen können, sprich: wenig Duoshows, wenig Buch-/Anthologieveröffentlichungen, wenig Bekanntschaft durch YouTube-Videos.

Aber: Es bleibt einfach eine Freude.

Alles andere lernt ihr durchs Ausprobieren. Checkt, ob ihr kompatibel seid. Bereitet euch darauf vor, euch besonders kennenzulernen (Hallo spontan auftretender und sehr präsenter Ehrgeiz, Grüße gehen raus) und gemeinsam etwas zu schaffen.

Ich wünsche euch von Herzen Freude und wenn eines Tages der Punkt kommt, an dem euer Team endet, dann hoffe ich, dass ihr zufrieden auf eine Reihe toller Texte, großer und kleiner Momente und Abenteuer unter Freund*innen zurückblicken könnt und euch denkt, meine Güte, was war das für eine schöne Zeit, die wir hatten, danke für die Reise und die Höhen, die Tiefen, das Verständnis, den Genuss und wie fantastisch haben wir das eigentlich gemacht?

Und dann seht ihr dieses Team, das neue, das hungrige, das einen Text macht, den ihr so auch schon gedacht habt, damals, bei Schorsch, beim vierten Bierchen und dem Moment, als eine*r rief: »Lass uns ein Team gründen!«

Weltuntergang? Ich glaube nicht!
MYLF

Was passiert mit Interrail?
Rucksack packen, auf Parkbänken schlafen ist nicht mehr gut genug für die Kids.
Muss jetzt immer gleich nach Shanghai. Oder Bali. Oder Goa.
Is scho goa die Wöd oder geht noch a Meter.
Das könnte man übersetzen. Verliert aber.
So wie das Flugzeug an Höhe verliert, beim Landeanflug.
So wie das Niveau an Höhe verliert, bei »GNTM« oder »Schwiegertochter gesucht«.
So wie man den Faden verliert, mitten im ...

Wo waren wir gerade?

Und sie haben ja recht damit, dass sie sich die Welt anschauen, solange sie noch da ist.
Venedig, *Great Barrier Sheesh*, was geht noch unter?
Atlantis, die Philippinen, *das Abendland* (metaphorisch), *die Niederlande* (in echt).
Macht ja nichts, spielen wir halt Unterwasserfussball, reißen trotzdem die Österreicher nix.
Also fliegen wir mit unseren Frequent Flyer Meilen wie wahnsinnig um die Welt unter dem Motto:
Besuchen Sie den Strand, solange er noch steht.

In der Zwischenzeit in Amerika:
Look, if you had one shot
one opportunity
to fuck up the whole planet
would you capture it, or would you let it slip

His palms are sweaty, alle sind so mean zu ihm,
Er tweetet was, oh forget it
Dass alles so komplex ist, Handshake mit Merkel,
mah, he's a proper sexist
Er will die Muslim so wie Steve verbannen,
Leugnet den Klimawandel, er ist Fan von Brexit
Und will niemals gendern, Pussys werden belästigt
He drops bombs, but he keeps on forgettin'
What he wrote down, the whole crowd goes so loud
He opens his mouth, heiße Luft kommt raus
Die Erde heizt sich auf, alternative fact:
Wir sterben bald aus
Es ist so sad, wie er postet, 140 Zeichen voller Doofness
Covfefe, fake news, Trumpgate,
Fuck, den hat echt wer gevoted?!
2 vor 12 auf der Doomsday Clock, times up, over, blaow!
Snap back to reality, Schluss mit Diversität
Schau mal, wo das Meer schon steht,
Wasser bis zum Hals
Ist ihm egal, weil er doch glaubt, dass er auf Wasser geht
Hat so viel von Gott geredet,
Dass ihn sogar der Papst verschmäht
Wos moch ma jetzt?

Hamma a Idee? Kann sie da bitte irgendwer a wengal was
Gscheites einfoin lassen? Sowas in die Richtung: a klaner
Schritt für mi, a großer Schritt für die Menschheit?
Oder san alle mehr so: I haun Huat drauf.
Mir wurscht.
Kamma nix machen.

Merksatz:
<u>Wenn die Welt untergeht, dann zieh nach Wien,
dort geht sie 50 Jahre später unter.</u>

<u>Wien,</u> die Stadt, wo man an Spritzwein trinkt,
wo man sinniert, wo man a mol schaut,
wo man Bilderbuch singt,
wo man herzhaft und und wos Guades isst,
denn: Mama kocht für alle,
Mama kocht für mich und dich.
<u>Wien,</u> wo ma ois ned so ernst nimmt,
wo ein KaFFFffee, noch ein Kaffeeeetscherl ist,
wo du statt einem Brötchen noch a Kaisersemmel kriegst,
wo eine Wurst a Wiaschtal ist
und wo es keinen Späti gibt,
weshoibsd imma am Wiaschtler bist.

<u>Wien,</u> *wo man die Künste feiert, sobald die Künstler
auf dem Zentralfriedhof liegen.*
Und wo man beim Österreich-Ungarn-Spiel fragt:
»Und gegen wen müssen sie siegen?«

<u>Wien,</u> *wo noch nie die deutschsprachige Meisterschaft des
Poetry Slams stattgefunden hat und womöglich nie stattfinden
wird, weil warum?*[3]
Na, frage nicht!
I man Schmäh ohne.

Des is jo des,
genau des is des nämlich,
mit der Wiener Vertröstungsstrategie!
Und der Verdrängung ...
Weltuntergang? <u>Ich glaube nicht!</u>

....
3   YES! Slam 22! YES! #lifegoals #livingourbestlife #slam22 #altertext #endlichveraltet

Ein echter Wiener geht nicht unter.
Und wie macht er das?
Er verliert seinen Meerzugang beim aristokratischen Poker und warum soll's ihn jetzt kümmern, wenn der Meeresspiegel steigt? Der Wiener macht ab jetzt Sommerfrische in den Alpen.
<u>Wos kost die Wöd?!</u>
Er rückt dem Weltuntergang auch sprachlich zu Leibe, weil so groß kann eine Katastrophe gar nicht sein, dass man aus ihr kein Katastropherl machen kann.
Kann?
Könnte!
Wir schreiben den Konjunktiv groß und dann mach ma Mittagspause.
Es geht ein Gespenst um in den Schaltzentralen der Wiener Macht und es sagt: <u>Mahlzeit! Mahlzeit! Mahlzeit!</u>
Und wenn es uns wirklich reicht, dann reagieren wir so:

Gescheit bist überhaupt net und du bist ka Oberhaupt net,
Bist a Frühstücksdirektor, eine Person, und di brauchts net.

Oba wir wollen ja nicht schimpfen.

Und es stimmt ja schon auch: Jeder hat sein Packerl zu tragen und seinen Rucksack …
Und ein paar Sachen müssen wir halt gemeinsam tragen, wie das IKEA Sackerl, das zu schwer wird,
und es ist ein schwerer Rucksack, es ist viel zu tragen und heißer wird's auch noch.

Wir werden weniger: Jedes Jahr sterben 58 000 Arten aus.
Wir werden mehr: Am 31. Oktober 2011 ist der 7 Milliardste Mensch gezählt worden. Wir schreiben das Jahr 2022.
Was kost die Welt?
<u>Es kostet uns die Welt …</u>

<u>Und die Gewässer dieser Erde gonna RISE UP</u>
<u>Und die Entrechteten der Erde gonna RISE UP</u>
<u>Und das Erdöl dieser Erde gonna DRY UP</u>
<u>Und die Sonne, die wird größer, we gonna FRY UP</u>
<u>Und die Stimmen, die sich erheben, werden LEISER</u>
Leiser, leiser, heiser, heiser

Und wie kommen wir jetzt aus der Nummer wieder raus?
A Mundl-Zitat?
A 5/8erl-Zitat?
A Falco-Zitat?
Muss ich denn sterben, um zu leben?
<u>Oder es fällt uns selbst etwas ein.</u>

Kapitel 6:
Begonnen, um zu bleiben – neue und bekannte Stimmen

Über jene, die sich Raum nehmen, jene, die ihn öffnen, und alle, die willkommen sind.

Mit Beiträgen von
Shafia Khawaja
Markus Köhle
Tereza Hossa

Mit Texten von
Isabella Scholda
Emil Kaschka
Tamara Stocker
Janea Hansen
Simon Tomaz
Clara Felis
Elias Hirschl
Agnes Maier
Lena Johanna Hödl

6.1 Vom Frischling zur Rampensau: Wie ist das, wenn man neu mit Slam anfängt?
Shafia Khawaja

Wenn mich Leute fragen, warum ich mit Slam angefangen habe, sage ich immer: wegen meinem Deutschlehrer. Scusi. Wegen meines Deutschlehrers. Thomas *(Name geändert)*: ein rassistisches Arschloch. Er hat uns damals in der 10. oder 11. Klasse die Aufgabe gegeben, Prometheus umzuschreiben und ein Hassgedicht über eine Autoritätsperson zu schreiben. Ich habe ihm mein Hassgedicht gewidmet. Und der ganzen Klasse vorgelesen. Fand er nicht so cool. Meine Philo-Lehrerin schon: Sie hat mich ermutigt, weiterzuschreiben, und einen Slam-Workshop an der Schule organisiert. Im Dezember 2016 hatte ich dann meinen ersten Auftritt.

Seelenstriptease Deluxe

Retrospektiv hat das wohl nicht gezählt, weil der Slam in einer Schule stattgefunden hat und alle nur ihre Deutsch-Hausaufgaben vorgelesen haben. Von da an waren meine ersten Auftritte sehr breit über die Jahre verstreut: März 2017, April 2019, Juni 2019. Nach jedem Auftritt dachte ich mir wieder: Poetry Slam ist nichts für mich. Ich hatte das Gefühl, mich auf der Bühne komplett wegzugeben, eine Art Seelenstriptease hinzulegen, und konnte meine Texte nicht von mir als Person trennen. Mein erster Auftritt in Wien war ein 1:1-Stechen gegen einen sehr etablierten, erfolgreichen Slammer, der im Backstage non-stop von seinem neuen Buch und seiner Solo-Show erzählt hat. Und wieder dachte ich mir: Was mache ich hier eigentlich?

Friede-Freude-Slamily?

Ich habe letztens mit einem anderen Slammer darüber gesprochen und er meinte, dass er manchmal den Eindruck habe, die Leute seien nicht an einem als Person interessiert, sondern wollen nur ihre Erfolge zur Schau stellen. Bis heute fühlt sich Slam manchmal an wie ein exklusiver Club und man selbst steht draußen und drückt sich sehnsüchtig die Nase an der Fensterscheibe platt.

Poetry Slam ist zwar relativ leicht zugänglich, es gibt offene Listen, wo jede*r mitmachen kann, Slams mit Fokus auf Mehrsprachigkeit und Veranstaltungen für Newcomer*innen. Trotzdem habe ich oft den Eindruck, dass es eine unsichtbare Schwelle gibt, eine nicht benannte Hierarchie, eine krasse Professionalisierung, die der ganzen Szene fast schon was Elitäres anmuten lässt.

Und gleichzeitig wurde ich überall mit offenen Armen empfangen, immer wieder wurde mir versichert, dass die Slamily für jede*n da ist. Dieses hochgehaltene Ideal ist schnell zusammengekracht. Etwas von meiner jugendlichen Naivität ist zerplatzt, als Poet*innen mir erzählt haben, dass sie nicht gebucht werden, weil sie Mitglied in jenem oder diesem Slam-Verein sind oder weil sie auf einer konkurrierenden Veranstaltung aufgetreten sind. Von der ganzen MeToo-Bewegung und der Safespace-Kampagne der Slam-Alphas will ich gar nicht anfangen. Aber dass mir so viele gesagt haben, dass ich vorsichtig sein und Bescheid geben soll, sobald mir etwas komisch vorkommt, hat mir ein mulmiges Gefühl gegeben. Vor allem, weil mir niemand irgendetwas Konkretes sagen konnte, ohne eine potenzielle Verleumdungsklage zu riskieren.

Und dann kam Corona
Ich habe trotzdem weitergemacht. Ich hatte immer noch gemischte Gefühle, ob Slam wirklich das Richtige für mich ist. Aber ab Oktober 2019 ging alles plötzlich sehr schnell. Ich bin mehrmals aufgetreten und habe gutes Feedback bekommen. Auf einmal wurde mir die erste Gage für einen Auftritt angeboten und ich dachte mir: »Was? Seid ihr euch sicher? Dafür kann man Geld bekommen? Ich würde eher eine Teilnahmegebühr zahlen, damit ich mitmachen kann.« Mieze Meduse hat mich für die U20-Meisterschaft im Februar 2020 nominiert. Henrik Szanto meinte, ich könne mal außerhalb von Wien auftreten, also habe ich mir eine ÖBB-Karte gekauft. Und dann kam Corona. Und der erste Lockdown. Ich habe die Bahnkarte kein einziges Mal benutzt.

Im Sommer 2020 waren wieder Auftritte möglich und im September war schon die nächste Landesmeisterschaft, diesmal Ü20. Alle anderen Slammer*innen haben mir gesagt, dass sie sich freuen, dass ich jetzt fester Bestandteil der Wiener Szene bin. Nur ich selbst habe es nicht verstanden. In meiner Eigenwahrnehmung stand ich immer noch vor dem Fenster und habe in den Club reingeschaut, obwohl ich anscheinend schon lange auf der Tanzfläche war. Kognitive Dissonanz nennt man das wohl. Rückblickend erinnere ich mich, was für einen Druck ich mir damals gemacht habe. Ich hatte das Gefühl, jeder neue Text müsse besser als der vorherige werden oder zumindest genauso gut. Von außen wurde mir immer gespiegelt, dass ich gut bin, dass Leute mir was zutrauen, dass sie mich für bezahlte Auftritte buchen. Einige haben mir vor der Landesmeisterschaft sogar gesagt, dass sie sich sicher sind, dass ich gewinnen werde. No pressure. Ich hatte Angst, irgendwann nicht mehr die Erwartungen erfüllen zu können. Keine Ahnung, ob das ein persönliches Problem ist oder ob es anderen Newcomer*innen auch so ging.

Die ewige Sache mit dem Imposter-Syndrom

Wenn ich zurückschaue und sehe, was ich alles schon erreicht habe, frage ich mich oft, ob ich einfach nur sehr undankbar und unzufrieden bin oder ob ich mir selbst am meisten im Weg stehe. Ich glaube, vor allem Letzteres ist der Fall. So lange habe ich gedacht, ich sollte nicht auftreten, weil meine Texte nicht »Slam-tauglich« sind, weil sie sich nicht reimen, keinen Rhythmus haben, nicht lyrisch sind oder ich die einzige Person bin, die sie witzig findet. Dann habe ich immer wieder das Wort »Erpressertext« aufgeschnappt – und mich gefragt, ob die Texte über meine Herkunft auch in diese Kategorie fallen.

Das Gefühl, eine Hochstaplerin zu sein, hat mich konstant begleitet. Irgendwann werden noch alle drauf kommen, dass meine Texte nicht gut sind. Dass ich eigentlich gar nicht weiß, was ich da auf der Bühne mache. Meine Slam-Erfolge habe ich relativiert und mir oft gedacht, dass es nur Zufall war, ich Glück oder das Publikum Mitleid mit mir hatte.

Egal, wie scheinbar erfolgreich ich war – es hat nichts an meiner Selbstwahrnehmung geändert. Immer wieder habe ich mich gefragt: Ab wann ist man legit? Ab wann gehört man dazu? Ab der ersten Gage? Der ersten Meisterschaft? Dem ersten Städtebattle? Dem ersten Best-of-Slam? Der ersten Tour? Ich kann all diese Sachen mittlerweile abhaken und habe häufig trotzdem nicht das Gefühl, angekommen zu sein. Ich stehe immer noch vor dem Fenster, obwohl die Tür zum Club schon lange sperrangelweit offensteht und die Menschen mich bereits unzählige Male hereingebeten haben.

Weiß und woke

Neben dem ganzen Imposter-Scheiß und meinem verzerrten Selbstbild gibt es eine andere Sache, die mir immer ein bisschen im Weg stand: Die Tatsache, dass die ganze Szene einfach verdammt weiß ist. Das ist kein Geheimnis, im Gegenteil, es ist allseits bekannt. Sowohl das Publikum als auch die Slammer*innen selbst brüsten sich fast schon damit, links, woke und aufgeklärt zu sein. Die eigenen Privilegien wurden natürlich kritisch hinterfragt. Das hat aber nichts daran geändert, dass ich immer wieder in unangenehme Situationen gerutscht bin.

Es fängt schon bei meinem Namen an – dass er richtig ausgesprochen wird, ist die Ausnahme. Immer wieder kommentieren Moderator*innen meinen Namen, bilden komische Eselsbrücken (»Ah, Shafia, so wie ›Das schaff ich‹.«) und sprechen ihn am Ende doch wieder falsch aus. Es ist nicht schlimm, mehrmals nach der richtigen Aussprache zu fragen. Das ist mir lieber, als wenn ich mich nochmal vorstellen muss, sobald ich die Bühne betrete, um die niedergemetzelte Version von meinem Namen zusammenzuflicken. Ein anderes Mal kam eine Slammerin zu mir und meinte: »Wie heißt du nochmal? Scharia?« Als dann alle anderen Poet*innen schockiert geschaut haben, musste ich selbst fast lachen. Manchmal ist das einfacher.

Auf Seiten des Publikums habe ich mich oft gefragt, ob sie nicht schon ein Bild von mir haben, bevor ich überhaupt gesprochen habe. Wenn ich einen Text über Rassismus/Identität/Herkunft mache: »Das war zu erwarten.« Und wenn nicht, ist es entweder eine willkommene Abwechslung oder am Ende auch nicht richtig. Einmal kam ein älterer weißer Mann aus dem Publikum zu mir und wollte seine Arabischkenntnisse unter Beweis stellen – es hat ihn dann sichtlich enttäuscht, dass ich gar kein Arabisch spreche.

Auf meinem ersten Ö-Slam wurde ich in ein Zimmer gesteckt mit der einzigen anderen Person mit arabischem Namen. Auf meiner ersten deutschen Meisterschaft bin ich zusammen mit einer Österreicherin angereist. Obwohl wir uns bereits gut kannten, bin ich wieder mit einer Person in ein Zimmer gekommen, die auch keinen »typisch-deutschen« Namen hatte. Zufall? Oder sollten wir alle zusammen nach Mekka beten?

In der Slam-Szene gibt es mehr Sichtbarkeit für queere Perspektiven, aber BiPoCs oder »Menschen mit Migrationshintergrund«, wie es so oft heißt, sind so gut wie unsichtbar. All diese Situationen sind so unglaublich ermüdend und frustrierend. Ich will nicht mehr darüber sprechen müssen, aber anscheinend ist es immer noch nötig.

Und jetzt?
Wenn es so viele Sachen gibt, die mich stören, warum bin ich dann noch dabei? Weil alles immer ambivalent ist, oder? Weil die richtigen Leute mich zum richtigen Zeitpunkt unterstützt, gefördert und ermutigt haben. Weil ich mich von vielen als Künstlerin, aber auch als Mensch wertgeschätzt gefühlt habe. Weil irgendwann im Laufe der Zeit aus dem schüchternen Frischling eine schillernde Rampensau geworden ist. Weil Slam mir die Möglichkeit gegeben hat, mich auszudrücken und mir Gehör zu verschaffen. Ich habe mich oft in Situationen wiedergefunden, wo ich nichts erwidern konnte und absolut sprachlos war. Texte zu schreiben und zu performen, ist für mich zu einer Form der Selbstermächtigung geworden. Vielleicht gibt es keinen Club und kein Fenster und kein drinnen sein und draußen stehen, kein »es geschafft haben«, weil um ehrlich zu sein, ist das eh ne ziemlich blöde Metapher. Manchmal falle ich immer noch zurück in die Imposter-Gedanken, aber dann erinnere ich mich wieder: Ich nehme mir den Platz auf der Bühne, weil ich – genau wie jede*r andere – es verdient habe, gehört zu werden.

Lasagne
Isabella Scholda

(Für Opa)

Deine Haare sind Silber,
dein Herz ist Gold.
Dein Kopf ist voller Bilder.
Deine Worte voller Stolz.

Schon beim Eintreten in euer Haus
riecht es aus der Küche raus.
Ich hab in der Bahn schon geraten:
Gibt's heut Schnitzel oder Braten?

Du kommst aus der Küche
und wischst dir die Hände
an der Kochschürze ab,
streichst den Stoff langsam glatt
und streckst mir zum Gruß
deine Hand entgegen.

Den Rücken deiner Hand umspannt ein Adergeflecht.
Wir sind kein Adelsgeschlecht,
doch in uns fließt dein Blut,
das eines wirklich tollen Mannes.

Ich seh dich an und hoff, ich kann es
eines Tages auch mal sehen,
wohin meine Venen gehen.

Denn ich weiß, woher ich komme,
aber nicht, wohin ich gehe.
Ich suche nach der Ferne
und ich sehne mich nach Nähe.
Ich mach Schritte nach vorn
und Sprünge zurück.
Ich hab Angst vor dem Scheitern
und so Angst vor dem Glück.
Ich will zu den Sternen,
ohne fliegen zu lernen.
Mein Kopf ist so voll,
doch mein Hirn, das bleibt leer.
Frag mich: Wo, bitte wie, wann und wer ...
bin ich eigentlich? So ganz allgemein?
Und wer möchte ich überhaupt sein?

Doch mit dem Schritt in euer Haus
schalten sich die Sorgen aus.
Euer Glück, das ist mein Vorbild,
die Familie ist mein Schutzschild.

Und ich wünsch mir,
dass ich, wenn ich
strebe, lebe, alles gebe,
wenn ich meinen Weg raufgehe,
am Gipfel meines Lebens stehe,
meinen Platz find auf der Erde,
dass auch ich mal fünfundachtzig werde.

Auch ich will mal auf Hände blicken,
die mein ganzes Leben schildern.
Venen, vollgestopft mit Bildern,
die jeden Moment in sich tragen,
im Rhythmus meines Herzens schlagen.
Bis in jede kleinste Zelle
fließt mir diese Lebenswelle.

Opa, kannst du dich noch erinnern?
Vor Jahren in unsrem Kinderzimmer?
An den Tag, als deine Adern für uns Straßen waren,
die Größte war die Autobahn,
und unsere Finger sind wie Autos
über deine Hand gefahren.

Das ist heute ewig her,
ich vermisse es so sehr,
in eurem Garten rumzurennen,
mich an Brennnesseln verbrennen,
im Wald zu allen Jahreszeiten
auf unsichtbaren Pferden reiten,
im Himmel nach Wolkenbildern schauen,
aus Sand und Wasser Burgen bauen …

Bei euch
war Kindsein so leicht,
Unbestimmtsein so reich,
Kleinsein ein Freisein.

Und jetzt
ist es viele Jahre später und
viele Zentimeter,
die wir größer sind als damals.

Statt Burgen bauen und Löcher graben
gibt's ein Leben, das wir haben.
Uni, Arbeit, Freunde, Liebe,
das sind alles Kindheitsdiebe.

Doch wieder hier bei euch zu sein,
ist, als kommt man plötzlich heim.
Von einer ziemlich langen Reise
mit vielen Höhen und auch viel Scheiße.

Von einem Leben, dessen Welle
mich mit einschüchternder Schnelle
durch die Wassermassen treibt, sodass
fast nichts von mir übrig bleibt.

Denn das mit dem Erwachsensein
stellt man sich von vornherein
viel leichter vor, als es dann letztendlich ist.
Und ich hab es echt vermisst,
wieder hier an eurem Tisch zu sein,
es ist, als kommt man plötzlich heim.

Die Frittatensuppe schmeckt,
als hätten wir grad eingecheckt
in einen Rückflug in die Kindheit,
in die so vermisste Freiheit.

Und plötzlich kommst du aus der Küche
und trägst an den Tisch
eine frisch
gezauberte Lasagne.

Du stellst die mit Liebe gemachte
Trophäe ganz sachte
unter ehrfürchtigen Blicken
und reichlich Entzücken
auf der Tischplatte ab.

Die Portion ist enorm,
deine Schürze plötzlich eine Uniform.
Elegant und mondän:
Du bist unser Kapitän.
Segelst mit uns durchs Leben,
da kann's noch so viel Wellengang geben:
Du bist unsere Konstante.
Bist mehr als nur Verwandter,
du bist mit deiner Redensart
Heimathafen unserer Lebensfahrt.

Einmal hast du uns versprochen,
und es bis heute nicht gebrochen,
immer für uns da zu sein.
»Auch nachts?«, haben wir gefragt?
»Auch nachts«, hast du gesagt.
...

Und in der gerührten Stille,
hinter deiner Halbmondbrille,
die eine mit der Holzumrandung,
tat sich plötzlich eine Brandung
stolzer Opa-Tränen auf.

Du hast dein Taschentuch gezogen
und, ehe sie zu Boden flogen,
die Tränen aufgefangen
und zu lachen angefangen.
Das Taschentuch, das kenn ich gut.

Ob Rotz, ob Tränen oder Blut,
damit hast alles
du uns aus dem Gesicht gewischt,
die Sorgen aus dem Kopf gefischt.
Noch heute fühl ich den feuchten Stoff vom Tuch
und schaudre leicht vor dem Geruch
des Rotzes aller anderen Enkel.

Als du die Lasagne
mit dem Pfannenwender achtsam
in acht gleich große,
vor Béchamelsauce triefende,
dunkelrot glänzende Stücke zerlegst,
schau ich dich an, in dich hinein.
Und kann nichts,
außer unaufhörlich dankbar sein.

Denn was soll ich mir schon wünschen?
Es gibt keine Zahlen an Münzen,
die nahezu so wertvoll sind
wie meine Zeit als kleines Kind.

Und ja ... langsam fühl ich mich bereit
für die nachfolgende Zeit.
Denn dieses Erwachsensein
ist ja manchmal auch ganz fein,
denk ich und leere meinen Wein.

Die Lasagne ist verdrückt.
Der Jüngste kriegt das letzte Stück
in Stanniolpapier verpackt.
Und jetzt folgt der letzte Akt:
Es gibt Kuchen von der Oma,
danach folgt das »Essens-Koma«.

Gemeinsam
habt ihr's wieder mal vollbracht:
Ihr habt uns alle satt gemacht
und es außerdem geschafft,
eine Familie aufzubauen,
in der wir uns blind vertrauen.
Ich schätz, mit diesen Wörterplagen,
wollt ich dafür einfach danke sagen.

Deine Haare sind Silber,
dein Herz ist Gold.
Mein Kopf ist voller Bilder,
meine Worte voller Stolz.

Der Mond im Mann
Emil Kaschka

Mit dir bin ich der Vollmond,
wichtig, strahlend, stolz erhoben.
Ohne dich ein Schmollmund,
nur um neunzig Grad verschoben.

Jaja und Blabla, du hast gesagt:
Das Universium ist so groß und wir so klein,
und gerade weil's von uns so viele gibt,
jeder irgendwie allein.
Jaja und Blabla, du hast gesagt:
Es dreht sich nicht immer alles nur um dich!
Aber da
widersprech
ich dann dir,
weil von mir
aus geseh'n –
also im Leuchtturm-Blick um mich herum –
fühl ich mich doch wie das Zentrum.

Natürlich gibt's Milliarden andere,
und ich bin nur ein einziger von allen,
und jeder ist besonders und speziell,
vom Hollywood-Schauspieler bis zum Tiroler Holzfäller,
trotzdem bin ich noch mehr Cola und Orange –
also Spezi-eller.

Vor anderen gibt man es nie zu
und auch nur selten vor sich allein,
aber ehrlich: Es wird doch niemand das Gefühl je los, was
ganz Besonderes zu sein.

So nehm ich mich dann selber zu wichtig.
Und »wichtig« kommt von »Gewicht« und zu viel Gewicht
verleih ich mir
und mach damit meine kleinen Probleme selber schwer.

Uns selbst zu wichtig nehmen, ist
bei vielen harmlos gemeinten Sachen
gekränkt sein statt zu lachen,
sich dich mit einem anderen vorstellen,
alleine in der Nacht,
wir verleihen unseren Problemen selber Macht.
Und wenn ich dann dort liege,
kein einziger Gedanke, der sich lohnt,
ist das einzige, was hilft, der Mond.

Weil dann denk ich mir,
Was, wenn der runde Mond ein Loch wär
und auf der anderen Seite ist noch wer?
Dort lutschen sie auf Erdkugeln
wie auf einer Nimm-2-Süßigkeit
und wir sind nur ein Bakterienstamm
auf einer ausgespuckten Einheit.

Was, wenn der Mond nur eine Linse ist,
durch die sie uns beobachten wie ein Experiment,
und wir sind sowas wie
der Triopse-zum-selber-Züchten-Trend?

Was, wenn der Mond ein Auge ist
und jeder Monat nur ein Wimpernschlag?
Dann ist unser Leben kurz
und für den Mond gerade mal ein Tag.

Und helfen diese Gedanken nicht,
sich selber weniger wichtig zu nehmen?
Und bedeutet das nicht,
sich Gewicht vom Schmerz wegzunehmen?
Probleme leichter machen. Leicht.
Ja, wenn das so leicht wär.
Weil sind wir nicht gerne schwer-ge-wichtig?

Stellt euch vor,
J. K. Rowling hätte sich nicht wichtig genommen,
nach der zehnten Absage einfach aufgegeben,
dann würde Harry heute als Manuskript verstaubt
im Schrank unter der Treppe leben.

Ja, stellt euch vor,
die Wissenschaft hätte sich nicht so wichtig genommen,
alles gelassen, wie es ist,
dann wäre die Erde heute noch flach –
wie Witze über Chuck Norris.

Und stellt euch vor,
wie schön es ist, dass ich mich jetzt mal wichtig find
und endlich einmal offen sag,
dass Chuck-Norris-Witze scheiße sind.

Mit dir war ich der Vollmond,
wichtig, strahlend, stolz erhoben,
ohne dich bin ich ein Schmollmund,
nur um neunzig Grad verschoben.

Du hast zu mir gesagt,
es wird immer Schönere und Bessere geben,
das ist ein Risiko,
damit muss jede Beziehung leben.
Und ich hab genickt und ja gesagt,
weil's natürlich stimmt,
aber nie geglaubt, dass ich jemand
Besseren als dich je find.

Du hast gewusst, wie's geht,
sich selber nicht so wichtig nehmen.
Deswegen hast du öfter gelacht,
aber ich glaub, glücklicher warst du nicht.
Deswegen versuch ich, so zu sein wie du –
aber ich glaub, ich lüg mir ins Gesicht.

Weil dann denk ich wieder an den Mond.
Er ist physikalisch der
kleinste Himmelskörper, den wir sehen,
jede Nacht muss er zwischen
tausend größeren Sternen stehen.

Und trotzdem ist er in unseren Augen
der größte und am wichtigsten.
Und deswegen hoff ich, dass ich irgendwann
für jemanden der Mond sein kann.

Ich weiß, ich denke,
wie nur ein hoffnungsloser Idealist das tut,
»in guten wie in schlechten Zeiten«,
dabei wechseln Partner heute schneller
als Ebbe und Flut.
Es hält bis zum ersten Mal richtig Streiten.
Deswegen maximal
»in guten wie in schlechten Gezeiten«.

Ich weiß, ich bin ein Idealist,
wenn ich der Mond sein will,
und ein Koala-Bär, ein Amur-Leopard
und ein Orang-Utan sitzen in meinem Boot
und auf unserer Flagge steht:
vom Aussterben bedroht.

Aber in unserem Boot ist es schön,
wer will, der darf sich zu uns legen,
die Sonne ist für uns versunken,
aber wir segeln dem Mond entgegen.

<3
Tamara Stocker

Worte sind beides: Maske und Enthüllung.
Zahlen sind eines: Verwirrung.

So wie du. Du verwirrst mich.
Du, der Star in diesem Wirrwarr.
Wie Strache auf Ibiza,
nur halt in wunderbar.

Aber zack, zack, zack geht bei uns gar nix. Ich würde
gerne reinen Tisch machen, doch auf deinem Desktop bin
ich nur eine Sidebar; eine Randerscheinung.

Und du, du bist ein lästiges Pop-up-Fenster,
das sich einfach nicht schließen lässt.
Ständig poppst du auf –
ich klick auf X, doch du verschwindest nicht,
ich klick auf X, doch du verschwindest nicht,
ich klick auf X, doch du …
bist das verflixte X in jeder x-beliebigen Gleichung,
mit dem ich einfach nix anzufangen weiß.

Du bist unberechenbar,
verstehst sowieso nur Bahnhof,
dabei wärst du jetzt mal am Zug.
Und selbst wenn der schon längst abgefahren wär,
liefe ich ihm trotzdem hinterher.

Du lässt mich ratlos zurück,
während ich Stück für Stück
an dich heranrücken will.

Du meinst, wir sind nur »Algebros«
– in einer dieser gefürchteten Friendzones.

Ich will aber keine austauschbare Variable für dich sein.
Viel lieber wär mir die Variante:
Konsonkel und Konstante –
auf einen gemeinsamen Nenner kommen,
nicht nur auf die Bettkante.

Und trotzdem sollst du wissen:
Nicht jeder dürfte in meinem
gleichschenkligen Winkel versinken.
Aber du, du erkundest mit deiner Mittelsenkrechten lieber
andere Oberflächen.

Und während ich hier Wurzeln schlage
und Kurvendiskussionen mit meinem Spiegelbild habe,
kurvst du herum und ziehst deine Wurzel aus
irgendwelchen Unbekannten.
Dabei will ich diejenige sein,
die aus deiner Wurzel eine Gerade macht.

Du bist lieber am Kathetenkneten von der Käthe,
liebkosinust die Cosima bis zum Coitus interruptus.

Du leitest die Blusen
von diesen Tussen An(n)a und Lyse ab,
zupfst an ihren Tanga-Enden,
deine Hände an ihren Hypotebusen –
und mit mir
willst du nicht einmal schmusen?

Was soll dieser Unsi(n)nus?
Klammer dich an mich,
ignorier die Vorzeichen nicht
– weil unterm Strich
ist doch genau das der Punkt.
Komma näher an mich ran,
damit ich dich tangieren kann.

Ich mein, klar ist eh Sex geil – aber:
Hattet ihr schon mal ein richtiges Ergebnis bei einer Mathe-Schularbeit? So selbstbefriedigend! Ich hab ja früher immer versucht, mich vor jeder Prüfung selbst zu … motivieren!

Hab mir eingeredet:
PYH … ich schaff das,
PYH … ich kann das,
PYH … ich hab noch nie so viel geübt,
PY…THAGORAS.

Aber geendet hat's halt dann meistens schon,
bevor es angefangen hat,
nämlich ganz oben am Blatt, mit
Name: Tamara.
Vorname: …
Tja, da hilft dann auch kein Taschenrechner mehr.

Aber ja, der Taschenrechner.
Mein Freund und Helfer,
Lösungsleibwächter,
Formelentflechter,
regelrechter Rechnungsschlächter.
Kein Gelächter,
wenn ich »nur mal auf Nummer sicher gehen will«.

Aber wie hoch die Wahrscheinlichkeit ist, dass du mit mir gehen *(oder eine sichere Nummer schieben)* willst, lässt sich damit natürlich nicht berechnen. Nein, da verlasse ich mich auf die Vermutungs- und Hoffnungsmethode:
»*Ich glaube schon, dass das Ergebnis stimmt.
Ich hoffe es zumindest.*«

Es gibt im Generellen viele Parallelen
zwischen meiner Beziehung zu Mathe
und meinen Nicht-Beziehungen zu allen anderen
– also der Partnersuche:
The more I try, the more I cry.
Und geht es zu leicht, mache ich definitiv was falsch.

Aber du, du sollst kein Flüchtigkeitsfehler,
sondern ein richtiger Zufluchtsort sein.
Kein Schmierzettel, auf dem ich mich mal ausprobiere,
mehr ein ganzes Buch, in dem ich mich verliere.

Und vielleicht
schenk ich dir auch mal ein Mathebuch,
so als letzten Hilferuf.
Mit etwas Logarhythmus im Blut,
machst du dann vielleicht endlich mal 'nen Move.

Meine Berechnungen haben nämlich ergeben,
dass du besser als der Durchschnitt bist,
nur halt zu verlegen,
um mal 'nen Schritt auf mich zuzugehen.

So viele Parallelen,
so viel gemeinsam.
Dass wir uns nicht kreuzen, ist keine Geometrie,
sondern pure Ironie.

Und langsam frag ich mich,
wer von uns beiden eigentlich kämpft mit einer
ausgeprägten Dyskalkulie
– weil wir zwei,
also du + ich = <3

Vielleicht geht dir die Gleichung
ja irgendwann doch noch auf.
Sag Bescheid,
wenn du einen Taschenrechner brauchst.

6.2 Wie das ist, wenn man das schon sehr lange macht
Markus Köhle

1

Weißt du noch, die Walnussbrownies im Backstage in der Dampfzentrale in Bern 2002?
 War das da, wo Fiva dritte wurde?
 Genau.
 Da hat doch Frank Klötgen den Text gemacht, wie ihn was sticht und der Unterarm dann so anschwillt und das dann alles immer größer wird und er über sich selbst hinauswächst und …
 Ja, genau, und gewonnen hat doch der, mit dem Namen, der so fröhlich skandinavisch klingt, aber natürlich erfunden ist, erfunden wurde im 20. Jahrhundert, lange her. In Bern jedenfalls hat der gewonnen.
 Lasse Samström meinst du?
 Ja, genau, Lasse Samström. Ob der sich immer noch so nennt?
 Ich weiß es nicht. Aber ich hab auch echt lange nicht gecheckt, dass das ein Künstlername war.
 Jaja, das Ding mit den Namen damals. Alle hießen irgendwie: Simone Ohne, Tom Combo, Conny von Wahnwitz, Sushi da Slamfish, Florian Graf H. H. von Hinten, Dagmar Schönleber, Matze B., Katinka Buddenkotte.

Katinka hab ich mal ein Mail geschrieben mit »Liebe Lara Stoll« als Anrede.

Peinlich. Wie hat sie es aufgefasst?

Eh cool, sie hat natürlich gecheckt, dass sie vielleicht nicht ganz die erste Wahl und mein Mail schlampig war, aber sie ist der Einladung gerne gefolgt und war natürlich eine super Gästin.

Und Lara Stoll ist mittlerweile Schauspielerin, Filmemacherin und natürlich grandiose Autorin.

Hat nicht sie lange den tollen Slam in Winterthur?

Richtig. Richtig geiler Slam.

Da gab es doch noch Absinth für alle, weil das irgendwie ein Sponsor war, nicht?

Ja. Kann man sich gar nicht mehr vorstellen. Hinterher alle im Absinthrausch.

Lass es uns »beseelt von der grünen Fee« nennen.

Bist du Poet, oder was?

Bist-du-bekifft-ich-bin-nicht-bekifft ist ja die beste Zeile, um beatboxen zu üben. War auch mal sehr im Trend, vor allem bei Team-Texten.

Dalibor hat das aber natürlich schon immer gemacht.

Natürlich.

Lasse Samström war dann ja sowohl im Einzel als auch im Team Champ, nicht wahr?

Yep. Team Wuppertal. Das war so die Schüttelprosaphase damals.

Jaja, formale Zugänge gingen da noch.

Da ging noch einiges.

Da war aber auch schon allerhand da. Allein wenn du dir anschaust, wer damals im Finale war: Da gab es die Reim-in-Perfektion-Fraktion mit Wehwalt Koslowsky und in anderer, kürzerer, aber nicht minder erfolgreicherer Form, mit Michael Schönen, da gab es formal Avanciertes und Sprachverspieltes von Alex Dreppec, da gab es in der Tradition der Beat-Poeten auftretende charismatische Rabauken mit politischer Message wie Etrit Hasler und Tobias Hoffmann.

Daniel Ryser nicht zu vergessen.

Oh ja. Den Vize von Bern. Da gab es die stets so eigenständig und einzigartig ihr zart bestechendes Poesie-Ding machende Etta Streicher, da gab es Bühnenerscheinungen wie Markim Pause und schon richtige Spoken-Word-Kracher wie Timo Brunke.

Der Frauenanteil war halt noch gering damals.

Ja, aber Fiva war natürlich groß und drei Jahre später dann Lydia Daher ebenfalls am Podest, Lydia die ja lange mit – aber das ist Slammer*innen-Tratsch und gehört nicht hierher.

Nicht?

Nicht. 2005 jedenfalls, in Leipzig, hat sich dann Tha Boyz with tha Girlz in tha Back mit Nora Gomringer, Mia Pitroff und Fiva den Teamtitel geholt.

Ach, Leipzig. Gabriel Vetters Opferlamm-Performance im Ilses Erika.

Oh ja, das Ilses Erika! Was für ein Name aber auch. Was hat er damals gleich nochmal gemacht? Hüh, Pony. Hüh!

Stimmt. »Der Conny ihr Pony«, ein Klassiker. Gelenkbusfahren mit dem Pony. Gibt es ein tolles Video von.

War ja der erste Schweizer Sieger der gesamtdeutschsprachigen Meisterschaften. Vize wurde schon Ralf Schlatter 2001, aber Gabriel war dann der erste.

Gabriel der Erste. Klingt gut. Und das war wo und wann nochmal?

Stuttgart, 2004. Da, wo im Rahmenprogramm Jan Off aus »Vorkriegsjugend« gelesen hat und fröhliche Slam-Punks mit Rotwein-Dopplern in den Reihen für Stimmung sorgten.

Korrekt. Und einer davon sollte Jahre später dann selbst den Titel holen.

Holla die Waldfee, du hast Recht!

Die Waldfee ist auch eine grüne Fee.

Und Jan Off auch so eine Nummer. Der Düsseldorf-Champ aus dem Jahre 2000. Ist 2000 noch 20stes oder schon 21stes Jahrhundert?

Gute Frage, schreib einen Slam drüber.

Ja, man führt Selbstgespräche, wenn man das schon sehr lange macht.

2

Nach 100 Slams hat sich der BPS einen Blog gegönnt. Über die ersten 100 Bierstindl und Bäckerei-Poetry-Slams in Innsbruck können nur Augenzeug*innen berichten. Über die zweiten fast 100 Slams (minus ein paar Corona-bedingte Ausfälle) kann am Bäckereipoetryslamblog alles nachgelesen werden. Für die Legendenbildung ist die mündliche Weitergabe natürlich besser. Keine Fotos, keine am Tag danach verfassten Berichte, nur schleierhafte Erinnerungen. Und je nachdem, wer den Schleier lüftet, entstehen Geschichten, die es wert sind, weitergetragen zu werden. So wird Geschichte gemacht. Ja, auch Slam-Geschichte wird gemacht. Es ist an uns, sie zu machen. Es ist an uns, sie zu schreiben.

Natürlich war an den ersten Poetry Slams im Bierstindl Studio (Oktober 2002 bis Dezember 2010) alles legendär. In den Raum haben offiziell 50 Leute reingepasst, mindestens 80 waren immer drinnen und 90 davon haben geraucht für vier. Das Bierstindl Studio war also eine Art Selchkammer und Selchen ist eine Form des Konservierens. So erklärt sich die ewige Frische der Innsbrucker Slam-Szene. Es gab kein Mikro. Es gab keinen Eintritt. Die Spenden flossen direkt in die Sieger*innen-Hände und am Ende blieben alle einfach an Ort und Stelle liegen und lernten sich so besser kennen. Oder sie gingen zwei Stöcke höher, da war Salsa-, Tango- oder Disco-Night, und tanzten die Nacht durch und brachten dann beim nächsten Slam die gelernten Dance-Moves mit auf die Bühne. Denn Bühne war. Es waren knarzende Bretter, die man ebenso einbauen konnte in den jeweiligen Text. Es war auch eine Sanduhr und es war ein Klobesen, der nach Ablaufen der Zeit für Streicheleinheiten genutzt wurde. Es kam schon mal vor, dass ein Yellow Shellow Shark über die Bühne fegte und versuchte, zu zerstören, was es zu zerstören gab. Aber da war ja nichts. Es kam schon mal vor, dass Shin Fynx' Worte Flügelfenster in die Rauchwand schnitten, die erstaunliche Aussichten präsentierten. Es kam schon mal vor, dass die Kürzest-Dialekt-Gedichte von Güle G. Lerch von keinem Menschen verstanden, aber trotzdem gefeiert wurden. Es kam schon mal vor, dass uns philmarie mit seiner Punkattitüde und seiner Rollstuhlperformance oder Zemmler mit seiner Gelassenheit plättete. Es kam schon mal vor, dass Mieze Medusa nicht gewann.

Es gab das Team Feuerspeiende Katzen und die Gossiphuren. Da war Der Koschuh und da war der Tom Schutte, da waren und sind auch die Käthl, die Bacher, die Katrin ohne H, der Leo und der Toni. Es gibt aber schon auch Slammer*innen, die bürgerliche Vor- und Nachnamen haben: Martin Fritz, Silke Gruber, Stefan Abermann, Roswitha Matt, Haris Kovacevic, Tamara Stocker, Laura Hybner, Lena Westreicher oder auch Hierkönntemein Namestehen.

Ja, hier könnte dein Name stehen. Ja, hier kannst du auf der Bühne stehen, vor 50 bis 500 Leuten. Seit 20 Jahren, jeden letzten Freitag im Monat.

Ja, man wird leicht nostalgisch, wenn man das schon sehr lange macht.

3

Es gibt noch immer was zu tun. Es gibt noch immer Überzeugungsarbeit zu leisten. Es gibt noch immer Vorbehalte. Es gibt noch immer Literaturbetriebspupser*innen, die heiße Luft über den Stellenwert von Slam-Poetry verbreiten, glauben, dass sie tonangebend sind, in Wahrheit aber längst nur mehr klimaschädigende Tönchen von sich geben.

Es kann uns nur immer mehr egal sein.

Poetry Slam kann nicht mehr ignoriert und schlechtgeredet werden. Es gibt zwar noch immer keine Möglichkeit, Vortragstexte adäquat bei Stipendien einzureichen. Es gibt aber immerhin schon einzelne, anerkannte Slam-Poetry-Preise, die von öffentlichen Stellen (Land Tirol, Stadt Innsbruck) vergeben werden (und von Papa Slam durch permanentes Lästigsein eingefordert und der Stadt und dem Land eingeredet wurden). Dranbleiben, Spoken-Word- und Slam-Poetry-Projekte einreichen, präsent sein, laut sein, gehört werden wollen und zu dem stehen, was wir machen. Es gibt allerhand, auf das wir stolz sein können. Es gibt allerhand, das noch verbessert gehört. Aber wir werden gehört. Poetry Slam ist da, ist angekommen, ist unüberhörbar, unübersehbar und aus der literarischen Landschaft nicht mehr wegzudenken. Es gibt Poetry Slam im ganzen Land und – ein Abschlussreim muss sein – das ist doch allerhand!

Ja, man weiß, was noch geändert gehörte, wenn man das schon sehr lange macht. Man weiß aber auch um das bereits Erreichte und kann sich nach wie vor darüber freuen.

Traumjobs
Janea Hansen

Ich bin 30 Jahre alt und habe keine Träume mehr.

Ich hätte jetzt nicht per se gesagt, dass das was Schlechtes ist. Ehrlich gesagt, war ich überzeugt davon, dass man bis 30 vielleicht schaffen sollte, so ein bisschen erwachsen zu werden. So ungefähr sein Leben im Griff zu haben. Und da dachte ich halt, dass man für den Scheiß einfach keine Lebensträume mehr braucht.

Und jetzt stehe ich da, die Leute um mich rum schauen mich mitleidig an und ich denk mir: Ja scheiße, das ist peinlich jetzt.

Weil, du bist ja nie fertig. So: Aha Traum erreicht, super, jetzt bin ich fertig. Jetzt habe ich Leben gewonnen – nein.

Weil die Träume, die man träumt, während man schläft, die meinen sie gar nicht. Dabei bin ich so gut im Schlafen! Neulich habe ich geträumt, ich wäre hingefallen und dann hätten alle meine drei Knie geblutet. Aber das sind leider nicht die Träume, die was zählen.

Ich will nicht reisen, ich will keinen Ruhm, ich will keine Familie und Kinder und ich will erst recht nicht das, was Menschen einen Traumjob nennen.

Das ist für andere Leute nicht okay. Du musst schon bisschen mehr wollen, Janea. Einfach überleben reicht jetzt auch nicht mehr.

Meiner Mutter ist es zum Beispiel wichtig, dass ich mir von dem Geld, was sie mir zu Weihnachten schenkt, »was Schönes gönne« und »dass das nicht einfach so im Alltag verschwindet«. Darum werde ich mir keinen unnötigen Scheiß davon kaufen, wie Essen, oder meine Miete zahlen, sondern dieses Jahr lasse ich mich davon tätowieren. Mein Vater hat im Leben vor nichts Angst, außer davor, dass ich mir die Haare wieder grün färben könnte.

Wenn ich nicht mit ihnen verwandt wäre, ich glaube, ich würde meine Eltern nicht mögen.

Aber bitte schön, wenn euch meine Träume so wichtig sind: Ich träume davon, mich einmal in meinem Leben von Bill Gates scheiden zu lassen.

Ich träume davon, irgendwann mal richtig zwinkern zu können. Ich kann das nicht, aber ich mach das trotzdem. Ich dreh dann so den Kopf, dass man nur ein Auge sieht, verziehe den Mund komisch und dann blinzle ich etwas zu fest.

Ich träume von einer Videoaufnahme, wie Herbert Kickl über einen offenen Schnürsenkel stolpert und sich richtig auf die Fresse legt.

Ich träume von einer Welt, in der es 365 Tage im Jahr Ofenkäse in österreichischen Supermärkten zu kaufen gibt. Das ist doch mystisch: Niemand sagt sonst: »Oh, jetzt habe ich Bock, einen kompletten Camembert zu essen!«, aber sobald das Ding im Backofen war: »Ja, geil, drisch mir rein!«

Und ich träume davon, dass niemand mir vorwirft, dass ich *irgendeinen* Job mache und nicht meinen Traumjob. Denn: I've told you several times before: I don't have a dream job. I don't dream of labour.

Wie viel darf ich denn mehr wollen, wenn man mir permanent sagt, dass ich eigentlich schon viel zu viel bin? Ich nehme zu viel Raum ein. Ich bin zu laut, ich habe eine zu starke Meinung, ich bin zu dick, ich rede zu viel und zu schnell. Wie soll ich denn mehr wollen, wenn ich permanent versuche, weniger zu sein, weil mein Dasein andere Menschen stört?

Ich bin zu viel, ich bin ein Getümmel, ich bin eine unangemeldete Demo.

Ich bin zu laut. Ich gebe zu viel von mir preis. Ich bin nicht mystisch genug. Ich sollte mystischer sein. Die Welt möchte gerne, dass ich mehr so bin wie Frauenfiguren in Romanen von Haruki Murakami: mystisch.

Apropos mystisch: Finde komplett mystisch, wie völlig selbstverständlich Männers einfach mehr wollen. Ja, dass sie sogar schon Räume beanspruchen, die ihnen gar nicht gehören, und man muss darum bitten, dass sie dir Platz machen. Stichwort Manspreading.

Nur weil du eine Postkarte auf deinem Klo hängen hast, wo »Gehe deinen Weg« draufsteht, heißt das nicht, dass du plötzlich auf dem Gehweg niemandem mehr ausweichen musst, Markus!

Ich bin 30 Jahre alt und habe keine Träume mehr, außer den, vielleicht irgendwann mal ein bisschen weniger zu wiegen. 60 kg, 50 kg, 45 kg, 20kg, 10 kg, -15kg. Das sind doch mal Ziele.

Als ich 12 Jahre alt war, hat meine Mutter mich angeschaut und gesagt: »Du wirst immer mit deinem Gewicht zu kämpfen haben, das ist bei uns Hansen-Frauen genetisch.« Und das habe ich nicht verstanden. Ich fühlte mich nicht zu dick. Ich war nicht zu dick.

Das hat mich verwirrt, weil ich dachte, dass das, was ich im Spiegel sehe, dann ja offensichtlich nicht mit der Realität übereinstimmen konnte, wenn meine Mutter sich solche Sorgen darüber macht. Es hat mich nicht davon abgehalten, dick zu werden. Das Einzige, was es gemacht hat: Ich habe mich nie wieder in meinem Leben nicht zu dick gefühlt.

Es ist schwer, zu sagen, was man vom Leben will, wenn man permanent den Verdacht hat, dass man die Person, von der man glaubt, dass man sie ist, vielleicht gar nicht wirklich ist. Vielleicht hat mein wahres Ich tief in mir richtig Bock auf einen Nine-to-five-Job in der Buchhaltung.

Vielleicht wäre mein wahres Ich gerne Basketballspielerin, aber ist in diesem unsportlichen 1,60-m-Körper gefangen. Oder vielleicht: Wurstwarenfachverkäuferin – aber als

Hobby. Oder vielleicht hauptberuflich NGO und in meiner Freizeit leite ich Microsoft. Hörst du mich, Bill Gates, ich bin übrigens Single!

Das ist alles nichts für mich. Das macht mich müde. Ich bin 30 Jahre alt und ich will einfach nur schlafen. Ich glaube, ich gehe zurück in mein Bett, denn da hab ich noch Träume.

Salz und Pfeffer
Simon Tomaz

CN: Explizite Sexualität

Ich habe die Aufgabe erhalten, über den Song zu schreiben, der während meiner Geburt Nummer eins der Charts war. Und dann konnte ich durch Übersetzen des Songs auch noch eine Julia-Engelmann-Parodie einbauen.

Lass uns über Sex reden, Baby.
Lass uns über dich und mich reden.
Lass uns über all die guten Dinge reden
und die schlechten, die vielleicht sind.
Lass uns über Sex reden.

Wir beide sind wie Salz und Pfeffer, etwas gewöhnlich vielleicht, nicht spektakulär. Das, was man erwartet, wenn man ein romantisches Restaurant betritt und einen Blick auf die Tische wirft. Verschieden vielleicht, doch zusammen so viel größer – Gegensätze ziehen sich aus. Eine unschlagbare Kombination.

Etwas klassisch vielleicht, aber das hat ja seinen Grund, nicht wahr? Salz fällt nur in Fehldosierungen auf. Niemand sagt: »Mhmmm. Dies Gericht mundet gar vorzüglich. Ist dies etwa gesalzen? Ja? Oh, du raffiniert genialer Gewürzguru! Das ist wahrlich delikat. Also Salz, tststs, das merk ich mir.«

Wir sind nichts, womit geworben wird, doch niemand will uns missen müssen, das Fundament der Mahlzeiten, nicht, was die Würze gibt. Aber deswegen muss man das doch nicht totschweigen, ist doch völlig normal.

Drum lass uns über Sex reden, Baby.
Lass uns über dich und mich und die andern reden.
Lass uns über all die guten Dinge reden
und die schlechten, die vielleicht sind.
Lass uns über Sex reden.

Wir beide sind nun mal wie Salz und Pfeffer. Selten ohneeinander, doch auch ungern nur zu zweit. Dafür sind unsere Neugier und unser Appetit zu groß. Wir kombinieren uns gern zu bislang ungeahnten Aromaten. Man hat nur dann richtig gelebt, wenn man Gewürze aus allen Erdteilen auf seinem Teller gehabt hat, sagen wir immer. Drum freuen wir uns über die Gesellschaft von Kümmel. Zitronengras, Basilikum. Muskat, Zimt.
    Vielleicht auch mal alle zusammen. Wenn die Fleischeslust überhandnimmt, geht es dann eben in die Swinger Kitchen statt Swing Kitchen.

Darum lass uns über Sex reden, Baby.
Lass uns über die Menschen reden.
Lass uns über all die guten Dinge reden
und die schlechten, die vielleicht sind.
Lass uns über Sex reden.

Er ist wie Koriander, echt nicht jedermenschs Geschmack, spaltet die Meinungen. Und wenn er dir nicht schmeckt, dann iss ihn halt einfach nicht, aber versuche nicht, ihn zu verbieten, denn andere können ihn ja genießen, ohne dir wehzutun.
    Sie sind einfach sie, wollen weder Salz noch Pfeffer sein. Ordnen sich nur einander zu und nicht in Gewürzregale ein.
    Er ist wie Estragon – ich habe keine Ahnung, was er jetzt wirklich ist.
    An dieser Stelle könnte natürlich ein Kommentar darüber kommen, dass jemand wie Vanille sei, wegen »being vanilla«, aber ich wollte nicht fälschlicherweise den Eindruck

vermitteln, dass ich Vanille für ein existenzberechtigtes Gewürz hielte.

Sie mag Rosmarin, er mag Majoran.
Sie mag Kardamom, er mag Thymian.
Sie mag Pfeffermize, er mag Dill und Anis.
Sie mag Kerbel, er mag Kakaonibs.
Die Message dahinter – unversteckt:
Jeder isst gerne, mag's, wenn es schmeckt,
und fände nur eines schad:
ein gewürzloses Leben – denn das wäre fad.

Wir alle sind Salz, Pfeffer, Kümmel, was auch immer, auf der Suche nach dem Geschmack, der uns immer wieder glücklich machen wird können. Nicht unser Geschmack bringt uns in Teufels Küche, sondern wie wir mit dem Geschmack anderer umgehen.

Darum lasst es zu, dass über Sex geredet wird, immerhin wäre niemand von uns ohne ihn hier, er ist etwas so banal Essenzielles für das Dasein, dass man darüber reden dürfen muss. Wer nicht über Sex reden kann, ist nicht reif genug, um welchen zu haben. Aber wer vor wildfremden Leuten ausschließlich über Sex redet, ist definitiv auch nicht normal.

Ich möchte mit der Paraphrase eines Bibelzitats enden, denn als Gott zu Adam und Eva sagte: »Ziehet los und vermehret euch«, war das auch nur eine gestelzte Art, zu sagen: »Fickt euch!«

In diesem Sinne: Servus, tschau, schönen Abend und fickt euch! Mit gegenseitigem Einverständnis, aber fickt euch.

Fragmentarische Leitfäden
Clara Felis

Ich kann nur den Moment beschreiben, der sich vor mir entfaltet, sich ausrollt, sich einer Decke gleich vor mir ausbreitet, ein Mosaik aus Gewesen und Kommendem, dazwischen ich, wissend und nichts wissend in derselben Form und Einheit und Meer.
[innehalten]

Die Macht sei mit dir!
Ich bin vielleicht nicht deiner Meinung, aber ich gebe dir Rückenwind, damit du deinen Weg gehst. Es ist der einzig richtige, es ist deiner. Er birgt Fallen und Einbahnstraßen und Verletzungen, aber das gehört zur Vervollkommnung. Und die wirst du erreichen. Du bist es ja schon. Höre nur deinem Herzen lauschen. Der Schlag ist die treibende Kraft deiner Seele. Ein Team an Trommeln hat sich zusammengefunden, den Weg zu weisen und zu wissen.
Du bist richtig.
Du bist stark.
Du bist schwach.
Du bist das Pendel.
Ein Ausloten gibt es im Moment.
Der Rückblick kennt die Schwingung.

Ich blicke zurück und sehe mich selbst. Damals.
Ich wollte die Welt verändern und habe laut rebelliert, habe um mich geschlagen mit Fäusten und Bissen und Witz.

Schreibe dagegen an. Appelliere an Menschen in meiner Blase und lasse sie trotzdem nicht zerplatzen. Schaue über den Tellerrand und verändere doch nichts. Die Beständigkeit deines Tuns. Wird mir geflüstert. Ich kann die Stimme nicht mehr hören. Die Vielfältigkeit schlägt mit ihrem Fächer um sich.
Ich bin müde.
Möchte endlos schlafen und kann doch nicht.
Was kann ich noch weitergeben, sind die Reserven doch erschöpft.
Ich bin so müde.
Der Rückblick kennt die Schwingung.
Die Macht sei mit dir.
Die Macht ist in dir.
Du bist ein Wunder, du lebst.
Du hast die Kraft, zu verändern.
Jede Person kann lachen und in diese umfassende Rebellion, die es überall zu finden gibt, einsteigen. Ich kann keine Witze erzählen. Aber ich kann lachen, wie diese immer rosarot Frischverliebten. Ein Gefühl dieser weltumfassenden Leichtigkeit. Komm mit!
Der Moment lernt fliegen.
Erlebt die Schwingung im Augenblick im Rückblick.

re-re-rewind

Die Geschichte lernt nichts aus dir, aus uns, aus mir. Es ist schon so gewesen, so wie früher, die gute alte Zeit von morgen ins Heute geweht. Ich schaue mich um. Schon wieder nichts gelernt, schon wieder werden besungen die starken Männer, ihr Imperium. Doch die Macht ist stark in dir, junger Padawan. Ich gebe dir mit auf deine Reise eine Brise Leichtigkeit, ein Stück Freiheit, das dir niemand nehmen kann, Rückenwind, die Beständigkeit der Veränderung, weil die Kraft der Ahnen in deinen Adern bebt. Du lebst. Du bist die Tochter der Tochter, der Tochter, der Tochter, der Tochter, der Tocher, der Tochter des Ursprungs.

Der Rückblick erkennt die Schwingung. Und weiß. Und lehrt dich, deinen Weg zu gehen. Es gibt ihn immer, auch wenn der Morgen schwarz vor blau ist. Die Dämmerung kommt und wird die Sonne erstrahlen lassen in ihrem immerwährenden Glanz, das Leben zu zelebrieren. Die Wärme umgarnt dich, hüllt dich ein in ihr Netz, das dich auffängt, wenn du fällst. Nach Ebbe folgt die Flut folgt die Ebbe folgt die Flut. Ein Sturm ist immer im Gepäck deines Atems.

Es ist die Balance des Lebens. Manchmal ist es einfach, manchmal ist das Einfache einfacher, manchmal ist es weniger einfach, manchmal bleibt einfach das Entfachen der Glut, der Bestärkung, wir beginnen von vorn, weil niemand was gelernt hat. Ich möchte daraus lernen, auch wenn ich müde davon bin. Nur gemeinsam gibt es den Weg. Nur gemeinsam können wir wir sein und bleiben und wachsen und werden, wer wir sind.

Ein Wunder, wir leben.

Immer noch.

Immer wieder.

Die Schwingung des Rückblicks gibt uns den Aufschwung, die Kraft, aufzustehen.

Erheben wir uns.

Gemeinsam.

Die Macht ist mit uns.

6.3 Weird & liebenswert – Poetry Slam als Sprungbrett
Tereza Hossa

E-Mail: Airbnb – Gib eine Bewertung für Manuel ab

Das ist bereits die fünfte E-Mail, die mich dazu zwingen will, eine Bewertung für meine Wohnung auf Zeit in Köln und den dafür zuständigen Vermieter abzugeben. Aber ich lasse mich nicht darauf ein.

E-Mail: Airbnb: Schreibe bis zum 7. Juli eine Bewertung für Manuel: Lass andere Gäste wissen, wie dein Aufenthalt war

Wie mein Aufenthalt war? WIE MEIN AUFENTHALT WAR?
   Ich war dreimal in derselben Wohnung in Köln mit Unterbrechungen: April, Mai & Juni. Im Juni waren es zwei Wochen, wovon ich eine Woche Corona-erkrankt isoliert in dieser fremden Wohnung in dieser fremden Stadt war. Wir hatten also keinen guten Start. Ich hätte für den zweiten Aufenthalt mir also auch ein anderes Airbnb suchen können. Damals im April begrüßte mich Manuel freundlich. Er war ein langsamer, gelassener Mensch, dessen Wohnung dermaßen hässlich eingerichtet war, dass man das Gefühl hatte, es wäre eine ironische Wohnung. Überall standen Skulpturen aus Penissen. Ich dachte zuerst, er sei schwul, aber dann waren da noch die ganzen Bilder von halbnack-

ten Frauen: vielleicht also bisexuell. Vielleicht aber eigentlich asexuell und er musste es kompensieren. Vielleicht geht mich seine sexuelle Orientierung auch einfach gar nichts an. Er schrieb mir noch in meiner ersten Woche im April:

Hey ... Darf ich Dir eine verrückte Frage stellen, zu übermorgen Abend, falls Du dann von 19–21 Uhr Zeit hast? Mir hat meine Begleitung gerade abgesagt und ich hab da etwas Spezielles gebucht (und schon bezahlt), um das es echt schade wäre, weil man ewig auf die Termine warten muss ... Und zwar eine kleine private Wellness-Auszeit bei www.mywellness.de mit Whirlpool und Sauna. Aber es ist vollkommen okay, wenn Du sagst, dass dies mit mir sehr seltsam wäre, weil wir uns kaum kennen und es sich nicht für ein Vermieter-/Mieterin-Verhältnis gehört. Wahrscheinlich stimmt das auch. Liebe Grüße, Manuel

Ich sagte ab, buchte aber die Wohnung für Mai und Juni erneut, weil ich wusste, er würde mir erlauben, meinen Hund mitzunehmen, und es gibt nur wenige Airbnbs, wo man den Hund mitnehmen kann.

Als ich dann im Mai dort war, holte er immer wieder, wenn ich nicht in der Wohnung war, Möbelstücke, um sie zu verkaufen. Er würde die Wohnung nämlich nach meinem finalen Aufenthalt im Juni kündigen. Eigentlich wollte er sie schon im Mai kündigen. Aber er verlängerte: mir zuliebe.

In seinem Badeschrank stand ein Deo mit seinem Gesicht drauf. Es muss ein Geschenk von Freunden gewesen sein. Ach, Manuel.

E-Mail: Airbnb – Erinnerung: Gib eine Bewertung für Manuel ab

Als ich im Juni erneut kam, war er noch zwei Stunden nach meiner Ankunft dabei, Sachen in der Wohnung auszumessen. Es war mir egal. Obwohl ich normalerweise sehr viel Wert auf Professionalität lege, war es mir bei Manuel egal.

Manuel schrieb mir auch: *Wo bist Du nur all die Jahre gewesen ... Diese Buchungen hätten meine Immobilien-Pläne deutlich einfacher gemacht!*

Na ja, Manuel, um ehrlich zu sein. Ich verstehe, warum Menschen nicht dein Airbnb gebucht haben. Die Fotos sind noch grauenhafter als die Wohnung selbst, obwohl es einen Balkon gibt. Aber du bzw. deine Wohnung waren exakt das, was ich gebraucht hatte. Etwas grenzüberschreitend, aber im Grunde mit einem guten Herzen. Und ich konnte meinen Hund mitnehmen, ohne dass du extra was verrechnet hast oder ich staubsaugen musste. Wir haben uns in diesem Abschnitt meines Lebens gesucht und gefunden.

Es kommt jetzt keine Metapher, dass Manuel für mich wie Poetry Slam ist.

Poetry Slam ist aber der Grund, warum ich in Köln war bzw. jetzt immer wieder in Köln arbeiten kann, denn ich bin Teil der Show von Carolin Kebekus.

Poetry Slam ist der Grund, warum ich schreiben kann, warum ich absurde Dinge aufsauge, als hätte ich seit drei Tagen kein Wasser mehr getrunken. Mir wurde mit 19 eine Bühne gegeben, auf der ich mich komplett frei entwickeln konnte. Ich lernte, mit Publikum umzugehen. Ich lernte, dass mir Humor steht. Ich erkannte, dass ich eine Karriere im Künstlerischen anstreben kann und dass es eventuell sogar funktionieren wird.

Mit 14 sah ich meinen ersten Poetry Slam, in Innsbruck in der Bäckerei, und beschloss damals schon, dass auch irgendwann machen zu wollen. Aber vielleicht ist Poetry Slam eben doch ein bisschen wie Manuel. Weird und liebenswert und grenzüberschreitend und vor allem das, was ich gebraucht hatte. Es hat den Grundstein für meine Bühnen- und humoristische Karriere gelegt und dafür werde ich auf Lebzeiten den Menschen und dem Format dankbar sein. Genauso wie ich Manuel dankbar sein werde, dass ich meinen Hund mitnehmen durfte.

E-Mail: Airbnb – Gib eine Bewertung für Manuel ab

5 Sterne.

Opas Begräbnis
Elias Hirschl

»Liebe Kirchengemeinde, liebe Familie, liebe Bekannte und Kollegen ... Wir haben uns heute hier versammelt, um gemeinschaftlich von einem geliebten Freund Abschied zu nehmen, den Gott in seiner allumfassenden Barmherzigkeit und Weisheit zu sich geholt hat. Auch wenn heute ein Tag der Trauer ist, so wollen wir doch nicht die guten Stunden und Tage vergessen, die uns unser lieber Freund Wolfgang Horvath beschert hat, die Stunden, in denen wir mit ihm gelacht haben, in denen er uns Freude bereitet hat, mit seinen in der ganzen Gemeinde berühmt berüchtigten Witzen und seinem allseits einsatzbereiten Charme.

Wolfgang war in der Tat ein lebensfroher Geist, der stets die ganze Stube mit seinem warmen Wesen füllen konnte. So waren es schlussendlich auch nicht Einsamkeit und Schmerz, die ihn zum Heiligen Vater geholt haben, sondern ein erfülltes Leben, voller Liebe und Glück, auf das er sicher voller Stolz zurückblickt, von seinem Platz dort oben. Werner, wie Wolfgang jetzt plötzlich heißt, weil ich diesen Text nicht mehr Korrektur gelesen habe, hat in seinen über 80 Jahren Lebenszeit, die ihm der Herr in seiner Großzügigkeit geschenkt hat, mehr Kontakte geschlossen, als es viele von uns jemals tun könnten. Zunächst als einfacher Volksschullehrer arbeitete er sich durch die Sprossen der Karriereleiter wie durch die Herzen seiner Mitmenschen hoch zum Schuldirektor und wurde nicht zuletzt als Bürgermeister zu einem wahrlich unverzichtbaren Fixpunkt der Gemeinde, ja, manche sagen sogar, zum eigentlichen schlagenden Herzen des Ortes, das durch seine pulsierende, leidenschaftliche Arbeit lebendiges, frisches Blut durch die Adern unserer Gesellschaft pumpte, und durch sein Werk wie durch seine Freundschaften und nicht zuletzt durch seine Familie, seine wunderbare Frau Gerti, seine Kinder Raimund, Gottfried, Michael und Regina und seine Enkerln Maria, Anna, Sara, Hannah, Simon, Lukas, Rüdiger und dem zweiten, kleineren Lukas, wird sein Werk weiter pulsieren und sein Geist wie sein Name in uns allen fortbestehen.

Werte Trauergemeinde, viele haben bereits ihren Trost und ihre Gedanken zu ihrem Verlust vor dieser liebenden Gemeinschaft geäußert, manche behalten ihre Gedanken auch lieber für sich, was wir natürlich ebenfalls schätzen. Ein junges Mitglied unserer Gemeinde möchte jedoch noch seine Gedanken zu seinem Verlust äußern. Der Lukas, ja ganz recht, der kleinere Lukas, hat sich wahrlich ein Herz gefasst und seinem Opa eine sehr persönliche Rede geschrieben, mit der er in seinen eigenen Worten seinen Schmerz und seine Gefühle über den Verlust Ausdruck verleihen will. Ich möchte euch deshalb noch einmal um eure vollste Konzentration bitten, denn es ist wahrlich nicht leicht, mit Verlusten umzugehen.

Wir haben alle unsere eigenen Wege, um Trauer zu bewältigen, und seine Trauer in Worte zu fassen, ist ein schwieriges Unterfangen, um das ich als Pfarrer selbstverständlich bestens Bescheid weiß, und der schlichte Versuch, sein kindliches Unverständnis und seine unschuldige Überforderung mit dieser komplexen Situation auf künstlerische Weise zu verarbeiten, ist eine Anstrengung, die schon aus reinem Selbstverständnis unser aller Respekt verdient. Ich übergebe also an dieser Stelle das Wort und das Mikrophon an den kleinen Lukas.«

(Verhaltenes Räuspern, Lukas betritt die Bühne.)

»Lieber Opa, oh, wie schad,
Jetzt bist du tot und liegst im Grab.
Du bist gestorben, ach, oh nee,
Dein Tod, er tut uns wirklich weh.

Dein Herz, es wird nun nicht mehr schlagen,
Und uff, was ist in uns allen für ein schreckliches Klagen?
Lieber Opa, wir vermissen dich sehr,
Wir sind am Leben und du nicht mehr.«

»So Lukas, vielen Dank, dass du deinen Schmerz für uns in deine eigenen, persönlichen Worte gefasst hast, und ich glaube, jetzt wird es langsam Zeit für...«

»Oh, dein Tod, er ist schwer zu begreifen.
Ich sitz am Frühstückstisch und denk mir: Whaaaat?
Da war ein Opa, das weiß ich genau,
Aber jetzt ist er tot und das schert keine Sau!«

»Lukas, ich glaub wirklich, dass du deinen Schmerz und deinen Verlust jetzt ausgiebig verarbeitet hast, das hast du sehr gut gemacht, obwohl sich die eine Zeile nicht mal gereimt hat und die letzte einfach nur gelogen ist, aber jetzt ist es, glaub ich, wirklich Zeit für...«

»Und ich denk mir: What the fuck?!
In einem Moment bist du lebendig
und dann bist du im Grab?
Ich mein, fucking shit, what's that all about?

Wenn du mir das gesagt hättest, Opa,
ich hätt's dir nicht geglaubt.«

»Lukas, es ist jetzt echt genug, denke ich, und ich weiß auch langsam echt nicht mehr, was du mit diesem Gedicht erreichen willst, also können wir bitte einfach mit der Messe fortfahren, denn dazu sind wir schließlich alle...«

»Im einen Moment sitzt du noch am Tisch
und saufst dir ein' rein.
Im anderen liegst du schon unter der Erde,
ja, wie kann denn das sein?
Im einen Moment ext du eine Flasche Vodka,
im nächsten Moment bist du tot, hoppla.«

»Lukas, ich glaube, wir alle wollen jetzt wirklich lieber mit der Beerdigung fortfahren, außerdem scheinen die meisten deiner Fragen gar nicht kontemplativer Natur zu sein, sondern schlichter Dummheit zu entspringen.«

»Jedenfalls bist du jetzt tot, oh lala!
Und die Rose ist rot, hm, na ja.
Du hast mir immer 5 Euro gegeben,
Doch wirst du mir auch im Himmel
noch immer 5 Euro geben?«

»Lukas!! JETZT REICHT'S! Was zum Teufel, Lukas?! Du kannst doch nicht einfach ›5 Euro geben‹ auf ›5 Euro geben‹ reimen!! Das ist Money-Boy-Niveau! Da gibt's so viele Möglichkeiten!! Z. B.: *Wirst du auch nach dem Tod weiterleben?* Oder: *War für alles umsonst dein Streben?* Oder irgendwas, aber WTF, Lukas, ›5 Euro geben‹ auf ›5 Euro geben‹?! Das kann ich nicht verantworten, Lukas, und jetzt setz dich wieder hin, sei still und tu so, als wärst du traurig darüber, dass ein rassistischer, sexistischer, alter Mann gestorben ist, so wie alle anderen auch! ... Im Namen des Vaters, des Sohnes und des Heiligen Geistes, Amen.«

»Amen.«

Alles Gute zum Alltag

Agnes Maier

Es fängt an mit einem Röcheln,
ein kleines Kratzen im Hals,
ein Nieser, der durch Bürogänge schallt,
es drehen sich Köpfe, manch ein Mund spricht:
Gesundheit!
Und ob's eh nicht was Ansteckendes ist?

Das Jahr 2020 gab uns vieles an die Hand.
Dass man zum Überleben hauptsächlich Nudeln
und Klopapier braucht und
ein ganz neues Verständnis von Krankenstand:
Dass man daheimbleiben sollte, wenn man krank ist!
Das ist ja insgesamt oft nicht so klar,
ohne behördlich ausgestelltes Daheimbleibedokument
in Form eines Absonderungsbescheids
heißt »krank sein« nicht automatisch auch
»arbeitsbefreit«.
Ein grippaler Infekt, aber der AntiGen-Test war negativ?
– Ach so, na dann!
Ein Schleudertrauma?
– Ich mein da besteht ja noch nicht mal
Ansteckungsgefahr!
Und du – du wirkst so ausgebrannt,
es hängt Asche in deinem Haar!
Aber bitte, das ist ja kein Grund zum Daheimbleiben!

Das ist doch super, wenn du gefragt bist!
Weil das halt ein Garant für Kapital ist.

Dreifach beringte Augenhöhlen, eingefallen und aschfahl,
zeugen nur von harter Arbeit
und deiner Willenskraft aus Stahl,
sogar noch dein Bedürfnis nach Schlaf zu überwinden.
Das finden Leute fleißig!
Weißt du's noch nicht? – Drogensucht war gestern!
Wir haben jetzt was Besseres!
Um den eigenen Körper mit Nachdruck
zu Grunde zu richten,
ist es jetzt nicht mehr nötig,
mit Substanzen zu dealen,
das geht schon mit »Karriere«!
Und ein bisschen Koffein.

Es scheint, als generiere man Begeisterung
nur durch Leistung,
die Bewunderung der Menschen
nur durch konstante Überschreitung
der eigenen Grenzen.
Unmenschliches kriegt den meisten Applaus,
wenn du leidest und dich quälst,
bleibt der Beifall nicht aus.
Dieses Land ist so katholisch, es ist mir ein Graus!

Und was soll das eigentlich heißen
»Vollzeit erwerbstätig«?
Jetzt mal ehrlich ...

Der Mensch, der die 40-Stunden-Woche erfunden hat, war doch garantiert ein weißer Mann mittleren Alters, der seiner gebärfähigen Vollzeit-Raumpflegemanagerin (mit Zusatzkompetenz Kinderbetreuung) mit 20 einen Ring an den Finger gesteckt hat, um dann irgendwann zu finden:

Och, wenn's weiter nichts ist, sind die 5x die Woche 8–12 Stunden Arbeit am Tag ja echt kein großes Ding mehr. Und am Wochenende spiel ich eh gern mal ein bisschen Fußball im Garten.

Oder wie soll das sonst abgelaufen sein?

Jetzt mal ehrlich!

Welcher Mensch, der 40 Stunden die Woche arbeitet, hat:
einen gepflegten Wohnraum, Kinder, die er besser als nur vom Gute-Nacht-Sagen kennt, einen gefüllten Kühlschrank, hier und da ein bisschen Zeit für sich selbst *und* keine Hilfe daheim?

Das kann sich nicht ausgehen!

Aber: »Was der leistet!«, »Was die schafft!«
heißt's meist leider nur,
wenn das »Was« auch Kapital erbracht
oder sonst wie beigetragen hat zur Schieflage der Welt,
in der nur Macht und Geld und Einfluss
unter »Was erreicht haben« fällt.

Aber in einem Affenzirkus, in dem
»das Hamsterrad« die Hauptattraktion darstellt,
will euch gern was zeigen:
zwei Schritte zurückmachen und einfach mal

Schweigen.

Erzeugt da draußen schon so viel mehr Aufmerksamkeit,
als jeder wildgewordne Affe, der aus voller Kehle schreit.

Ich weiß nicht, wie's euch geht, aber aus meiner Position ist in einer so lauten Welt Stille eine Art Revolution.

Und langsame Bewegungen wie Sabotage betreiben,
ich will von der Karriereleiter runterspringen,
um am Boden der Tatsachen zu bleiben,
um dort ein bisschen Konfetti zu verstreuen
für banale Dinge, die gar nicht so einfach sind,
wie alle immer meinen,
oder nur weil sie alle machen,
nicht mehr wichtig genug scheinen.

Aber ich – ich zum Beispiel bin ein Morgenmuffel
und muss manchmal vor 7 Uhr raus.
Und da wär's schon wirklich nett,
bekäme ich ein bisschen Applaus.
Einfach nur fürs Mühegeben!

Herzlichen Glückwunsch zum heutigen Erwachen, und zwar nicht das geistige, sondern einfach das in der Früh, für das du diesmal nur drei Schlummermoduszyklen statt der üblichen fünf bis sieben gebraucht hast.
    Gut gemacht. 1 A!

Danke! Ja, danke.

Ein bisschen Wertschätzung für den Alltag
ist Beruhigung für den Herzschlag.

Und wie geht es dir?
Und zwar wirklich.
Nicht nur als Floskel zur Erfüllung der
Gesellschaftsetikette,
heute ist das keine nette, beiläufige Frage mehr.
Nein, die ist schwer.

In welchem Takt schlägt dein Herz?
Auf welcher Frequenz spielt dein Schmerz?
Und ist die Zufriedenheit noch lauter als er?

Kommst du auf ein solides Wohlbefinden?
Kurz: Wo ist deine Happiness-Baseline zu finden?

Denn es muss nicht jeder Tag
der geilste deines Lebens sein
(Mal ehrlich: Wie anstrengend wär so viel Adrenalin?).
Aber jeder kleine Stein im Schuh
drückt einfach weniger schlimm,
wenn die Füße nicht schon vorher voller Blasen waren.
Das ist eine Tatsache.

Wen interessierts,
wie viel du leistest und Profit du generiest,
wenn's dir scheiße dabei geht
und du die Freude verlierst
und du zu wenig schläfst
und dir der Stress alles andre nimmt?

Wir müssen aufhören, Menschen zu beklatschen,
weil sie scheiße zu sich selber sind!

Denn das ist voll hohl
und echt für niemanden fair.
Wenn man ertrinkt in Cortisol,
fällt das Atmen leider schwer.

Wenn man feststeckt in Systemen,
die auf Menschen vergessen,
weil sie immer nur versuchen, aus ihnen
Wirtschaftsleistungen zu pressen.

Und am Ende sollen sie dann vielleicht noch froh sein,
wenn es ganz okay zum Leben reicht,
während aus starren Pupillen Lebensfeuer entweicht,
langsam ausgeht, ausbrennt,
die Begeistertung verpufft,
wo ich hinseh, ist Erschöpfung,
es liegt Asche in der Luft!

Und deshalb wünsch ich euch von Herzen alles Gute
zum Alltag und will Konfetti dalassen,
fürs freundlich zu sich selber Sein
und das Beste aus manchen Tagen Machen.
Fürs Genugsein, wie man ist,
ohne immer was zu leisten.
Fürs Füßehochlegen und mal
auf den Kapitalismus Scheißen.

Und für die Erkenntnis, dass es eben mehr
als nur »Erwerbsarbeit« gibt
und dass der Schlüssel zur Gleichstellung
nicht darin liegt – gar nicht darin liegen kann! –,
jetzt einfach alle Menschen
in ein männliches Rollenbild zu quetschen
und bis zur vollständigen Kiefersperre
die Zähne zu fletschen.

Deshalb Cheers! Auf gesunden Egoismus
und das Lachen über Verbissenheit,
wenn alle rennen, vergebe ich Thumbs up!,
weil langsam machen richtig scheint.

Und fürs ehrlich leise zu sich selber Sagen:
   Ich bin es wert, auf mich zu achten und mich selber gern-
zuhaben.

Eine Geschichtsstunde
Lena Johanna Hödl

Der 28. April 1945 ist ein sonniger Tag und wenn die Umstände nicht so suboptimal wären, könnte man sich fast darüber freuen, wie Schutt, Asche und erste Blütenpollen sich miteinander vermischen und im goldenen Licht zur Melodie der singenden Vögel über den Trümmern Berlins tanzen.

Winston ist mal wieder hackedicht. Es ist noch nicht mal Mittag, aber er hat sich Mut antrinken müssen, Mut für das Gespräch, das ihm bevorsteht.

Mit den verhornten Knöcheln eines Mannes von Welt klopft er gebieterisch an die Tür des Bunkers und was ihm da öffnet, ist wirklich nicht viel mehr als ein Häufchen Elend. Mit einer erschöpft wirkenden Handgeste führt Adolf, der Mann, der hier wohnt, Winston in seinen letzten sicheren Rückzugsort. Es ist ihm egal, den Feind hereingelassen zu haben, ihm ist schon alles egal, seine Augenringe sind tief und seit Tagen ernährt er sich nur noch von Tiefkühlpizza, mit Eva läuft es auch nicht mehr so gut, ach. Adolf weiß, dass dies das Ende ist. Morgens halb 10 in Deutschland, 28. April 1945, Winston Churchill präsentiert als Gesandter der Alliierten Hitler in einem historischen Pitch die eine mächtige Geheimwaffe, die dieser niemals hatte und die ihn nun in die Knie zwingen wird.

Es ist die Waffe der Liebe.

Gemeinsam setzen Churchill und Hitler sich auf die Couch, es fließt noch ein bisschen mehr Whiskey, sie kuscheln sich zusammen unter die liebste Schmusedecke, Eva bringt Erfrischungen in Form von Crackern, Frucade und selbstgemachtem Blechkuchen. Auch sie hat sich in letzter Zeit gehen lassen, das Bündchen ihres verschwitzten T-Shirts ist ausgeleiert und mit dieser Jogginghose war sie in etwa so oft joggen, wie sie mit ihrer Küchenrolle durch die Küche gerollt ist.

Nachdem sie sich wieder zurückgezogen hat, vergeht eine lange Stille.

»Jetzt erzähl doch mal«, sagt Churchill irgendwann, und in seinen Armen bricht der Führer des Deutschen Reichs zusammen. In den letzten 56 Jahren ist so einiges schiefgelaufen für ihn, der Vater schlug ihn, die jüdischen Jungs in der Schule haben immer die hübscheren Mädchen abgekriegt, an der Akademie haben sie ihn nicht genommen und zu allem Überfluss hat er auch nur einen Hoden. »Stimmt«, ruft Eva aus dem Nebenzimmer.

Er war einfach so frustriert, so traurig, nichts schien mehr einen Sinn zu ergeben, und da hat er eben ein paar Dummheiten begangen. Winstons rot angelaufene Alkoholikervisage strahlt großväterliches Verständnis aus, er hält das vor Schluchzern zuckende Bündel zwischen seinen riesigen Kolonialistenpranken, sanft wiegen sie sich vor und zurück. »Ssssshhh«, macht er, »sssshhh, ist doch alles gut jetzt. Versprichst du mir, mit diesem Unsinn aufzuhören?«

»Ich verspreche es«, flüstert Adolf leise.

Es ist der Herbst desselben Jahres, der Krieg ist vorbei. In der bayrischen Stadt Nürnberg mietet man einen ganzen Gerichtssaal, die 24 Hauptkriegsverbrecher inklusive Führer sitzen gemeinsam mit Thomas Gottschalk und Markus Lanz auf einem riesigen Sofa. Himmler ist sich noch ganz sicher, dass Samuel Koch es niemals schaffen wird, über so viele Autos zu springen, und da passiert es auch schon, auweia. Während Koch sich noch wimmernd am Boden krümmt, werden sie alle zu ihren Absichten, ihrer Vergangenheit, ihren Meinungen und Emotionen befragt, die Fernsehkameras drehen sich, drehen und drehen sich um das ultimative Böse, Markus Lanz lockert seine Krawatte, nickt verständnisvoll, Gottschalk sucht mit seinen Augen verzweifelt nach Frauen im Gerichtsraum, er weiß nicht, auf welches Knie er seine Hand sonst legen soll, und gerade, als Hermann Göring mit zitternder Stimme von seiner Opioidabhängigkeit berichtet, geschieht etwas. Es ist etwas in seinen großen, wässrigen Hundeaugen, das den Funken der Toleranz aufleuchten lässt.

Nun begreifen auch die Millionen zuhause vor den schwarz-weiß-krümeligen Fernsehbildschirmen und in den Aschehaufen des ganzen Reiches. Verstehen, dass das, was ihnen, ihren Frauen, Männern, Kindern, Eltern, Großeltern passiert ist, nicht so gemeint war. Sie tun das einzig Richtige: Sie verzeihen.

Und schlussendlich wird nun wirklich allen Anwesenden im Gerichtssaal, in Deutschland, Österreich, überall auf der Welt, eines klar: Mit der Kraft der Liebe kann man alles überwinden.

Vielleicht haben Sie noch nie von all dem gehört, was ich Ihnen heute erzählt habe. Vielleicht sind Ihnen mehrere kleinere Anachronismen aufgefallen. Weder Lanz noch Gottschalk haben zu dieser Zeit gelebt, Eva Braun hat nie eine Jogginghose getragen. Churchill war niemals persönlich bei der Schlacht um Berlin dabei und zwei Tage nach dem 28. Juni nahm sich Hitler das Leben. Blutige Gehirnmasse spritze aus seinem Hinterkopf an die Wände des Führerbunkers, bei den Nürnberger Prozessen hat man niemandem vergeben und sowohl Deutschland als auch Österreich wurden – angeblich – entnazifiziert.

Worauf ich hinauswill, ist nur das: Wenn wir alle tagtäglich von Liebe sprechen, 1 000 davon gar, davon, uns selbst und andere zu lieben, von der populärsten Gefühlsregung des menschlichen Hirns, dann ist das gut so. Aber bestimmten Menschen kann man nicht verzeihen, bestimmten Menschen darf man keine Bühne geben und schon gar nicht soll man mit ihnen reden. Denn wir alle verzeihen viel zu viel, und sowas kann nur nach hinten losgehen, googeln Sie mal das Poppersche Toleranz-Paradoxon, los, tun Sie's.

Wenn Sie auf einer Demonstration sind, wenn Sie einen Polizeiwagen sehen, ein Parteiplakat, eine Wahlkampfveranstaltung, das Parlament: Dann denken Sie bitte daran, dass nicht nur Liebe die Antwort ist. Dass uns unendlicher Hass in unserer Geschichte weit gebracht hat und Michael Buchinger kein Copyright auf dieses Gefühl hat. Wir alle können und sollen hassen. Also bitte ich Sie inständig: Vergessen Sie in den entscheidenden Momenten diesen ganzen Hippiekram. Hassen Sie. Denn oft ist es das Einzige, was noch hilft.

Kapitel 7: Wunsch & Willen – Slam als aktivistisches Tool

Über den Trotz und die Absicht, die Beharrlichkeit und Gestaltungsfreude.

Mit einem Beitrag von
Rhonda D'Vine

Mit Texten von
Katrin ohne H
Christopher Hütmannsberger
Da Wastl
Darling

7.1 »Hallo. Mein Name ist ...«
Rhonda D'Vine

Hallo. Mein Name ist Rhonda. Ich liebe Musik.
Ich hatte immer schon eine Faszination für Texte. Und es hat Leute immer schon verwirrt, was für Musik ich höre. Weil es für die meisten Menschen keinen Sinn ergeben hat. Ich höre Alice Cooper. Ich höre Herbert Grönemeyer. Ich höre Metallica. Ich höre Michael Jackson. Ich höre Die Fantastischen Vier. Ich höre The Krupps. Ich höre Elton John. Ich höre Rage Against The Machine. Ich höre Farin Urlaub und Die Ärzte. Ich höre Chumbawamba. Und oftmals sind es Lieder, die auf den ersten Blick gar nicht so viel Airplay bekommen hatten, die für mich ein gewisses Etwas hatten. Lieder, die eine gewisse Botschaft hatten. Lieder, die mein Herz berührten. Lieder, die mich zutiefst bewegten. Es sind jene Lieder, deren Texte eine starke Aussage haben.

Wusstet ihr, dass Die Fantastischen Vier bereits in den 90er Jahren im Text von »Saft« Beziehungen abseits der Heteronormativität erwähnt hatten? Dass Die Ärzte links sind, ist wohl vielen bewusst. Vielleicht wissen auch ein paar, dass die »Machine«, gegen die geragt wird, das System an sich ist. Dass Chumbawamba allerdings im Jahr 2000 ein Lied gegen Jörg Haider geschrieben hat, ist vermutlich den wenigsten bekannt.

Es finden sich in nahezu allen Bands klar politische Statements – auch wenn viele Fans von Bands verwirrt oder gar überrascht sind, wenn sich ihre Lieblingsbands plötzlich politisch engagieren. Bei manchen Bands war es subtiler, bei anderen offen sichtbar in ihren Texten.

Ich glaub, ich versuche es nochmal mit meiner Vorstellung:

Hallo. Meine Name ist Rhonda. Ich liebe Texte.
Irgendwann hab ich selbst begonnen, zu schreiben. Es waren anfangs nur Kleinigkeiten. Es waren nur kurze Texte. Insbesondere hab ich mit einem Freund begonnen, Haikus hin und her zu schicken. Es war für mich immer schon faszinierend, in einem limitierten Bereich kreativ zu arbeiten. Weil es, um etwas auszudrücken, viel mehr Überlegung notwendig macht und deine Gedanken auf andere Art und Weise beansprucht.

Es waren nach und nach aber auch längere Texte dabei. Oftmals in Englisch, weil ich mich in einer englischsprachigen Community befunden hab. Es war die Zeit, als ich auf deviantART aktiv war. Einer Plattform, die es ermöglicht, visuelle Kunst jeglicher Form zu teilen und sich gegenseitig zu unterstützen. Es gab Gemaltes, Fotografien, Fotomanipulationen, digitale Kunst in jeglicher Art – und eben auch viel Geschriebenes. Prosa, Lyrik.

Ein Text, der mir sehr am Herzen liegt, ist mein Comingout-Gedicht als trans Person namens »Mermaids«. Er ist in Englisch verfasst, weil es mir wichtig war, dass es meine Community versteht. Über die Jahre hinweg hab ich ihn vielen Leuten zum Lesen gegeben, weil es einfacher war, mich so zu erklären und ihnen damit näherzubringen, was es für mich bedeutet, Rhonda zu sein.

Auf eine gewisse Art und Weise hat mich mein Comingout dann immer stärker in eine Richtung gebracht, die mir auch wichtiger wurde: den Aktivismus. Ich begann, mich zu engagieren, da mir Ungerechtigkeiten und Ungleichbehandlungen in der Gesellschaft immer offensichtlicher wurden.

Ich glaube, es wird Zeit, mich nochmal vorzustellen:

Hallo. Mein Name ist Rhonda. Ich bin Aktivistin.

Durch die Beschäftigung mit meinem Selbst wurden mir manche Dinge immer bewusster. Die Ungleichbehandlung von Menschen. Die Ungerechtigkeit im System. Dass es scheinbar doch nicht allen Menschen wichtig ist, was an der Welt verändern zu wollen. Um Die Ärzte zu zitieren: »Es ist nicht deine Schuld, dass die Welt ist, wie sie ist – es wär nur deine Schuld, wenn sie so bleibt.«

Also begann ich, mich mehr zu engagieren. Setzte mich mehr dafür ein, die Welt zu einem gerechteren Ort zu machen, an dem wir alle gerne leben wollen. An dem wir besser miteinander umgehen können. An dem wir lieber leben wollen. Ich ging auf Demonstrationen, engagierte mich in Vereinen, die für Sichtbarkeit sorgten. Ich war sogar selbst an der Gründung einiger Vereine beteiligt. Weil es hier auch Lücken gab - und nach wie vor gibt.

Und ich schaute mich um, was andere so tun. Wie Leute zu erreichen sind. Wo sich was bewegt. Ich stieß auf die Poetry-Slam-Szene. Es war 2014. Es war der Bus Bim Slam. Ein Slam an verschiedenen Orten in Wien, in der Nähe von Haltestellen. Der Name war Programm: Slammen bis der nächste Bus oder die nächste Bim kam.

Es war eine interessante Veranstaltung. Sie fand täglich im Rahmen der Wiener Festwochen statt, jeden Tag in einem anderem Bezirk. Am ersten im ersten Bezirk um eins. Am zweiten im zweiten Bezirk um zwei. Ich hatte es am fünften im fünften Bezirk zum ersten Mal geschafft, zuzusehen. Ich hörte verschiedenste Texte in unterschiedlichstem Stil. Es war viel Witziges dabei – aber auch vieles, das mich an Texten immer schon bewegt hatte: Texte mit tiefer Substanz. Texte mit starker Aussage. Texte, die was verändern wollten. Texte, die zum Nachdenken anregten.

Ich versuchte, täglich dabei zu sein. Ich hatte offensichtlich Blut geleckt. Da waren Menschen, die Texte in der Öffentlichkeit präsentierten. Damit unterhielten, aber auch was bewegt haben. Ich blieb daher dran. Und am 22. hatte ich es im 22. Bezirk (allerdings nicht um 22 Uhr) geschafft, den Mut zu fassen, mich selbst auch hinzustellen und einen meiner Texte zu präsentieren. Da diese nach wie vor primär in Englisch vorhanden waren, war es ein ebensolcher, bewusst ein nicht allzu langer, damit er auch zur Gänze ob der drohenden Busse vorgelesen werden konnte, und beim Versuch, noch einen zweiten dranzuhängen, kam der Bus.

Ich denke, ich muss meine Vorstellung anpassen:

Hallo. Mein Name ist Rhonda. Ich bin Slam-Poetin.
Okay, vielleicht noch nicht so ganz. Aber ich blieb dran. Ich wusste, dass es hier in Wien eine großartige Szene gibt. Viele engagierte Personen, viele verschiedene Veranstaltungen, die unterschiedliche Angebote bieten. Auch viel Diversität in der Art der Präsentation der Texte. Ich nahm an ein paar Poetry-Slam-Workshops teil, die angeboten wurden.

Es kam mir vor allem auch eines zugute: Als Feedback zu »Mermaids« hörte ich öfters, dass einige Leute kein Englisch verstanden und ich mich daher auf Deutsch erklären musste. Was dazu führte, dass ich eine deutsche Coming-out-Version schreiben wollte. Und damit fügte es sich. Ich fing an, verstärkt Texte auch auf Deutsch zu schreiben. Allen voran »42 Haikus«, mein deutschsprachiges Coming-out-Gedicht.

Und ich merkte vor allem bei den U20-Slams im Dschungel Wien: Es gibt enorm viel aktivistisches Potential in der Szene. Es tat gut, so viel junge Leute zu sehen, die nicht nur Spaß am Texten hatten, sondern sich auch engagierten. Für einen Wandel der Gesellschaft zu mehr Toleranz und Akzeptanz. Aber auch für politisches Engagement.

Es ist nämlich genau genommen unmöglich, **nicht** politisch zu sein. Egal, mit wem du sprichst, vor allem aber auch, mit wem du nicht sprichst. Wie du mit den Leuten unterschiedlich redest. Was du anziehst. Wo du hinschaust – aber auch, wo du lieber wegschaust. Womit du dich beschäftigst, aber auch, was dir egal ist.

Daher meine letzte Vorstellung:

Hallo. Mein Name ist Rhonda. Ich bin aktivistische Slam-Poetin.
Es mag schon auch wichtig sein, Texte rein zur Unterhaltung zu verfassen. Das mögen die sein, die auf uns aufmerksam machen. Die uns Reichweite bringen mögen. Aber Reichweite bringt auch immer eine gewisse Verantwortung mit sich. Und diese müssen wir leben. Diese müssen wir füllen. Mit Leben. Wir haben nur dieses eine. Und vor allem haben wir auch nur diesen einen Planeten. Auf dem wir miteinander statt gegeneinander kämpfen sollten – ja, müssen –, damit wir als Menschheit eine Zukunft haben.

Seid aktiv. Seit aktivistisch. Schreibt Texte, die bewegen. Die ins Herz gehen. Lasst uns eine Welt schaffen, die uns persönlich gefällt, weil sie für alle zugänglich ist.

du bist so gangster, wenn du verliebt bist.
Katrin ohne H

ich kann nicht anders, dich zu bewundern.
du lässt dich vom diktat nicht plündern,
deine gefühle nicht haben zu dürfen,
sie aus dem einen grund verwerfen zu müssen,
den man mit reichlich intoleranz vermittelt
und als »stärke« betitelt.
ich kann nicht anders, dich zu bewundern.
du lässt dich nicht dran hindern,
weich, verliebt und süß zu bleiben.
das muss echte stärke sein.

du bist so hart, wenn du fühlst.
du bist so stark, wenn du spürst.
du bist so gangster, wenn du verliebt bist.
du bist so badass, wenn du ihn liebhast.

ihn, dessen foto bei dir auf dem schreibtisch steht,
der mit dir hand in hand durch die straßen geht.
dein fels bei familienfeiern,
auf denen nur versucht wird, den groll zu verschleiern.

ihn, dessen foto die kollegen für den bruder halten,
dessen hand du gelegentlich aufhörst, zu halten,
wenn so gewisse gestalten
die blicke auf euch richten,
in denen steht, dass sie euch ächten.
ihn, für den du zu deiner mutter gingst
und schließlich ihre tränen fingst.
ihn, für den du mit deinem vater sprachst
und dir dabei fast eine rippe brachst.

hey, du bist so krass, wenn du liebst!

du bist so hart, wenn du fühlst.
du bist so stark, wenn du spürst.
du bist so gangster, wenn du verliebt bist.
du bist so badass, wenn du sie liebhast.

sie, deren augen dich um den verstand bringen,
wenn deine gedanken über den rand springen.
sie, die du kennst, seit du denken kannst,
an die du denkst, seit du denken kannst.

und nach gefühlt tausend jahren
gemeinsam wegfahren,
nebeneinandersitzen,
voneinander spicken,
drüber lachen und tuscheln,
übernachten und kuscheln,
sich an den händen fassen
und sturzbetrunken küssen.
nach jahrelangem verlangen
und zehrendem begehren
brach es endlich aus dir heraus:
»ich liebe dich und ich glaub, das weißt du auch.«

sie sah dich lang an, mit leichtem ekel im gesicht
und als wurde sie betrogen:
»und ich hab mich beim sport immer
vor dir ausgezogen.«

hey, du bist so krass, wenn du liebst!

du bist so hart, wenn du fühlst.
du bist so stark, wenn du spürst.
du bist so gangster, wenn du verliebt bist.
du bist so badass, wenn du dich liebhast.

du warst noch nicht mal ganz komplett,
da hat man, als ob man 'ne ahnung hätt',
sich festgelegt und gleich gefeiert
und den üblichen mist heruntergeleiert,
als du schließlich da warst:
ja, so ein tüchtiger junger mann!
ja, so ein liebes junges mäderl!

egal, was sie sagten,
es klang, als beklagten sie,
dass du nicht bist, wofür sie dich halten.
tote pronomen, tote namen,
die über irgendwelche lippen kamen.

kalte augen, kalte worte,
die selten jemand hörte,
um sich an deine seite zu stellen.
umringt von abscheu, zumindest skepsis
war dein weg lang bis zur erkenntnis,
dass du dein menschsein nicht verfluchst,
wenn du deine identität selbst aussuchst.

du bist so hart, wenn du fühlst.
du bist so stark, wenn du spürst.
du bist so gangster, wenn du verliebt bist.
du bist so badass, wenn du dich liebhast.

und du zweifelst, du trauerst, du weinst,
du schützt, du hilfst, du teilst,
du beißt, raufst, kratzt, nagst,
wenn's wem nicht passt, wen du magst,
wenn's wem nicht passt, wen du küsst,
wenn's wem nicht passt, wer du bist.

dafür gehst du auf die straße
trotz des stigmas, trotz des hasses ...
nein, nicht trotz, gerade wegen jener,
die sich in der mehrheit wähnen,
die minder von dir denken,
wirst du nicht müde, deine fahne zu schwenken.

ich kann nicht anders, dich zu bewundern.
du lässt dich nicht hindern.
du lässt dich nicht ändern.
und wenn sich unsere blicke finden,
all die scherereien schwinden,
bleiben nur noch dieser raum und diese zeit,
nichts als die essenz der menschlichkeit,
nichts als bedingungslose liebe.

wir wissen, wer wir sind,
wir sind stark und wir sind viele.

Grenzen
Christopher Hütmannsberger

Es werden Grenzen gezogen, Menschen verschoben
Von A nach B und wieder zurück zum Anfang
Aber es sind ja zum Glück die andern

Denn wir wurden ja innerhalb dieser Grenzen geboren
Und viel zu viele von uns sind dann die Grenzen geworden
Sie haben andere Menschen verworfen
Und so ihr Menschsein verloren
Das sind dann die, die sagen, sie denken an morgen
Die, die uns einreden wollen,
Ohne sie wären wir längst schon gestorben
Und dann einprügeln auf die,
Die nur daran denken, nicht zu gehorchen,
Nicht zuzuschaun, nicht zuzustimmen
Und sie lassen ihre Wut klingen, nicht sinken
Denn diese Stimmen entspringen
Nicht aus Trauer, nicht aus Angst
Diese Stimmen entspringen aus Wut
Über menschliche Distanz
Denn meine Mutter wurde nicht hier geboren,
Aber fühlt sich daheim
Ich zwar schon, aber mein Zuhause ist weit
Und eigentlich will ich nur laufen, nicht irgendwo hin
Einfach nur laufen, bis ich das Weite auch find

Aber es werden Grenzen gezogen, Menschen verschoben
Von A nach B und wieder zurück zum Anfang
Es sind ja zum Glück immer die andern

Und nein, ich bin nicht die 99 %!
Ja, ich weiß, das Boot hat ein Leck

Aber du bist nicht der Erste, der das entdeckt
Und ich will es nicht füllen, ich will, dass das Boot sinkt
Und dann all ihr scheiß Geld in dem Wasser versinkt
Denn Schocktherapie ist ein wirtschaftlicher Prozess
Durch menschliches Elend verdienen die Geld!
Und so gesehen gibt es ja auch keine Grenzen mehr
Weil Geld und Güter fahren permanent hin und her
So ein Durchschnittssteak sieht wahrscheinlich mehr
Von der Welt als der, der es bestellt

Aber für Menschen werden Grenzen gezogen
Und dann werden Menschen verschoben
Von A nach B und wieder zurück zum Anfang
Es sind ja zum Glück immer die andern

Und Europa beschließt
Dass sie ihre Tore jetzt endgültig schließt
Und das soll eine Lösung sein
Von wegen, ich sperr mich jetzt ein
Und bleib nur daheim
Und dann passiert auch nichts draußen, in dieser Zeit
Aber ich bin fest überzeugt, dass ein Mensch mächtig ist
Du allein kannst vielleicht nichts
Aber es gibt auch noch mich
Und es gibt auch noch ihn
Und es gibt auch noch sie
Und zusammen bauen wir Dämme aus Kies

Weil ein Tropfen kühlt vielleicht nicht den heißen Stein
Aber wenn wir ihn zusammen aufheben
Und in den Regen rauslegen
Dann bleibt er nicht lange heiß

Sie haben Grenzen gezogen

Aber es haben sich Menschen erhoben

In A und B, wieder zurück zum Anfang!
Kommt eine Lawine ins Rollen, wird sie nicht langsam

Asche zu Asche
Da Wastl

Die Straßen in Asche, Rauch erhebt sich aus der Glut.
Fahle Rußgerüche übertünchen Nebelschwaden,
die, Schwermetall und Ruß geladen,
durch die kahle Landschaft ziehen
und scheinbar vor der Schönheit
des ewig roten Himmels fliehen.
Stille schreit notgedrungen,
taub und durch das Rot erzwungen:
»Welt, gib Laut! Mensch, gibt Laut! Tier, gib Laut!«
Doch leise wie auf Sohlen merkt die Stille jetzt,
der Mensch hat seine Hochkultur
in Asche und in Staub zersetzt.

Vulkane wüten wieder,
heiße Lavalampen, die ihre Zukunft kannten,
schmelzen in den Abrissbauten,
aus denen einst die Menschen schauten.
Immer höher bauten sie,
immer tiefer schauten sie,
immer mehr klauten sie
und irgendwann verhauten sie die Bauten,
für die sie klauten, und nie,
sagte jemand in all dem Wahn,
dass man eigentlich nicht mehr höher bauen kann.

Dann kam die Krise, alles down,
menschenleere Straßen,
die auf belebte Wiesen schauen.
Die erste Chance seit Menschengedenken,
das Weltgeschehen umzulenken.
Die Luft erfrischt, wie grad gepresst,
kein Lärm, der die Luft verlässt,
und vor uns, voller Zuversicht,
die Natur, die uns neuen Mut zuspricht.
Schön ... Oder etwa nicht?

Und wir?
Wir öffnen den Handel, weil wir öffentlich handeln.
Wir wandeln durch Vorgärten in grünen Oasen,
gespickt mit Finesse aus englischem Rasen.
Verdrängen Beton aus unseren Köpfen,
verpflanzen Narzissmus in unseren Töpfen.
Ersetzen Vielfalt durch Monokulturen, durch
Monokulturen, durch Mono...
»Halt! Stopp! So nicht!«
»Doch, Soja!«

Wir kaufen Bio in Plastiksäcken,
die wir an der Kassa nochmal in Plastik stecken
und dann im Plastik-Restmüllsack
Plastik fremdentzwecken.
Wir retten die Natur durch einen autofreien Tag,
an dem man zu Fuß gehen kann,
wenn man mag!

Wir reden über Klimawandel anstatt über Klimahandel.
»Klimakrise?«
China, miese, diese Umweltsünder!

Wir?
Schi auf Wiese, Sessellifte, Après Ski,
Schneekanonen vis-à-vis.
Schießen Geld in Sommerlücken,
schließen Zelt wegen Sommermücken,
Sonnenbräune kann entzücken,
doch Scheinheiligkeit hat fromme Rücken.

Selbstbezogen, ichverliebt, blind vor dem, was dich umgibt,
agierst du in Dauerschleifen profillos wie Dauerreifen,
gefangen im Drehmoment, der keine reifen Ideen kennt.
Denn du bist Teil einer Maschinerie, genannt:
die Egoismus-Industrie.

Die Gegenwart beherrscht vom Über-Ich,
denn niemand »Freud« sich mehr
als Mensch über sich.
Kein Wunder, dass die Umwelt leidet,
wenn Mensch sich nur für Mensch entscheidet.

Dabei liegt die Lösung so nah und ist dieselbe,
wie wenn jemand in ein belebtes Haus einbricht.
Im Vorhinein mehr Einsicht,
vorausdenken statt erst im Vorhaus denken,
dann kannst du notfalls einlenken und deinen Kindern
auf Bewährung eine Zukunft schenken.

Geld treibt uns an, Erfolg ist der Stoff,
den man in Träumen findet,
Treibstoff das, was entsteht, wenn man zwei Elemente des
letzten Satzes verbindet.

Was bleibt, ist, wir sind zum Erfolg gefahren.
Was bleibt, ist, dass wir nur darin erfolgreich waren.
Was bleibt, ist ... nichts!

Denn auch wir sind nur vergänglich
wie Kondensstreifen, die durch fehlende Horizonte
an einem Konsens ihrer Existenz vorbeischweifen.
Kondolenzschleifen, für all jene,
die aus der Gegenwart keine Konsequenz begreifen.

Emanzipationsromantik
Darling

Ich will nicht gehorsam, gezähmt, und gezogen sein
Ich will nicht bescheiden, beliebt und betrogen sein
Ich bin nicht das Eigentum von dir
Denn ich gehör nur mir

Wenn ich mich umschau, sehe ich nur
Starke Frauen at work, alle straight in der Spur;
Sind gestärkt durch den Glauben an Fairness und Gut
Keine Ahnung, woher, doch sie haben den Mut:
Meinen, Gendergap wäre doch nur für die Eine,
Die Andre, du weißt schon, und nicht für uns Feine –
Weil wir sind ja Frauen, wir kennen uns selber:
Insignien der Macht sind nur goldene Kälber.
Die brauchen, die wollen, die fürchten wir nicht –
Das ist einfach pragmatisch und niemals Verzicht.

Ach, das Patriarchat hat uns mal unterdrückt?
Na gut, vielleicht gehen wir jetzt noch gebückt,
Aber wenn, dann auf Absatz – Stiletto und so:
Die gläserne Decke ist eh schon so hoch.
Und inzwischen darf ich mich schon selber entscheiden:
Wer sieht meine Brüste, wem will ich's verleiden?
Nur manchmal sind Titten recht inflationär
verwendet, und oftmals auch reaktionär:

Wenn die Sängerin schreit, dass ihr Körper der ihre;
Wirft sich nichtsdestotrotz nackt auf alle Viere

Zur besser'n visuellen Verkäuflichkeit
Der frechen, frivolen Heiterkeit,
Der amazonenhaften Weiblichkeit –
Und dabei haben sich die historischen Amazonen auch nicht ungern bekleidet,
Besonders bei Kälte.

Der Kerl indes glaubt sich schon gleichfalls gebückt,
Weil Frauen im Vorstand – das ist ja verrückt!
Mann, die keifen und stillen und menstruieren
Anstatt tatsächlich was von der Sach' zu kapieren;
Sind vornerum prinzipiell weichspülerweich
Und hintenrum liegt eine eiskalte Leich.
Weil sie tratschen und klatschen und niemals versteh'n
Wie Dinge sich so in der Welt herumdreh'n:
Erst wenn Kinder geboren, jene Pflichten getan,
Sehen wir sie vielleicht auch als Arbeitskraft an.
Weil Karriere, die muss man sich redlich verdienen –
Sie muss vorher zuhause halt ordentlich sühnen.

Jetzt wollen die Weiber grad immer mehr dürfen –
Ach, Männer, wir sollten die Messer nun schärfen!
Sie beuten uns geistig und monetär aus,
Schlagen prinzipiell immer das Beste heraus.
Und Liebe? Ach komm – die ist lang von der Hand;
Die gibt es doch nicht, das ist sämtlich bekannt!

Was es gibt, das ist Poly- statt Monogamie,
Sexuelle, doch nie emotionale Chemie;
Leg dich bitte nicht fest, und das Weib lieber flach,
Hol dir lieber 'nen Hund zu dir unter dein Dach.

Und schon hast du just another bitch on the wall.

Und das Weib fragt sich seufzend: Was ist denn passiert,
Dass Männlein da immer Gefühle kaschiert?
Oder hat dieses Mannsbild am Ende denn keine,
Emotional ganz verblendet, bleibt lieber alleine?

Na gut, meint sie leise, na, das kann ich auch.
Ist es das, was ich brauche – ist das jetzt der Brauch?
Muss ich zeigen, wie stark, frei und herrlich ich bin?
Macht nur standhafte Freiheit tatsächlich Sinn?

Dann schraub ich am Limit, das Männlein muss leisten:
So muss er sich gerne und freudig erdreisten,
Mir höflich und hübsch und auch klug zu erscheinen,
Mit Humor und mit Herz – gleich im Großen wie Kleinen.

So will ich Manieren, die sind meine Sach' –
Die Tür halt ich selber, ich bin doch nicht schwach!
Und geht wer die Treppe knapp hinter mir rauf,
Dann liegt's wohl am Chassis, nicht am unsich'ren Lauf.

Ah, und Geld hab ich selbst, das beeindruckt mich nicht –
Ich wäge dein Herz vor dem hohen Gericht
Doch das Gegengewicht bringt die Waage zum Brechen:
Die Selbstherrlichkeit wird sich irgendwann rächen.

Ich selber? Du musst mich grad so akzeptieren,
Lass dich von meinen Macken direkt faszinieren!
Ich bin nicht perfekt, doch du musst mich so nehmen –
Kompromisse sind nur etwas für die Bequemen.

Und du, lieber Freund, musst als Mann mich erretten!
Wirf dich in die Rüstung, zeig mir den kompletten,
Den glänzenden, strahlenden, lächelnden Ritter –
Ein Mensch darfst du nicht sein, ja, das wäre bitter.

Die Moral nehm ich doppelt, davon hab ich zu viel,
Jetzt zeig mir die Minne im einseit'gen Spiel.
Du denkst, ich sei grausam, berechnend und kalt?
Was ist dann mit dir, du verlog'ne Gestalt?

Vom weiblichen Wesen glaubst du: »Ich erkannt's!«
Und schätzt an den Mädels dann doch nur Distanz.
Mein Lieber, wir haben ein großes Problem:
Gegenseitiges Misstrau'n ist nur mäßig schön.

Du glaubst dich wohl ständig zu schwach und verlacht –
Ich glaube mich permanent arm, unterjocht.
Wir trauen uns gleichfalls nichts Ehrliches zu,
Der Mut ist verloren, wir sind nicht per Du.

Kompromisse bedeuten, sich selbst zu verraten,
In die Fänge des And'ren, des Bösen geraten;
Sich völlig und vollständig selbst aufzugeben
Und etwas zu fühlen – ein anderes Leben.

Aber wer nicht sehnen will, muss kühlen.

Ich will nicht gehorsam, gezähmt, und gezogen sein
Ich will nicht bescheiden, beliebt und betrogen sein
Ich bin nicht das Eigentum von dir
Denn ich gehör nur mir

Und du gehörst nur dir –
Und warum müssen wir uns überhaupt besitzen?
Wir könnten uns doch unterstützen;
Wir könnten uns einfach das Glück selbst erlauben
Und dann uns're Rollenbilder nicht nur entstauben,
Sondern einfach zerschmettern, die Stärken vereinen –
Gemeinsam als Menschen, ganz einfach im Reinen.

Kapitel 8:
Zach & Zärtlich

Über Österreich, seine Klänge und Stimmen, die Besonderheiten und Überraschungen.

Mit einem Beitrag von
Mike Hornyik

Mit Texten von
David Samhaber
Anna-Lena Obermoser
Silke Gruber
Klaus Lederwasch
Barbara Lehner

8.1 »Es ist kompliziert«
Mike Hornyik

Ich sitze auf dem Balkon meiner Dachgeschosswohnung im 14. Wiener Gemeindebezirk. Nur wenige hundert Meter entfernt zieren das Schloss Schönbrunn, die ehemalige kaiserliche Sommerresidenz, und die dazugehörige Gloriette den Schönbrunner Schlosspark, meine übliche Laufrunde. Hier, in Balkonien, sprießen nach Herzenslust Pflanzen aus den selbstgebauten Hochbeeten: Bambus, wilder Wein, Rosen, deren duftende Blüten glückliche Insekten anlocken, ein Himbeerstrauch, der mir Obst für meinen morgendlichen Porridge beschert, Lavendel, Zitronenmelisse, Rosmarin. Der Kaktus treibt schon erste Blüten aus und all das Grün ist farblich abgestimmt mit den maßgeschneiderten Pölstern auf meiner ebenfalls selbstgebauten Balkonlounge. Drinnen surrt die Klimaanlage, um die Wohnung auf angenehm 22 Grad zu halten. Nur ich sonne mich hier draußen. Weil ich diesen Beitrag schreiben muss.

Scheißleben.

Als ich 2016 in Wien mit Poetry Slam begann, dachte ich zunächst (wie schon so oft in meinem Leben): »Dafür ist Wien wieder mal der beste Ort!«

Die Poetry-Slam-Grundversorgung war niedrigschwellig, stand über ganz Wien verteilt zur Verfügung und es gab Platz für alle, die es brauchten. Regelmäßige Slams mit offener Liste waren im Überfluss vorhanden und dennoch war die Szene klein genug, sodass ich bald die meisten Veranstaltenden kannte und sie mich. Erste Bookings mit kleinen Honorarnoten folgten schneller, als ich »Streichwertung« sagen konnte. Die Szene empfing mich mit offenen Armen und ich stellte erstaunt fest, dass die Ellenbogen der Slammer*innen seltsam entspannt am Körper angelegt waren. Ganz im Gegensatz zu anderen Kulturbereichen, wo diese Körperteile serienmäßig nur in der ausgefahrenen Version geliefert werden.

Spannend, weil doch Poetry Slam ein Wettstreit ist. Das Format stellt uns als Kontrahent*innen auf die Bühne. Und doch erfuhr ich abseits dieser Bühne von Beginn an Warmherzigkeit und Unterstützung.[4] Die ausgefahrenen Ellenbogen, die ich bis dato in anderen Szenen kennengelernt hatte, wurden hier zu unter die Arme greifenden Händen. Neue Freundschaften wurden geschlossen, die mein Leben bis heute auch jenseits von Kulturveranstaltungen bereichern.[5]

Doch sobald man über die Stadtgrenzen blickt, hungrig danach, die große weite Slam-Welt da draußen zu erkunden, erkennt man gewisse Hürden. Und man muss sich eingestehen, dass nicht einmal an Wien alles immer zu 100 % leiwand[6] ist.

Da ist zunächst die Abneigung, die Wiener*innen in Restösterreich oft entgegenschlägt. Das hat vielleicht damit zu tun, dass sie es als Restösterreich bezeichnen. Oder dass

---

4 An dieser Stelle soll gesagt sein, dass ich ein weißer cis Mann bin und von meinen persönlichen Erfahrungen spreche. Ich bin von der Gutherzigkeit der Wiener Szene überzeugt, aber es wäre naiv, zu glauben, dass alle die gleichen positiven Erfahrungen gemacht haben wie ich.

5 Heuer bin ich sogar auf der Hochzeit eines Poetry Slammers eingeladen, den ich auf den Bühnen Wiens kennenlernen durfte. Vor kurzem ist er von hier nach Deutschland gezogen. Seine erste Beobachtung: »Die Leute sind hier nicht so unfreundlich.« Mein »Gusch, du Wappler« habe ich mir verkniffen.

6 Österreichisch für knorke, dufte, töfte, mega, groovy, lit, fleek oder wie ein Sommelier einmal zu mir gesagt hat, als er einen Chardonnay beschrieben hat: barockengerlmäßig.

sie ihre Stadt oft mit der Einstellung verlassen: »Alles, was jetzt kommt, ist Land, denn es gibt nur eine Stadt in Österreich.«

Abneigung gegen Hauptstädter*innen ist an sich kein österreichspezifisches Phänomen. Sie ist hierzulande aber vielleicht dadurch stärker ausgeprägt, dass der »Wasserkopf Wien« mehr als ein Fünftel der österreichischen Bevölkerung beheimatet (zum Vergleich: In Berlin leben nicht einmal 5 % der Bevölkerung Deutschlands). Die Wahrscheinlichkeit, dass man auf Menschen aus der Hauptstadt trifft (und damit womöglich keine durchwegs positive Erfahrung macht), ist in Österreich also überdurchschnittlich hoch.

Die Aversion gegen Wiener*innen führt dazu, dass ich – mit meinem zumindest im Duktus recht eindeutigen Wiener Einschlag – bei Auftritten außerhalb Wiens extra motiviert bin, zu beweisen, dass wir nicht so schlimm sind wie unser Ruf. Zumindest nicht alle. Und vor allem nicht ich.

In Deutschland hingegen wird die Wiener Herkunft oft zum Vorteil. Die Bundesrepublik ist vielleicht die einzige Region der Welt, in der man Sätze wie »Ach, du bist aus Wien? Ich liebe Leute aus Wien!« hört. Nach meinem letzten Auftritt dort schrieb mir eine Dame aus dem Publikum auf Instagram: »Du hörst das wahrscheinlich jeden Tag, aber ich liebe einfach diesen Dialekt.«

Noch nie in meinem Leben hatte ich diesen Satz gehört. Ich hatte ihn nicht einmal für möglich gehalten.

Im Gegenteil: Lange Zeit war ich mit einer für Wiener*innen aus dem Bildungsbürgertum typischen Arroganz davon überzeugt, hochdeutsch zu reden. »Ich red überhaupt keinen Dialekt, ich kann das gar nicht«, meinte ich, während das Wienerische so intensiv meinem Mund entwich wie Knoblauchduft nach einer Portion Spaghetti aglio e olio (oder wie man in Wien sagt: Schbagätti Ahlololo).

Für viele deutsche Ohren versprüht die Wiener Sprachfärbung offenbar Charme und Sympathie.[7] Ein Vorteil, den

---

7   ein für 100 % der Österreicher*innen unbegreiflicher Umstand

man sich als Slammer*in gerne so oft wie möglich zunutze machen wollte, aber hoppla, blöd gelaufen. Besser gesagt: blöd gelegen. Im deutschsprachigen Raum liegt Österreichs Hauptstadt nämlich im südöstlichsten Eck, hohe Fahrtkosten entfernt von so gut wie allen großen Slam-Bühnen Deutschlands oder der Schweiz (oder der Heimat: die österreichische Slam-Meisterschaft 2022 in Vorarlberg ist für die Wiener Szene eine siebenstündige Zugfahrt entfernt).

Verlässt man Wien in Richtung anderer Slam-Bühnen muss man also entweder mit negativer Grundhaltung oder hohen Fahrtkosten rechnen – oder mit beidem. Das alles fällt in eine Disziplin, die man in dieser Stadt auf olympischem Level beherrscht: Jammern auf hohem Niveau (vorgestellt bereits in der Einleitung dieses Textes).

Denn Wien, oh Wien, du nur allein …
schaffst es, bei dieser Lebensqualität
fürs Raunzen[8] bekannt zu sein.

Wenn es um die Beschreibung der Wiener Mentalität geht, verweise ich gerne auf folgende Anekdote: 2019 wurde Wien zum 10. Mal in Folge von der Mercer Studie zur Stadt mit der höchsten Lebensqualität der Welt gekürt. Daraufhin tweetete ein Wiener Journalist: »ich lass mir mein wien von denen sicher nicht schönreden.«

Viele Gründe gibt es, diese Stadt zu lieben. Und fast ebenso viele, sie zu kritisieren.

Wien, du Millionenstadt, reich an Geschichte, reich an Kultur und reich an … Geld. Ja, auch sehr reich an Geld.

Wien, du Snob, der Suchtkranke mit Polizei-Spezialeinheit aus dem Stadtzentrum vertreibt, weil dort sind sie ja sichtbar für Tourist*innen.

Wien, du Arbeiter*innenstadt mit rund 220 000 geförderten Sozialbauwohnungen, in denen fast jede vierte Person in Wien lebt.

---

8   österreichisch für jammern, sich beklagen, beschweren

Wien, du Kapitalistenschwein, das jede Freifläche mit einem neuen Luxuswohnbau zupflastert, dessen Apartments zur Hälfte entweder leerstehen oder auf Airbnb.

Wien, du Sauberkeitsprofi, dessen heldenhafte Müllentsorgungstruppe wegen der grell-orangenen Arbeitskleidung auch Karottenballett genannt wird.[9]

Wien, du über 50 % Grünfläche, dessen Bürgermeister ein Klimaprotestcamp gegen ein riesengroßes Straßenbauprojekt auf brutale Weise räumen lässt und den teils minderjährigen Aktivist*innen Klagsdrohungen in Millionenhöhe nach Hause schickt.

Wien, du lebenswerteste Stadt der Welt.

Wien, du unfreundlichste Stadt der Welt.

Wien, du einzige Metropole der Welt mit nennenswertem Weinbau innerhalb der Stadtgrenzen und deinen Heurigen und deinen Bars und Restaurants ...

Wien, du Alkoholiker.

Wien, du geile Sau, schüttest eine Insel in der Donau auf, regulierst den Strom, schützt gleichzeitig die Stadt vor Hochwasser und schaffst ein Naherholungsgebiet. Die Donauinsel, Heimat legendärer Sprüche (»Insel muass Insel bleib'n!«)[10] und des größten Gratis-Musikfestivals der Welt.

Wien, deine Manner-Fabrik lässt einen ganzen Stadtteil nach Schokolade duften, wo der größte Waffelofen der Welt 450 Neapolitaner-Waffeln pro Minute bäckt und nebenbei 600 Haushalte beheizt.[11]

Wien, du gemütliche Melange im traditionsreichen Kaffeehaus – wo ein lesbisches Paar des Lokals verwiesen wird, weil sie sich geküsst haben.

Wien, du 300 000 Menschen starke Pride Parade, die direkt an diesem Kaffeehaus vorbeiführt.

....
9   die MA48, die für Abfall-Entsorgung zuständige Magistratsabteilung
10   YouTube: »Die Donauinsulaner Elizabeth T. Spira«. Viel Spaß.
11   Die überschüssige Abwärme des Ofens wird (nach Versorgung des eigenen Betriebs) in das lokale Fernwärme-Netz eingespeist. Dadurch können jährlich 1 000 Tonnen CO_2 gespart werden.

»Wenn die Welt untergeht, ziehe ich nach Wien. Dort passiert alles zehn Jahre später«, kursiert in diversen Varianten als Zitat in der Stadtgeschichte herum.[12]

»Wien, du bist a Stodt, die gean de Pappm hoit, weu oft, wenn die Fassade foit, siagt ma no es Haknkreuz.«[13]

Wien, an deiner unfassbar schönen Ringstraße liegt auch der Dr.-Karl-Lueger-Platz mitsamt der Statue für den Wiener Bürgermeister (1897 bis 1910) mit so fanatischem Antisemitismus, dass Adolf Hitler ihn in »Mein Kampf« bewundernd als »gewaltigsten deutschen Bürgermeister aller Zeiten« bezeichnet.

Wien, dein öffentliches Verkehrsnetz sucht seinesgleichen, deine Jahreskarte kostet nur 1 € pro Tag.

Wien, in dir fahren die Leute zum Zentralfriedhof, einfach nur zum Spazierengehen, und niemand findet das komisch.

Wien, du startest eine »Klima-Tour« durch die Stadt unter dem Slogan »Wien macht gutes Klima«, währenddessen sind deine Radwege so schlecht ausgebaut, dass Radfahren hier ein Extremsport für Lebensmüde bleibt.

Wien, du bist meine Heimat, im Slam und im Herzen.
Ich bin in einer Liebesbeziehung mit dir,
aber es ist kompliziert.

....
12 vielleicht Gustav Mahler, vielleicht Karl Kraus, vielleicht einfach der Volksmund
13 »Wien, du bist eine Stadt, die gerne den Mund hält, weil oft, wenn die Fassade fällt, sieht man noch das Hakenkreuz.« – Der Wiener Hip-Hopper Kreiml im Song »Wiener« von Kreiml&Samurai feat. Monobrother

Sarah Connor hatte mit allem recht oder: Vincent kriegt keinen hoch, wenn er an Arbeit denkt

David Samhaber

Der Person, die sich die Funktion der WhatsApp-Gruppen einfallen hat lassen, wünsche ich einen Tag in einer WhatsApp-Gruppe mit meiner Oma. Von Herzen. Für diese Person, wer und wo auch immer sie ist, ist dieser Text. Denn ich wurde vor einiger Zeit zu einer WhatsApp-Gruppe hinzugefügt, die »Pfusch am Bau« geheißen hat, und sie wurde gegründet von einem Freund von mir, der zu diesem Zeitpunkt gerade für sich und seine Familie, bestehend aus sich selbst, seinen drei Kindern und seiner Frau, ein Haus gebaut und Freunde und Freundinnen um Mithilfe gebeten hat. Unter anderem mich. Lol. Dieser Text trägt den Titel:

Sarah Connor hatte mit allem Recht oder: Vincent kriegt keinen hoch, wenn er an Arbeit denkt

Kinder. Kinder sind für mich einzig und allein
Drecksschleudern und Killervirenverbreiter,
Quasselstrippen und I-tüpfelchenreiter,
Kinder schreien, Kinder jammern,
Kindern sagt man ständig:

»Geh bitte, zieh dein Gwand an«,
na, mit Kopföffnung oben,
haben sie es geschafft, muss man sie loben,
obwohl es selbstverständlich ist,
dass man Nudelsuppe nicht mit den Fingern isst.

Kinder sind die Ausgeburt der Hölle und dann denkt der Trottel sich einfach: »Och, drei Kinder, alle scheißen noch in die Windeln, das ist der perfekte Zeitpunkt, um ein Haus zu bauen.«
    Ja, fix.
    Man sagt: »Es braucht ein ganzes Dorf, um ein Kind zu erziehen.«
    Du schreibst: »Es braucht drei Kinder, um ein Haus zu beziehen« und darum ist es so weit. Du baust ein Haus. Mit Garage, ohne Keller, kleine Fenster, rund wie Teller, hübsche Zimmer, heller Boden, zum Drauftrampeln und zum Toben, hohe Decken, weiße Wände, seichtes Bad für kleine Hände, 'n Garten und 'n Pool, warum warten, lass es uns tun. Und da brauchst du jetzt bitte ganz dringend tatkräftige Unterstützung. »Es kommen eh drei Profis vom Lagerhaus, die die Leitung übernehmen, und dann ist jede Hilfe willkommen und alle können ihren Teil dazu beitragen.«
    Ich schreib zurück: »Okay, na gut, ich komm dann, wenn's zum Dekorieren wird.«
    Du schreibst: »Haha, guter Scherz.«
    Ich schreibe: »Ja. Haha.«

Also komm ich. Schreibe ich. Für zwei Tage. Du schreibst, nice, genau an diesen Tagen wird's zum Maurern. Der ganze erste Stock soll fertig werden. GEIL. Schreibe ich. Nicht. Weil ich's nicht geil finde, weil ich unsportlich bin, weil ich keine Lust habe, weil ich lieber »Einsatz in vier Wänden« schaue, als sie selbst zu bauen, weil ich weiß, dass ich mich blamieren werde, weil ich ... Ich bin halt:

Ich bin ein Freak, und zwar auf jenem Gebiet,
wo man Werkzeugkoffer kantig im Regal stehen sieht,
so ein Freak, und bin ich mal verliebt,
ruf ich den Lieferservice von IKEA und frag ganz lieb.
Ich komm dem Baumarkt lieber nicht in die Quere,
mir reichen Flüssigkleber und ne Bastelschere.
Ich bin der Student Sebastian Kurz
unter all den Häuserbauern,
ich werd's nie fertig machen –
und zwar ohne Bedauern.
Ich bin ein Freak, bin ich von Männern umgeben,
weiß ich nicht, worüber die
den ganzen Tag lang so reden, weil
meine Lieblingsabteilung im Baumarkt
ist die mit den Zimmerpflanzen, oida.

Ich komm auf die Baustelle. Um 7 Uhr morgens. Das Bier steht bereit. Endlich etwas, womit ich was anfangen kann. Die anderen Männer sind schon fleißig am Werkeln. Die einen fräsen sich durch Ziegelsteine, die anderen mischen den Mörtel an (man merkt, ich habe viele Fremdwörter in diesen zwei Tagen gelernt), manche stehen blöd in der Gegend herum und stellen sich vor, wie sie in ein paar Monaten genau dort, wo sie jetzt stehen, auf der Couch sitzen und Fußball im Fernsehen schauen und sich furchtbar aufregen werden, wenn ihre Mannschaft – ich zitiere – »wieder so an schwulen Schaß zamgspüd haben«, ich stelle mir vor, wie ich ganz weit weg in Bali oder so am Strand liege und all das Geld verprasse, das ich sparen müsste, um mir irgendwann kein Haus leisten zu können. Und ja, manche arbeiten tatsächlich schon mit Betonmisch in der Letschn und einem Bleistift hinterm Ohrwaschl, um intellektuell zu wirken, und schreien dem Typen an der Fräse zu: »He, du, schneid mah moi ah 15er-Weiberl her und wennst ah weng an Bruch überhost, reißn uma, i hob mi do ah weng verdau, des is ois ah weng windschief wordn« und der Typ an der

Fräse schreit zurück: »Jo, haut hi, nur ned hudeln jetzt, geh owa vom Gas, hawidere!«

Und ich will heim. Ganz dringend. Ins Bett, zudecken und lesen. Aber ich hab ein Versprechen gegeben und ich halte meine Versprechen. Also ziehe ich mir Arbeitshandschuhe an und schleppe Ziegelsteine hin und her. Bis um 8 Uhr. Bis um 9 Uhr. Bis um 10, bis um 11, bis um 12, dann Schweinsbraten mit Semmelknödel essen und zwei Bier trinken, wieder Ziegelsteine schleppen, bis um 1, bis um 2, dann sag ich, ich muss mal ganz dringend beruflich telefonieren, und gehe mit dem Handy am Ohr ein paar Meter von der Baustelle weg und rede irgendwas von Wirtschaftsfonds und Kapitalanlagen und »dass die Wöd sowieso nimma lang steht« und schinde so eine ganze halbe Stunde, dann wieder Ziegelsteine schleppen bis um 3, den ganzen Tag läuft scheiß Kronehit, ich führe gedanklich Stricherllisten, wie oft sie »Vincent« von Sarah Connor und »Senorita« spielen, bis um 4, bis um 5, bis um 6, Feierabend.

Am Abend tun mir die Arme so weh, dass ich nicht mal mehr Zähne putzen kann, weil wenn ich mal die Zahnbürste bei meinen Zähnen hab, dann kann ich erstens die Hand nicht hin und her bewegen und zweitens den Arm nicht mehr wieder ausstrecken. Ich überlege, in die WhatsApp-Gruppe zu schreiben, dass ich am nächsten Tag nicht mehr komme. Ich tippe: »Kann morgen nicht kommen. Bin krank.« Lösche wieder. Ich tippe: »Kann morgen nicht kommen. Ihr seids krank.« Lösche wieder.

Am nächsten Tag, immer noch mit ungeputzten Zähnen, steh ich um 7 wieder auf der Baustelle.

Und wieder sind schon alle fleißig am Werkeln.
Sie messen und schätzen,
lassen einen Stein auf den anderen setzen,
sie spachteln und rühren
und ich kann keinen Hauch von Unzufriedenheit spüren.

Sie lachen und hackeln,
die Wände wie Stahl,
seh sie keinen Millimeter weit wackeln,
ich seh sie bei Sachen und ich seh sie bei Dingen
und ja, ich hör sie zu »Vincent« von Sarah Connor singen.

Ja, wirklich, sie pfeifen die Melodie, sie summen den Refrain und manche erwische ich dabei, wie sie mit ihren Lippen stumm den Text von vorne bis hinten mitsingen, und ich bin so baff. Ich faules Stück Scheiße bin fix und fertig, wenn ich zwei Tage ein paar Ziegel durch die Gegend schlepp, und die Typen vom Lagerhaus machen das jeden einzelnen Tag. Und dann mach ich mich auch noch lustig über sie, weil sie die Spielweise ihrer Mannschaft als schwul bezeichnen, aber gleichzeitig auch, wenn sie »Vincent kriegt keinen hoch, wenn er an Mädchen denkt« mitmurmeln und außerdem mehr im Dialekt reden als ich, nur weil ich studiere und Wörter wie »prokrastinieren« verwende. Oida, das mach ich auch nur, weils cool is.
    Jetzt schäm ich mich ein bisschen, dass ich manchmal so scheiß überheblich bin. Dass ich andere belächle, nur weil sie nicht den Weg gehen, den man als »den optimalen« sieht. Dass ich mich selbst schon dem Tenor anpasse und sage: »Geh, ah Matura is jo eh nix mehr wert, i hab zwa Bachelor und drei Master studiert, anders schaffstas heid eh zu nix mehr.« Nix mehr, also Dachdecker*innen, Bauarbeiter*innen, Bäcker*innen, Buchhalter*innen, Sektretär*innen, Friseur*innen.

Job ist Job und nur weil ich arbeiten kann,
was ich für spannend halte,
heißt das nicht, dass es für andere
auch das Richtige wäre.
Das Richtige, das liegt im Auge des Betrachters,
also sag ich Entschuldigung,
weil ich find, das macht was.

Und bevor du dir jetzt denkst:
»Oida, kum aufn Punkt, wos is mit dir,
wiss mah jo eh ois,
wie kanns sein,
dass die Message von am Text so lang dauert«,
überleg nur kurz, wer dein Haus,
in dem du lebst, gebaut hat.

HAVE A DAY
Anna-Lena Obermoser

Und auf oamoi wors so weit
wor oafoch do
a seilspringa mit da zeit
elektresiaschte hoor
& a brondblosn auf da lippn
vor lauta tschickn
damit geht de wöd a nid schnöa unta

Owa de sunn

A glitzan in da lung
weil wos in da luft lieg
wos a bissl noch friara & da mama riacht
wonn se frisch von oaweitn kimmb
& bissl noch kuche und rach stinkt
und dawein lei a wüdfremde frau
mitn gleichn parfää vorbeispring
warum is mamableara
eigentlich a schimpfwort
oda hoit a mamablearann?

Und auf oamoi wors so weit
wor endlich do
a fedaboi schiaßn mit da zeit
hin und herfotzn – es wead nid zach
dreckige zechn vo da ern
& schwitzn
stundnlong starrn und sitzn
nua damit ma donn song ku

es is wos passiat

oi zweife davu gjogg
und donn stengans wida vo da tia
Deshoib geht ets a nid de wöd unta

owa de sunn
a dammdrahn und und haxn an bauch steh
se wida wos nid traun
und donn schmollen
weil de chance vorbeigeht

Oh, you're having a bad day?
Ah, that's okay!

ma ku nid oiwein gsund sei
wonn rundherum so vü kronka scheiß is

Sogamoi, zreißts di
nid a monchmoi

Vor lauta kumma im hois
du findst an oitog so komisch?
ok, i ku da song, dass da oitog di a nid schnoit

Du findsd dei lem so onstrengend?
i ku da song, dass a du vü onstrengend a jedn bist
Ets reiß di hoit moi zomm
bist eh so voigstopft mit glick
du priviligierte vawehda frotz

He du spogg – ei

You're having a bad day?!

THAT'S OKAY!

Many more weand kemma

Hea auf, zan renna
nid dassd umknechest
üwa de eigenen fiaß foist
und bluattropfn strahst
wia konfetti
Jo, leck mi
wo bleib de romantik?
und warum is die handl
scho wida a faust
den gatsch, den du do zommkechest
den leffest gfälligst, solong bis di graust!

De wöd mama schmützt wia a scheiß
kugel pistazieneis
dea pickate scheiß
rinnt da donn deine finga oche
und dawein wüst du decht sauwa bleim
in de aung schaun, gscheid hond gem
und wonnst redst
donn moch auf dein mund

de wöd is nid rund
und decht kust an globus zirkulian lossn
und donn mit deine finga drauf londn
und zu großer wahrscheinlichkeit
zoag die finga donn auf an fleck

wo leit sand
wo leit lem

owa, ma zoag decht nid mitn nockatn finga auf leit

sei feig!

Auf oamoi wors oafoch do
auf oamoi wors de zeit
de da an monghaggn schlog
und i bin oane de oiwei nu suacht
wo i decht scho längst gfundn hob

Wos fong ma u mitn hoamweh
wonn ma söwa davu flüchtet
und wonn geht dea ausschlog weck
und wonn kimmb endlich wida sunnenbrond
und wohi mit meina gonzn liebe
wonn decht eh de höfte glong
und dawein is des a bledsinn
weil ma ku nia gnuag liem!

Oh, you're having a good day?

That's okay!

Nu vü mehr weand follown

Wer ochabeißt, muas a swallown
Do, wo du ets stehst
stehst du koa 2. moi nid
oa schritt gleicht an ondan nid
koa woat
is as söbige
dei heachz bumpat vielleicht
an rhythmus
Owa, des deischt
dei gsicht is moang scho nimma gleich
van dreigschau her
wias gestan wor
du kust di nu so oft rassian
Und decht wochst da oiwei wida a charme-hoor

Do wo du ets bist
erinnerst du di vielleicht in 2 wochn scho wida nid
Du siechst de wöd a jedn tog ondascht
De wöd siecht a di
Und donn scheißt di hoit amoi u
Damit a wiesn wochst, weascht se dung
Und donn scheiß di hoit u
Vielleicht wochst da donn wenigstens a bleame ban osch
außa

Du bist as epizentrum deina wöd
na, du bistes nid
du bist die absolute maxime deina vanunft
na, du bist monchmoi scheiße potschat und fetzn dumm
du bist as ideal deina söbst
owa, du bist a ziemlich egal, anbetracht da
bevölkerungsdichte da wöd
du bist a goidschatzei und diamantntogbau
du kust moi wida duschn geh, du fada binggl, du faule sau
du bist de blume neman dönastond
du kust koan hondstond – HA HA

du bist de praline, auf de ma nid draufbeißn woit
du MON CHE RIE

du nimmst di söwa vü wichtig
du nimmst di söm nid

du bist da grund, warum ebban nid zur party kemma wü
alloa dei existenz mocht ebban ondan a sches gfüh
Du bist a mensch, denn dei mama unta an hauffn weh
außapatzt hot
Des lem homs da gem
Des liacht hot plotz

auf oamoi wors so weit
Wor oafoch do
auße a de wöd
außa ban loch

Brondblosn auf da lippn vor lauta tschickn,
lecha im bauch vor lauta sehnsucht und rauch
an schädl zreißts, weil jeda oitog wia volla reizüberflutung
is
und de gefühle badln di o wia a wossafoi bisd a nockabazl
bist
sogamoi zreißts di
nid a monchmoi

Davu geht de wöd ets a nid schnöa unta

Und de sunn geht scho wida auf

De liebe is zan liem do
und as lem zan lem

Gib, wos du kust
sei, wos du bist
gib, wos du host
sei, wos du wüst
Sei, wos du bist!
Gib, wos du kust!

Auf oamoi wor a do
da tog

Take the bad

Make it good.

Da Nåchtschreck
Silke Gruber

Kunn des sein, dass du
iatz amål mittn die Nåcht
vu null auf nix
vum Bett aukupft bisch?
I håb di keat: Wia gfluacht håsch
und teiflt in ålle Richtungen.
I håb di gsegn: Wia ummanånd boxt håsch mit zuane Augn.
Wia in die Luft griffn und sie bein Grawattl påckt håsch.
Wia sie zunagrissn håsch.
I håb deine Zennt knirschn keat, so håsch sie zåmmbissn.
Åba die Augn håsch nit autun.
Da Ångschtschweiß håt glenzt auf deina Stirn.
Åba, hetzig: die Augn
håsch nit autun.

Wårum fürchtesch di? Wås trahmsch då in da Nåcht?
Dass da zwianig Bårt wåxt?
Dass da dei Auto nimma daleischtesch?
Dass irgnwenn glåtzat weasch?

Oda trahmsch vu die echtn Dramen:
vu Weiwa – mit unrasierte Haxn
Weiwa – mit schwårze Hoakneil unta die Åxln
Weiwa – mit schwårze Borschtn am Kinn
Weiwa – mit schwårze Borschtn auf die Zenn
Weiwa – mit Nippl, so groaß wia Filta vu die Marlboro,
mit Nippl wia Weinkorkn
Weiwa – mit Warznhehf, so groaß wia Bierdeckl,
mit Warznhehf in da Fårb vun oana roschtign Felgn
Weiwa – denen links und rechts bei da Untahosn
a schwårza, klettiga Buschn außagriacht,
die Oberschenkl entlång oi bis zu die Knia
und hintn die Runde wieda aui
bis üba die Oaschfåltn

Vor wås fürchtesch di? Wås måcht da so a Ångscht, dass nit daschlåfsch?
a Weiwatz – wås bei da Esso aufn Cent genau a runde Summe einidatankt
a Weiwatz – in an Zottlakoschtüm bein Peitschnschnölln
a Weiwatz – was a hålbe Bier ex oisoalt und auf die neggschte Hausmaua zunischifft
a Weiwatz: ausgrechnt unta da Tuiflmaschgn mit die greaschtn Hörna

Oda trahmsch vu die echtn Dramen:
a Weiwatz – wås sich mit eppas bessa auskennt wia du
a Weiwatz – wås da såg, du hesch di teisch
a Weiwatz – wås da såg, du håsch an Fehla gmåcht
a Weiwatz – wås eppa goa sMaul aureißt und dagegnred?!
(a Ålptraum: a Weiwatz – wås Recht håbn kannt)

Wås wualt di so au? Vu wås trahmsch so schiach?
Fürchtesch di vielleicht vor am Wea?
da Wea, wenn da a Weiwatz davuhnlafft
da Wea, wenn sie da ogian unfång, de deppate Schlampn
da Wea, wenn da dei heilige Muatta stirb

Oda ischs die Angscht vorn Wea, den håbn kannsch, wenn da
a riiiesigs lesbischs Weiwatz
ihrn åchtzg Kilo schwaan Hängebusn
üba dei Egoblasn komplett drüberstülp,
sie vu alle Seitn zuadeckt, und gåånz låångsåm
dadruckt?
Nach an Zeitl machz »plopp«
und nix isch mehr zrettn,
ummadum lei rosarote Busnfettn.
Ma braucht schu richtige Ådlaaugn, dass ma sigg,
dass dea Busnberg nåch und nåch schwitzn unfång,
dass ma sigg, wia aus die oanzlnen Poan
dei eigentlicha Selbschtwert zåghåft
au
ßa
trepflt
und in winzigwinzig kloane Lackn zåmmlafft.

So wås Schiachs trahmsch du also!

I glab, i håb di gsegn,
wia mittn die Nåcht augschreckt bisch.
Wenn die Augn autun hasch,
hatt i woascheinlich Ångscht griag:
vor deim Blick.
Vor da bleggatn Ångscht,
de ma entgegnschaug.

I moan, i håb di gsegn, wia mittn die Nåcht – åba vielleicht
håts mi a teischt. Woasch:
I håb mi a schu oft gfürchtet, so mittn die Nåcht.
Decht daht i gern zu dir sågn:

Wåch amål långsåm au,
nå red ma drüba.

Frousch
Klaus Lederwasch

I hob an Frousch aoungmaht
I hob an Frousch aoungmaht
tuat ma fuachtboa lad
I hob an Frousch aoungmaht

I hob an Frousch aoungmaht
I hob an Frousch aoungmaht
drunt bam Biotop
hob i an Frousch aoungmaht

Daes is scho nimma mehr zum Laouchn
daes woa da zwoölfte Frousch in dera Waouchn
souwos geht oan ziemlich aoun die Knaouchn
... ibahaupt, waounn ma da Frousch is

I hob an Frousch aoungmaht
I hob an Frousch aoungmaht
nouch dazua an gaounz an kloanan, gaounz an jungan
du, der is ma oafoch sou ins Maessa gsprungan
daes is olles sou schnöll gaoungan
du, daen hob i goa net gsaegn
do is der Frousch scho bluatich vua mia in da Wiesn glaegn

Waßt eh, sou in da Mittn ausanaou-
nda gschnittn
und wiar a do sou liegt, do schaut a mi aoun
mit seine kloanan Frouschaugal schaut a mi aoun
und GAOUNZ, GAOUNZ LEISE
oiso, gaounz, gaounz leise
mocht a
Qu... Qu... Quchchchhh
Qu... Qu... Quchchchhh
Q... Q... Qu... Qua
Qua...krrr

Und do hot er mir daboarmt
i moa, der is jo oarm
und drum bin i holt oafoch naouchamol
mitm Rosnmäa
driibagfoahn
iiban Frousch
wal i 'n erlösn wullt
von seine Quoln

Do liegt auf oamol
muasst da vuastaölln
auf oamol liegt do
a Stoa in da Wiesn
liegt a Stoa in da Wiesn

I moa, eh glei a gaounz a kloana Stoa
oba traoutzdaem
faetzts daes Stoandl daounni
und genau aufn Huaba sein Hound

Und du woaßt eh
wia da Huaba hoaklich is
waounns um daen sein Hound geht

Und do trifft der Stoa
den Huaba sein Hound
oba genau sou daeppat zwischn die Augn
doss der Teifl umfollt wiar a Sackl Erdaäpfl
und hin is

Da Huaba
kimmt zu mia zuawa
und beitlt mi scho am Gnack
do vanaehma ma
vaoun da Wiesn auffa
a gaounz a leises
Qu... Qu... Qu... aa... kch

Und i schau owi
und daenk ma
Do iis a jo nouch
mei, do iis a jo eh nouch
da kloane aoungmahte Quaxi

Do steigt eam da Huaba
mit seine Stollschuach
oba vull auf die Vuarderhax ...

... I ruaf
Huaba, du Dougga, wos tuastn
steig owa vom Frousch

Oba da Huaba schaut nur bled und frogt
Host du daen Frousch aoungmaht?
Host du daen Frousch aoungmaht?

Und i sog
Jo, tuat ma lad
i hob daen Frousch aoungmaht

Und da Huaba sogt
Olta
daenn zohlst ma
Daes is naemlich mei Frousch

Und i frog
Wos, Huaba?
Daes is dei Frosch?
Und da Huaba sogt
Jo, sicha is daes mei Frousch
ouda glaubst, daes is dei Frousch?
Is nix dei Frousch
is mei Frousch
Und i frog nouchamol
Wos, daes is dei Frousch?
Und da Huaba sogt
Jo

und zagt mir
a Bültl
von eahm
undm Frousch
undm Hound

Und und undada
Houndada
und da da
Houndada
und da da Hound
stottare ich
Huaba, und da Hound
is daes dei Hound?

Und da Huaba sogt
Na, da Hound gheat da Frau

Und genau in daem Momaent
stichtn Huaba owa a Waepsn in Holls
und da Huaba is jo allergisch, gö
und drum follt der Teifl um wiar a Sackl Erdaäpfl
und is hin

Und i steh auf oamol wieda do und daenk ma
Mei, is daes heit wiedar a kaoumische Maht
do kummt auf oamol
sou mia nix dia nix
von da Seitn
daes schlaechte Gewissen
und nouch bevur ichs frogn kunnt
Wos issn?
frogt mich daes Gewissen
Und
tuats da waenigstns lad?

Und i schau owi und und i schau auffi
und i schau owi und i schau auffi
wal i sog jo
Jo

es tuat ma lad
i hob an Frousch aoungmaht

Weinviertel-zärtlich
Barbara Lehner

Am Landerl alles ganz anders.
Im Weinvierterl kein Achterl.
Kein Glaserl. Kein Schluckerl. Kein Flascherl.
Flaschen
Bei den Wahlen ins Kasterl.
Ein Giebelkreuzerl
Oder ein Haken und ein Kreuzerl,
Sicher ist sicher.

Beim Manner Wafferl,
Beim Manne Waffen.
Denn simma uns ehrlich:
Wird das Weiberl begehrlich,
Wird's für den Mann brandgefährlich.

Je brutaler das Schatzerl,
Desto kleiner
Das ... Selbstwerterl

Das Stacheldrahterl
An den Grenzen abgerissen,
Im Kopferl hat es sich festgebissen.

In den Garterln
Garterlzwergerl aus Beton,
Im Schäderl auch.
Viele Wegerl. Wegen der vielen Gegend.

Im tiefen Wald und im Hohen Haus
Schwammerl.
Teils giftig.
Manchmal scheißt denen
So ein linkes Gutmenscherl
Ein kleines Häuferl
Vor das adrette Häuserl.
Das Waldhäuserl.

Und so schöne Liederbücherl
Mit so schönen Liederln drin
Und so schönen Bilderln dran.

In den Buden spielen die Buben
Burschenschafterl,
Am Wangerl
Ein bisserl
Ein Schmisserl,
Auf dem Kopf ein Camembertschachterl,
Auf dem Tisch drei Krügerl
Statt sechs Achterl,
In Ehren

Landbauern.
Im Landtag
Statt im Landl.

Vorm Keller das Radl,
Im Keller
Das Maderl
Oder ein Leicherl,
Ganz blass.
Auf dem Billasackerl
Blut, ein Lackerl
Im Keller nebenan: Ein Lacher,
Mitten im Wein-Vierterl.

In jedem Dorf ein Kircherl,
Mit dem Jesuskinderl im Kripperl.
Drinnen beten sie Rosenkranzerl
Und draußen am Raiffeisenbankerl.
Da stallierens einander aus:
Hast die g‹sehen?
In dem Nichts von am Rockerl?
Und dazu weiße Tennissockerl!

Ein paar Scheinderl
Statt ins Schweinderl
In ein Brieferl
Und schon geht's ein bissl g'schwinder
Mit am Job fürs Kinderl
Und der OP am gebeutelten Herzerl.

Ich hab einen Nachbarn
(der trotz gerippten Unterleiberl
kein Leiberl bei mir hat),
In seinem Vorgarterl
Sprießen Thujen,
Genannt Lebensbäumerln,
Zart bewegt von einem Lüfterl.

Ich spritz ein kleines bisserl Gifterl
In die Wurzel,
Es bellt der Purzel.

Ein letztes Mal.
Scheißt ein paar Bemmerl.

Der Rest vom Giftspitzerl, der kommt
In des Nachbarn Buttersemmerl.

Ich weiß:
Man bringt Nachbarn nicht einfach ums Eckerl,
Aber geheiligt werden die Mittel vom Zweckerl.

Es war ja nur wegen dem Thujenheckerl.

Kapitel 9: Wunderkammer Österreich

Über die hiesigen Landesmeisterschaftsregionen, von dort verorteten und ausgezeichneten Akteur*innen.

Mit Beiträgen von
Ivica Mijajlovic
Tamara Stocker
David Samhaber
Trisha Radda
Lukas Hofbauer

Mit Texten von
Ines Strohmaier
Roswitha Matt
Laura Hellmich
Gilbert Blechschmid
Barbara Lehner
Elena Sarto

9.1 Vorarlberg
Der wilde Westen – Ivica Mijajlovic

Ganz am Rand der Republik liegt ein Bundesland,
das sich schon immer eher als Teil der Schweiz verstand,
die Rituale des Bergvolkes mysteriös und unbekannt,
mit Österreich eher verwandt, sie nur ein Tunnel verband,
der Dialekt so unverständlich wie wortgewandt,
zwischen See und Bergen, Liechtenstein und Deutschland,
ihr habt es natürlich längst erkannt,
Österreichs kleinster Landeszwerg, Vorarlberg.

Vorarlberg ist vielleicht das Land der Gegensätze.
Irgendwo zwischen Multikulti
und rassistischen Brauerei-Logos.
Irgendwo zwischen Wirtschaftswachstum und Solidarität.
Irgendwo zwischen Stadt und Dorf.
Irgendwo zwischen »Schaffa, schaffa, Häusle baua« und
möglichst schnell nach Wien ziehen.
Irgendwo zwischen See und Berg.
Irgendwo zwischen Bludenz und Bregenz.
Irgendwo zwischen Deutschland, Liechtenstein,
Schweiz und Tirol.
Irgendwo zwischen Ober- und Unterland.
Irgendwo zwischen Käsknöpfle und Kässpätzen.
Irgendwo zwischen all dem liegt Vorarlberg.

Slamtechnisch glich Vorarlberg dem Wilden Westen.

Erste Pionierarbeit wurde vor Jahrzehnten geleistet, die Goldgrube Slam erkundet.

Ob Markim Pause, Mieze Medusa oder Markus Köhle: Früh wurde die Botschaft des Slams auch ins Ländle getragen.

Der älteste existierende regelmäßige dürfte der Jam on Poetry im Spielboden sein, ein Local-Slam, der unter anderem die Eigenheit hat, dass vorm Finale das Publikum übersetzte Musiktexte raten darf. Mittlerweile wird er von Steffen Brinkmann und Tom Astleitner moderiert.

2011 fand erstmals der Ö-Slam im Spielboden statt, elf Jahre später im Jahr 2022 dann wieder.

Dazwischen passierte einiges in der Vorarlberger Slam-Szene. So entwickelte sich das Baby langsam und wurde größer, erste regelmäßige Slams, aber auch eine kleine Szene entstanden.

Tom Astleitner veranstaltete unter anderem einen Slam in Götzis in Schrödingers Katze, später auch noch das Rauchzeichen in Feldkirch. Die Szene entwickelte sich langsam, aber stetig weiter.

Lukas Wagner veranstalte in dieser Zeit ebenso viele Slams, meist Spezialformate.

2017 organisierte Ländle Slam sich in Form von Sara Bonetti und Tom Astleitner erstmalig als Verein und veranstalte unter anderem 2018 die österreichische U20-Meisterschaft, welche Sarah Anna Fernbach gewann.

2017 entstand im Kleinwalsertal der Slam im Tal durch Ines Strohmaier, 2018 entwickelte Sara Bonetti den Spinnerei Slam in Hard und gab ihn nach ihrem Umzug nach Kenia an Marvin Suckut ab.

2018 fand auch die erste Tiroler/Vorarlberger Landesmeisterschaft in der Poolbar in Feldkirch statt, organisiert von Markus Köhle und Mieze Medusa. Sowohl 2018 als auch 2019 hieß der Sieger Stefan Abermann. Grund genug für unser Bundesland, sich von dem großen Tiroler Slam-

Nachbarn abzuspalten und unsere eigenen Meister*innen zu küren.

Wir würden ja gerne sagen, dass uns das leidtut. Aber ehrlich gesagt, sind die Tiroler*innen einfach zu gut. Selbst Südtirol hat sich ja von ihnen abgespalten. Wenn man bedenkt, wie oft die Tiroler*innen letztendlich auch den Ö-Slam gewinnen durften, vielleicht nicht die schlechteste Entscheidung. Wobei Vorarlberg bei seinen ersten beiden Landesmeisterschaften bisher auch nur einen Landesmeister hervorgebracht hat.

Tom Astleitner machte in dieser Zeit vor allem strukturell im Verein Pionierarbeit. Die U20-Szene und den ersten U20-Slam in Vorarlberg etablierte Sophia Juen. Nach ihrem Umzug nach Berlin entwickelten Ines Strohmaier und Samuel Rhomberg den neuen Vorarlberger U20-Slam Micdrop.

Meine Wenigkeit war in dieser Zeit vor allem im benachbarten Allgäu mit unserem Slam-Verein beschäftigt und in Vorarlberg gern gesehener Poet. 2019 folgte aber ein Umzug nach Dornbirn, durch den ich mich auch in Vorarlberg hinter den Kulissen vom Ländle Slam mehr engagierte.

So organisierte Ländle Slam in den Jahren einige Spezialformate, unter anderem ein dreitägiges Slam-Festival, den Summer Slam oder auch den Emser Slam – ein Format, das für Poet*innen mit Migrationshintergrund geschaffen wurde. 2020 bekamen wir dann in Graz den Zuschlag für den Ö-Slam 2021, welcher aufgrund der Corona-bedingten Verschiebung aus Linz im September 2022 dann in Dornbirn stattfinden wird.

Vereinsintern wurde derweil eine Öffnung und Professionalisierung angestrebt. Bei den Wahlen im Herbst 2021 kandidierte Tom Astleitner nicht erneut, als neuer Vorstand wurden Ines Strohmaier und ich gewählt. Seitdem erfolgte die Übergabe, die Eröffnung neuer Slams unter anderem in Bludenz, Bregenz und Hohenems sowie die Öffnung des Vereins für neue Mitglieder. Der Verein hat jetzt zehn Mitglieder, acht regelmäßige Slams, und natürlich haben wir mit dem Ö-Slam 2022 ein Riesenprojekt für die Szene, aber auch für das Orga-Team, welches neben dem Vorstand noch aus Marvin Suckut, Luna Levay und Samuel Rhomberg besteht.

Nach dem Ö-Slam will man vor allem den Verein umstrukturieren und basis-demokratischer weiterentwickeln sowie eine weitere Professionalisierung anstreben.

Man sieht, die Vorarlberger Slam-Szene gleicht tatsächlich dem Wilden Westen. Und zugegebenermaßen, manch Duelle gab es auch. Aber genauso oft, wie gestritten wurde, wurde sich meist versöhnt. Das gehört auch zu Vorarlberg.

Die Slam-Szene in Vorarlberg ist mittlerweile raus aus den Kinderschuhen. Wir haben eine aktive Szene, einen strukturierten Verein und viele regelmäßige, aber auch unregelmäßige Veranstaltungen im Ländle. Sogar im Montafon oder im Bregenzerwald weiß man nun, was Poetry Slam ist.

Wir sind nicht mehr in den Kinderschuhen, aber definitiv in der Pubertät. Dort darf es wild zu gehen, doch langsam, aber sicher wächst und gedeiht die Szene.

Umso mehr freut es uns, die Poet*innen im September 2022 bei uns zum Ö-Slam begrüßen zu dürfen. Zum Essen gibt's natürlich Vorarlberger Käsknöpfle.

Naturgespräch
Ines Strohmaier

Für den Schreibprozess dieses Textes bin ich in den Wald gegangen, um mich mit der Natur verbundener zu fühlen.
   Okay, es war vielleicht doch nur der Garten.
   Ich war also im Garten, zwischen dem Charme suburbaner Betonblöcke. Dort habe ich mich hingestellt, die Arme ausgebreitet und geschrien:

»Natur! Hi.
Ich will einen Text über dich schreiben.
Ich wollte auf der letzten Klimademo wirklich länger bleiben.
Ich bemühe mich im Alltag auch echt immer ums Recyceln.
Ich bin am Verzweifeln,
weil mir für deine Schönheit die Worte fehlen.«

Die Natur:
»Ines! Wir müssen reden.«
Es ist nie gut, wenn dir jemensch sagt:
»Wir müssen reden.«
Vor allem dann nicht, wenn du
die abhängige Person in dieser Beziehung bist.
Um nicht noch Öl in den Ozean, ins Feuer zu gießen,
habe ich der Natur zugehört
und musste meine Augen schließen.

Die Natur flüsterte:
»Wenn du an Natur denkst, woran denkst du dann?
Wie rieche und schmecke ich? Wie ist für dich mein Klang?
Siehst du dann die Berge, die meine Nase bilden?
Spürst du meine Hände, im Sommerwind, dem milden?

Jede Wasserquelle stellt mein Becken dar.
Jedes Zwitschern all der Vögel
entflieht meinen Stimmbändern.
Das Braun der Wüste und Blau des Ozeans,
das sind meine Augen.
Meine Ohrringe hängen an den Rebstöcken
und sind die schönsten Trauben.

Hörst du nachts die Ölmaschinen, wie sie zornig bohren?
Ich kann sie tief in mir fühlen, taub sind meine Ohren.

Wenn du barfuß gehst,
berührst du meinen Rücken.
Meine Haut gehört ganz dir,
aber du kannst nicht alles pflücken.
Wenn du das nächste Mal in einem Obstgarten bist,
gehe achtsam mit mir um, weil das mein Venushügel ist.

Spürst du das Gras? Meine grünen Haare?
Meine Tränen sind das Wasser in der schönen Aare.
In der du schwimmen gehst,
wenn du dich nach dem Gefühl, zu leben, sehnst.

Jede Biene, Hummel, Wespe,
jede Spinne, die ihr seht,
ist kein nerviges Insekt,
sondern Zeichen unserer Lebensqualität.

Meine Lunge ist das Grün.
Euer Blut, das ist mein Rot.
Mein Blau, das ist das Wasser,
dem so viel Verschmutzung droht.
Mein Orange, das ist die Erde,
ihre Früchte teils violett,
der regnerische Himmel ist mein Indigo.
Also zeig etwas Respekt!
All das Licht und all die Wärme sind mein innerstes Gelb.
Und jetzt rette all die Farben dieser schönen Welt!

Ich atme, weil ich bin.
Ich atme, weil ich leb.
Ich atme und ich atme,
ich bin die Lunge des Planeten.
Ich filtere und ich steh.
Mein Inneres tut weh,
wenn ich den Rauch des Feuers filter,
um selbst in Flammen aufzugeh'n.

Was wird dann aus den Vögeln,
die in meinen Armen ihre Nester bauen?
Was wird aus den Insekten,
die auf Zuflucht unter meiner Rinde vertrauen?
Was wird dann aus den Pilzen,
die ich an schweren Tagen nähre?
Wenn die Natur verschwindet,
was wird dann aus der Erde?«

Ist uns klar, dass wir dann sterben?

Ihr seht schon,
das Gespräch wurde schnell poetisch und echt deep,
was wahrscheinlich in der Natur der Sache liegt.

Wir sind hier nur Besuchende,
die Zeit ihres Lebens auf die Erde gehören.
Was sind wir für schlechte Gäste,
wenn wir die Gastgebenden zerstören?
Diese Welt ist so schön, ich will sie schützen und heilen.
Es wird dringend Zeit, sich mit dem Schützen zu beeilen.

Es geht um Selbstbeherrschung, unsre letzte Rettung,
mittels Selbstbeschränkung, sonst bezahl die Rechnung.
Klicken weiter hoffend auf die nächste Sendung.
Auch da gibt's keine Verblendung.
Auch da geht's wieder nur um Krieg,
Pandemie und Erderwärmung.
Also bezieh Stellung,
weil die Entfremdung ist groß!
Die Entfernung zur Zerstörung des Planeten
ist viel zu klein.
Gibt es keine letzte Wendung,
wird die letzte Meldung keine positive mehr sein.

Aber hey, Schnee ist sowieso zu nichts nütze! *Skrr!*
Babe, du brauchst nie wieder eine Mütze! *Whoo!*
Rebellion gegen das System! *Nope!*
Lass uns bei Überflutungen baden gehen.

Wird es bei uns langsam heiß,
dann ist es vielleicht doch ein Scheiß!
Reiß dich zusammen, du Probleme verleugnender,
Chancen versäumender Mensch, du!

Da wird man doch sauer.
Was ich eigentlich damit sagen will:
Ist der Wald so schön und die Landschaft ist breit:
Bewahre all das auch für deine Kinder,
mittels Nachhaltigkeit!

Das, was passiert,
ist längst nicht mehr ergonomisch.
Wir handeln nicht logisch.
Wenn wir so weiterleben,
ohne achtzugeben,
ist die Zukunft recht dystopisch.
Die Entwicklungen sind echt bedrohlich.
Denk nicht, es holt dich nicht auch noch ein.
Denn diese schöne Welt sollte über Generationen,
die hier wohnen, noch länger erhalten bleiben.

Das geht nur mittels Nachhaltigkeit.

Eine Ameise krabbelt über meinen Fuß.
Eine springende Spinne sitzt auf meinem Laptop.
Ich glaub, ich weiß, was ich jetzt schreiben muss.
Deshalb öffne ich hier im Garten wieder die Augen,
lehne mich an einen Baum.
Ich wache auf, aber es war kein Traum.

9.2 Tirol
Nachbericht einer Nachzüglerin – Tamara Stocker

Wer zu spät kommt, den ... Ja, eh scho wissen. Und so lebt es sich auch als Nachzügler*in in der Tiroler Slamily mal mehr, mal weniger einfach. Sehr einfach, weil fremdeln hier ein Fremdwort ist und man ein zweites Zuhause findet, in dem man behütet aufwächst. Manchmal auch über sich hinauswächst. Weil man von den Großen und Größten lernen darf. Außerdem ist die Hütte immer voll. Es gibt fast keine Regeln (von seiner eigenen mal abgesehen). Jeder Wortfluss mündet in ein Meer aus Applaus. Und wenn man was besonders gut macht, wird man von Papa Slam Markus Köhle sogar mit Bier belohnt.

Nicht ganz so einfach ist es hingegen, wenn man als Erst-seit-2019-Slammende über dieses einem nur ferner bekannte Früher schreiben muss. Dieses Früher, als auf ein Bier noch viele mehr folgten, statt Publikumsansturm noch ein laues Besucherlüftchen wehte und man statt Slam-Sackerl eine Styroporhalbkugel zu füllen und leeren vermochte. Da durften die Beutelgreifer im Laufe der Slam-Jahre schon so manchen Schnickschnackschatz herausfischen – das Kuriositätenkonsortium reichte etwa von drei Kilo Äpfeln übers Wendy-Heft bis zum Autoschlüssel; ob der verscherbelte Toyota gefunden wurde, ist allerdings auch acht Jahre später noch eines der großen Mysterien der Tiroler Slam-Szene. Ungelöst auch die Frage, wie ein Martin »Kein Typ für Fiderallala« Fritz nicht müde wird, auch nach fast 20 Dekaden immer noch die outstandigsten Outfits aus seinem Schrank zu zaubern.

Es hätte schon an einem Skandälchen gegrenzt, wenn diese auch als DJ und Mode-rator geschätzte Innschbrugga Stilikone nicht 2018 mit dem Style-Slömy ausgezeichnet worden wäre. Im Slömy-Reigen nicht unerwähnt bleiben dürfen an dieser Stelle Käthl aka SweetK aka »Most underrated Poetin 2018« – und Silke Gruber aka SilkySilk aka wand_lungen, die mit ihren Storys nicht nur offline, sondern auch bei ihrem Online-Auftritt zu glänzen weiß und daher 2021 den Instagrammy einheimste. Johanna Kröll aka Hierkönntemeinnamestehen stand bei der Slömy-Gala 2019 nicht nur als »beste Newcomerin« fest, sondern war auch gleich noch die erste Frau, die Tirol die Meisterinnenkrone bescherte. Die Autorin dieser Zeilen, Tamara Stocker, tat es ihr nach einem Jahr Corona-Ö-Slam-Pause gleich und behielt das höchste Stockerl in Tiroler Hand. Mit Roswitha Matt – der seit 2022 zweifachen Tiroler Poetry-Slam-Meisterin – mischten 2021 in Linz sogar gleich zwei Tirolerinnen im Ö-Slam-Finale mit.

Und da wären wir bei einem weiteren Nachkömmlingsdilemma: Man sagt ihnen ja oft gerne nach, dass sie besonders verwöhnt werden. Sie setzen sich ins gemachte Nest, nicht wissend, wie viel Kraft und Zeit und Nerven es ihre Vorfahr*innen gekostet hat, ebenjenes zusammenzuflicken. Man genießt die Aussicht von da oben sehr und geht davon aus, dass eh immer alles schon so super war wie jetzt. Aber jede »gute alte Zeit« hat freilich auch mal eine weniger gute erlebt.

So war mir bis vor Kurzem gar nicht bewusst, was eine Aufzählung wie die obige eigentlich bedeutet. Dass sich in der Tiroler Slam-Szene Frauenname an Frauenname reiht – bis dahin war es ein weiter Weg zu gehen. Aber zum Glück wandern die Tiroler*innen ja gerne und viel. Die meisten zumindest. Jedenfalls strotzte dieses Früher nicht unbedingt vor Weiblichkeit. In diesem Ganz-Früher, da las sich so ein Line-up mehr wie eine Kandidatenliste bei der »Bachelorette«: Mit einem Dichter-Defilee bestehend aus

Markus Köhle, Stefan Abermann, Martin Fritz, Markus Koschuh, Jörg Zemmler, Güle G. Lerch, Malte Borsdorf, Robert Prosser Hannes Blameyer, Haris Kovacevic, Hans-Peter Ganner oder Klaus Reitberger (und unzähligen mehr) verharrte der Testosteron-Pegel auf Tirols Slam-Bühnen über Jahre stabil auf hohem Niveau. Und das auch sehr, sehr erfolgreich. Viermal in Folge (2008–2011) war dem BTP *(Bund Tiroler Poeten, der von mir soeben ins Leben gerufen wurde, Anm.)* nicht einmal der Meistertitel zu nehmen.

Eine Henne im Korb war in diesem Hünenstall wahrlich nur selten zu finden – doch nach jahrelanger Ei(n)öde stieg die Frauenbewegung in der Tiroler Slam-Szene auf wie ein Phönix aus der Asche. Kaum war der Funke endlich übergesprungen, verbreitete sich die feministische Kunde wie ein Lauffeuer und es entzündete sich ein fraulockendes Feuerwerk an starken Stimmen, die bis heute nachhallen: Eine Tiroler Slam-Geschichte ohne Rebecca Heinrich, Ramona Pohn, Tereza Hossa, Petra Maria Kraxner, Denise Plattner oder den zum Glück »Zuagroasten« Ania Viero und Katrin Ohne H (und alle oben bereits genannten und so vielen mehr) wäre rein theoretisch ja möglich, aber nicht denk- und vorstellbar.

Tirolerinnen, so wie ich es eine bin, auf Slam-Bühnen – das ist, so schlau bin ich heute, keine Selbstverständlichkeit. Wie so vieles. Es ist nicht selbstverständlich, dass sich überhaupt jemand auf so eine Bühne stellt, um seine Wortsalven abzufeuern. Es gab Zeiten, da glich das Line-up mehr einem »Allein-up«, und es war den unermüdlichen Textzusammenfassungsskills des MCs zu verdanken, dass der Abend länger als das Sandmännchen dauerte. Oder als Markus Köhle am Abend des 3. November 2012 eine verwaiste Bühne im Haller Stromboli vorfand – niemand war da, außer der spätere U20-Vizemeister Tom Schutte, der dann so plötzlich irgendwann nicht mehr da war. Und bis heute sehr vermisst wird.

Nichts im Slam-Leben ist selbstverständlich. Weder eine funktionierende Technik noch ein Mikro auf der Bühne noch Jurytaferln beim Ö-Slam 2015 in Innsbruck. Aber Letztere lassen sich ja auch ganz gemütlich noch eine Stunde vor Veranstaltungsbeginn organisieren. E-a-s-y. Damals waren im Übrigen auch Anti-Sprudel-Getränke nicht selbstverständlich – von den verschmähten Kracherl zehrte die Tiroler Slamily noch Jahre später. Ohnehin hat man es früher abseits der Bühne mehr krachen lassen als heute – um nicht zu sagen, man ist um einiges auftrinklicher gewesen. Etwa dürstete es die Teilnehmenden beim Ö-Slam 2008 in Innsbruck so sehr, dass die Backstagegetränke noch vor Showbeginn leer waren. Um der Mundhöhlendürre wieder Herr zu werden und die ausgetrockneten Kehlen ehestmöglich zu befeuchten, musste dann ein Taxi als Bierfasstransport herhalten.

Im sogenannten »Studio« im Bierstindl wurde vom 23. Oktober 2002 bis Dezember 2010 aber nicht nur gebechert, geraucht und sich aneinandergedrängt, sondern in erster Linie natürlich geslammt. Mindestens so kuschelig geht es seit Jänner 2011 in der Innsbrucker Bäckerei zu, wo die Tradition von zehn Slam-Galaabenden im Jahr bis heute und hoffentlich auch noch an vielen weiteren letzten Freitagen im Monat fortgesetzt wird.

In der aufgelassenen Großbäckerei und nunmehrigen Kulturbackstube gelten übrigens dieselben Gesetze wie in jeder anderen Bäckerei auch: Je früher man aufkreuzt, desto besser. Wer eines der gut 300 Plätzchen ergattern will, darf im Warteschlangenstrudel nicht untergehen – so pfeifen es die Early Birds von den Dächern. Denn die Tickets in der Bäckerei gehen seit jeher weg wie die warmen Semmeln. Da kann es schon mal vorkommen, dass die »AUSVERKAUFT«-Fahne bereits eine Viertelstunde nach Einlassbeginn gehisst werden muss. Auch das: keine Selbstverständlichkeit.

Und hier liegen Freud und Leid natürlich nah beieinander. Denn was bei Zuspätkommer*innen für traurige Gesichter sorgt, verdient bei der Slömy-Verleihung höchste Anerkennung: So mag es nur wenig verwundern, dass das Bäckerei-Poetry-Slam-Publikum so ausgezeichnet ist, dass es gar ganz offiziell als bestes Slam-Publikum Österreichs ausgezeichnet wurde – das allerdings auch knallhart sein kann, wie ein Blick in die Memoiren zeigt. Im April 2016 schreibt Markus Köhle im Nachbericht: »*Christoph machte fünf lange Minuten lang Stand-up, mehr als Stehen war das aber auch nicht. Eine historische Wertung: 4 Punkte.*«

Doch sogar eine solche »Watschn« hält niemanden davon ab, nicht (wieder) zu kommen. Der Rekord liegt bei 19 Anmeldungen an einem Abend – oftmals müssen Auftrittswillige also auf den nächsten BPS vertröstet werden. Und weil der Innsbrucker Ur-Slam allen voran Mitte der 2010er-Jahre dem Ansturm sowohl auf- als auch abseits der Bühne kaum mehr gewachsen war, hat Stefan Abermann 2014 den »Gestaltwandlerslam« aus der Taufe gehoben. Der setzte mit immer wechselnden Mottos à la »problembärig«, »Badeschluss« und »Engele/Bengele« neue Kreativitätsmaßstäbe. Heiß geliebt und gern besucht auch Formate wie der »Glam-Slam«, bei dem Verkleiden ausnahmsweise ausdrücklich erwünscht ist, oder der Anti-Slam, bei dem die körpereigenen Applausgeräte des Publikums mal Pause haben und dafür inbrünstig gebuht werden darf.

Auch sonst ist die Tiroler Slamily durchaus dem Genre »experimentierfreudig« zuzuordnen: So wurde bereits im Abermann'schen Wohnzimmer, in einer Après-Ski-Bar, im Schwimmbad oder in einer Sauna geslammt – und auch der Feminist Slam im Haller Stromboli ist seit einigen Jahren ein Fixpunkt im Kalender. Weitere Slam-Locations sind weit außerhalb der Landeshauptstadt angesiedelt – etwa der »kleinste Slam Österreichs« im beschaulichen Buch, wo sich einst sogar ein Zwölfjähriger unter die alten Granden mischte. Auch das Zillertal, Schwaz, Telfs, Imst, Landeck, Wörgl und Kufstein sind im Laufe der Jahre mal mehr, mal weniger regelmäßig von der Slamily erkundet worden – wenngleich solche Reisen mittlerweile rar geworden sind, lebt die Hoffnung auf mehr Aufwind abseits der föhnverwöhnten Landeshauptstadt freilich noch.

Seit es treibende Kräfte wie Ramona Pohn, Emil Kaschka, Rebecca Heinrich, Johanna Kröll oder zuletzt auch Stefan Abermann aus der Tiroler Szene in andere Länder und Aufgabenfelder verweht hat, wurde alles ein wenig durcheinandergewirbelt. Und auch daran merkt man: Nichts ist selbstverständlich. Aber wir wissen auch: Nachzügler*innen sorgen gerne für frischen Wind. Daher sind sie wahrscheinlich gar nicht so spät dran wie gedacht – sondern genau zum richtigen Zeitpunkt gekommen, um zu bleiben.

IMAGINE
Roswitha Matt

Es tut gut, gute Freund*innen zu haben! Die Freundin fürs Leben, den Busenfreund, den nicht nur mein Busen freut, die Rumpeldipumpel-Kumpels, mit dem Kamerad fahren, oder mit der getreuen Gefährtin auf falschen Fährten Gefahren erfahren. Gibt es sie wirklich, oder sind sie bloß eine auserwählte Sammlung an Verrückten, eine vom Aussterben bedrohte Rasse?

In meinem Text IMAGINE – auf gut Deutsch: »I mag ihn eh« oder »Ich seh etwas, was du nicht siehst« – geht es um besondere Freundschaften:

Hab mir eine ganze Gang von Freund*innen ausgedacht,
mit all möglichen Wesen meine Kindheit verbracht,
eingetaucht in Fantasien,
angehaucht von Kreativem,
lauthals gelacht, im Stillen geweint,
im Geheimen scheinbar mit allen vereint.

Konnte Stofftiere zum Leben erwecken,
verkuppelte Puppen mit Huckleberry Finn,
beim Frosch forsche Froschbeulen entdecken
und im Froschschutzmittel war die Lösung schon drin.
Mit elf dreiviertel erlebte ich Momente,
wo einer auf meiner Schulter Salto sprang,
eine immobile Playmobilfigur in Rente,
die bei Gefahr: »Don't worry, be happy« sang.

Stellt euch vor:
Manchmal sitzt einer im Dunkeln,
spooky schwingend auf einer Schaukel,
manchmal liegt einer wie der letzte Armleuchter
auf einem Lampion,
manchmal singt eine ein Liedl
am Giebl des Zwiebl-Vogelhäuschens,
manchmal pfeift einer aus dem letzten Loch
– meines Pyjamas –
und manchmal trinke ich alleine »tea for two«.

Ich habe viele imaginäre Freunde, eigentlich nur.
Ein guter, ziemlich bester Freund steckt mit mir
unter einer Decke verdreht mir den Kopf,
zu Recht, zurecht,
lässt kein gutes Haar an mir – ergrauen –,
hält mir die Elfenohren steif,
in denen ein Ohrwurm reift,
wirft eine Auge auf mich,
das andere drückt er zu,
ist mein GeheiMagent,
mein GenDarm in Flora und Fauna,
es gibt kein geNieren, vielmehr
ein verschMilzen in Gedanken-Galerien.

Er kitzelt meine Nerven, bündelt sie
feiert mit mir eine Leberparty,
gönnt mir das Schwarze unter den Nägeln,
legt sich mit mir an – Sandstränden,
als gewandter Seelenverwandter,
eifert nicht, weil ich als Frau mehr Eier habe,
lässt mein Herz im »Staying Alive«-Takt
taktvoll höher schlagen,
nimmt mich, statt auf in den Arm.
Er kennt meine inneren Werte.

So ist er, mein bester Freund,
er war einfach da, er heißt:
Abel – kein Kain, nur Abel.
Hab Abel aufgegAbelt
Abel bAbbelt fAbelhaft
ist manchmal BlamAbel,
hat keinen NAbel,
ein GrünschnAbel.
Abel macht gern Trouble,
er scheint rentAbel – der Abel,
for me formidAbel.
I mag-in-Abel.

Er macht Mut als Mutmacher, mein Kummerkasten,
Endloszeitspender ohne zukünftige Altlasten,
Weltverdruss-Tröster und Sündenbock,
mit dem ich die halbe Nacht um Millionen zock.

Er ist Seelenmüllrunterschlucker,
Redeschwallzuhörer,
Wörterverdreherversteher,
Kuschelwuschelwärmefläschchen.
Foreverclever, Nevereverleaver,
Langeweilezeitvertreiber, Beimirbleiber.

Irgendwann habe ich ihn nicht mehr gesehen.
    Ich schrieb ihm Briefe und er antwortete mir auch – spannend. Ja, vielleicht bin ich verrückt, aber es tut so gut, einen Freund zu haben. Ich bin anders, anders als die anderen Anderen, diejenigen wenigen, die wenigsten. Niemand glaubte mir, dem Einzelkind, mit drei Geschwistern – aber für mich existierten sie wirklich.
    Dabei bin ich in bester Gesellschaft!
    David Hasselhoff war mit Kitt verkittet,
    Wilson half Tom Hanks in »Cast Away«, auf der einsamen Insel am Ball zu bleiben,

Agatha Christie hatte einen imaginären Freund, der ihr beim Schreiben ihrer Krimis half, und ja, manche sprechen mit hypothetischen, fiktiven Geistwesen, E. T.s, Alexas, Robotern, Bäumen oder Zimmerpflanzen.

Das Bundesheer kämpft in einem Manöver oft gegen Feinde, die so nicht da sind.

Viele meiner Freund*innen in den Social Medias haben Freund*innen, die sie noch nie real getroffen haben – mich zum Beispiel.

Ich stehe am Grab und sage: »Hallo, da bin ich« Ich weiß, dass sie nicht mehr unter uns sind, also schon unter uns, aber anders, und trotzdem rede ich mit ihnen.

Dann hörte ich von dieser gläsernen Telefonzelle, die in einer idyllischen Blumenwiese stand. Ich wählte an der Wählscheibe wahllos eine Nummer. In dieser Telefonzelle sprudelte jede Zelle in mir wie aus einer Quelle, auf einmal war ich mit Abel verkAbelt und der Wind trug hörbar die Worte in die Welt hinaus. Über Stunden, ich machte sozusagen Überstunden mit Abel. Ich war nicht die Erste und auch nicht die Letzte, die dort ein einfühlsames Gespräch mit einem*einer lieben Freund*in, der*die nicht (mehr) anwesenden ist, gefunden hat.

Wie schön ist es doch, Freunde zu haben!

9.3 Salzburg-Oberösterreich
In Linz fängt's an! – David Samhaber

Was haben die Bundesländer Salzburg und Oberösterreich gemeinsam? Nein, keine Sorge, diese Frage mündet nicht in einen seichten Witz mit schlechter Pointe. Die Antwort ist ganz einfach – Salzburg und Oberösterreich verbindet rein geografisch das Salzkammergut und rein literarisch eine gemeinsame Landesmeisterschaft im Poetry Slam. Das eine bereist man, genießt man, durchwandert man. Dem anderen fiebert man entgegen, lauscht man, schenkt man all seine Aufmerksamkeit. Zumindest, wenn man der Slam-Szene angehört.

Im Folgenden also das Porträt einer Region, die in der Slam-Szene schon bessere Zeiten gesehen hat, die aber keinesfalls abzuschreiben ist. Ganz bestimmt nicht!

In Linz fängt's an

Die Poetry-Slam-Szene schrie sich bei der Österreichischen Poetry-Slam-Meisterschaft 2021 in Linz, Oberösterreich, ein kollektives »In Linz fängt's an« aus der Seele, als die neue Meisterin, Tamara Stocker aus Tirol, auf der Bühne in der Linzer Tabakfabrik zur Siegerin gekürt wurde. Dass es in Linz aber gerade eigentlich aufzuhören begonnen hat, daran hat damals eigentlich noch niemand so wirklich gedacht. Denn nur wenige Monate später kursierte eine Meldung durch die Slam-Foren des Internets, die vermutlich nicht sofort für bare Münze gehalten wurde: »*Der Verein ›Post Skriptum – Verein zur Förderung der Poetration von ge-*

sprochener Schrift und der geschriebenen Worte‹ wird im Juli 2022 die Arbeit in der bisherigen Form niederlegen«, hieß es dort. Na bumm.

Ein paar traurige Reaktionen auf Facebook, ein paar Herzen und weinende Emojis, die virtuell unter dem Beitrag erscheinen, viele Dankesworte aus der Szene für die Arbeit und die Erinnerungen an gemeinsame Abende. Und damit war es also besiegelt. Nach jahrelangem Kampf um noch mehr Bühnen, noch mehr Poet*innen, mehrere ausgetragene Meister*innenschaften und eine Unmenge an regelmäßigen Veranstaltungen war es einfach so vorbei. Da gab es die bereits erwähnte Tabakfabrik, das Landestheater Linz, das Café Central, Mauthausen, das Free Tree Festival, das Solaris, das Theater Phoenix, das Medienkulturhaus Wels, das Local Freistadt, das Röda Steyr und den Hörsaal an der JKU. »Und dann haben alle geglaubt, wir haben uns zerstritten«, hat mir der langjährige Obmann des Vereins, Severin Agostini, erzählt. Dass das auf keinen Fall so war, war ihm natürlich sehr wichtig, zu erwähnen.

Mir persönlich war das natürlich bewusst, war und bin ich doch selbst seit einigen Jahren Mitglied des Vereins. Es war mir an dieser Stelle nur wichtig, dieses Statement geschickt einzufädeln, denn eigentlich ist es so gewesen:

Wie es wahrscheinlich auch vielen anderen Vereinen aus den unterschiedlichsten Sparten geht, ist auch beim oberösterreichischen Slam-Verein Post Skriptum das Alter der Mitglieder und somit der Status in ihrer aller Leben sehr ähnlich. Studien werden abgeschlossen, Kinder in die Welt gesetzt, Jobs angenommen, die dann doch noch mehr Nine-to-Five sind, als vorerst gedacht, und als dann der Obmann Sevi eines Tages in den Raum gestellt hat, dass er – nicht sofort, aber in naher Zukunft – seine Funktion als Obmann zurücklegen wird, war allen klar, der Rest des Teams kann das nicht leisten, was er in den vergangenen Jahren oft alleine geschafft hat. Aus Zeitgründen, aber vor allem auch deshalb nicht, weil alle gesehen und mitbekommen haben, wie viel Engagement und Herzblut Sevi da reingesteckt hat. Natürlich hat der Verein zusammen geholfen, solche Veranstaltungen schupfen sich nicht von selbst, die Bar wurde befüllt, die Tickets kontrolliert, Backstage Essen vorbereitet, moderiert. Aber im Hintergrund werkelte Sevi nahezu 24/7, um diese Veranstaltungen überhaupt erst möglich zu machen. Und eigentlich ist es schon bezeichnend, wenn ein ganzer Verein gemeinsam nicht stemmen kann, was er als jahrelanger Obmann gemeistert hat. Und so kann man es auch niemandem verübeln, wenn erst mal Schicht im Schacht ist.

Schade ist das natürlich trotzdem. Vor allem, wenn man bedenkt, wie viele gute Poetry Slammer*innen Oberösterreich schon hervorgebracht hat. Sarah Anna Fernbach, Kaddles, Elena Wolff, Manuel Thalhammer, Benji, LiRow, Laura Hellmich, Markus Haller, Barbarina und all die vielen anderen, die ich zu Unrecht an dieser Stelle vergessen habe, die aber in Oberösterreich den Start ihrer fulminanten Slam-Karriere feierten, die ihre Homebase hier hatten und haben, die aus den Linzer Slam-Geschichtsbüchern nicht wegzudenken sind. Was würden diese wunderbaren Menschen heute machen, wenn es Post Skriptum nicht gegeben hätte? Man mag es sich gar nicht ausmalen.

Heute ist nicht aller Tage

Aber ist das jetzt das Ende? Nein. Noch nicht. Zum einen wird es weiterhin Veranstaltungen und Slams geben. In welcher Intensität und Form, will und kann ich an dieser Stelle nicht vorwegnehmen, aber es wird gemunkelt, dass der Poetry Slam im Solaris und jener in Wels weitergeführt wird, wahrscheinlich aber nicht mehr jeden Monat. Dass Wels als Überbleibsel einer ganzen Bank an Veranstaltungen bleibt, sollte uns eigentlich alle sehr zum Nachdenken anregen. Zum anderen hat sich zu unser aller Freude bereits (und unabhängig von Post Skriptum) ein neuer Verein im Innviertel, die Wortwerkler, gegründet, die nicht nur eben dort Veranstaltungen organisieren werden, sondern auch die Fühler zu Locations ausstrecken werden, die bisher von Post Skriptum übernommen wurden. So kann an dieser Stelle wahrscheinlich ebenfalls schon verraten werden, dass auch Steyr weiterhin über einen Poetry Slam verfügen wird, und darüber sind wir sehr froh. Die Vergangenheit hat gezeigt, dass es manchmal auch einen klaren Schnitt braucht, damit Neues durchstarten kann. Die Arbeit von Post Skriptum kam nicht von heute auf morgen voll auf Fahrt. Der Solaris Slam war keine neue Erfindung. Da gab es natürlich schon andere, Stichwort Didi Sommer, Dominika Meindl, René Monet und viele andere, die zuvor die Szene in Linz vorangetrieben haben. Und nun werden es die Neuen sein, die Jüngeren, die Motivierteren, die für uns die Fahne hochhalten im schönen Oberösterreich.

Probiert hamas

Und Salzburg? Ahja, da war was. So, wie die Salzburger Poetry-Slam-Szene, sofern es denn eine gibt, im österreichischen Kontext etwas stiefmütterlich behandelt wird, so kommt sie auch in diesem Text reichlich spät vor. Aber es sei mir verziehen, die Auswahlmöglichkeit an Schreibstoff, den es über Salzburg gibt, ist begrenzt. Die Slammerin Luana Rothner aus Salzburg, die mittlerweile, wie kann man es ihr übelnehmen, in Wien lebt, hat vor Kurzem gesagt: »Naja, probiert hamas« und damit hat sie recht. Immer mal wieder ploppt in Salzburg ein Slam auf, der viel verspricht, die mühsame Arbeit am Anfang auf sich nimmt, Leute zu finden, die auftreten und natürlich auch zuschauen, um dann wenig später wieder in Vergessenheit zu geraten. In den letzten Jahren gab es den Wortvoll Poetry Slam, der regelmäßig das JazzIt gefüllt hat, den Verein Slamlabor, der die Hörsäle der Salzburger Uni zum Kochen brachte und immerhin einen Weltrekord für den längsten Poetry Slam überhaupt aufgestellt hat, und den 5020Slam, der das Personal der Academy Bar etwas überforderte, weil wohl niemand damit gerechnet hat, dass die Leute selbst im Windfang noch stehen und zuschauen werden. Und wie aus dem Nichts verschwanden all diese Veranstaltungen auch so schnell wieder, wie sie gekommen sind.

Einzig der ARGE Slam hat sich bereits seit Jahren etabliert und steht quasi alleine für die Salzburger Szene. Ein halboffener Slam, bei dem also geladene Poet*innen genauso auf der Bühne stehen wie eben solche, die sich vorab angemeldet haben, um ihre Texte vorzutragen. Meistens beschränkt sich das aber auf einige wenige Slammer*innen, die definitiv in der Unterzahl liegen. Auch wenn wir froh sind, dass der ARGE Slam von und mit Ko Bylanzky jegliche Krisen und das Fehlen einer Community im eigenen Bundesland überstanden hat, so bin ich mir sicher – Salzburg kann mehr. Das Innviertel ist ja auch gar nicht weit weg, vielleicht schwappen die Wortwerkler nicht nur in den oberösterreichischen Zentralraum, sondern auch nach Salzburg, wer weiß.

Natürlich gibt es da und dort einzelne Veranstaltungen, Slams und wichtige Arbeit, die ich nicht unerwähnt lassen möchte. Das zeigen auch die Ergebnisse bei den Landesmeisterschaften, die Oberösterreich und Salzburg Jahr für Jahr gemeinsam austragen. Denn wenn man einen Blick auf die Ergebnisliste wirft, erkennt man sofort, nicht die Quantität an Slams gibt den Ton an. Anna Schober beispielsweise hatte in Salzburg kaum Auftrittsmöglichkeiten, probierte sich beim U20-Slam aus, der hin und wieder im Literaturhaus Salzburg stattfindet, und stand das eine oder andere Mal beim ARGE Slam auf der Bühne und gewann dann gleich zwei Mal in Folge die Landesmeister*innenschaft souverän. Niemand aus dem »Team Oberösterreich«, aus dem Team mit der eindeutigen Mehrheit an nominierungsberechtigten Slams, konnte dem entgegensetzen und das zeigt doch auch, dass es nicht die Fülle an Veranstaltungen braucht, um gute Slam-Poet*innen hervorzubringen.

Was es aber braucht, sind Bühnen. Bühnen, die den Menschen offenstehen, die sie herzlich willkommen heißen und wo Texte ankommen, wo sie angenommen werden und wo ein Publikum darauf wartet, diese Texte zu inhalieren und die Poet*innen mit Applaus zu belohnen. Ob in Ried, Steyr, Linz, Hallein oder Salzburg, ist egal, Hauptsache Bühnen.

Bullshit-Bingo
Laura Hellmich

CN: Depression

Wenn ich erzähle, dass ich Depressionen habe, stellen sich meine Mitmenschen die abgefahrensten Dinge vor. Manche haben Angst, dass ich gleich irgendwas schreie und mich in die Luft sprenge. Andere stellen sich ein immer trauriges Wesen vor, das nie auch nur den Ansatz eines Lächelns zeigt und immer nur deprimiert im Bett liegt. Beides ist nicht wahr. Ich bin nicht gefährdet, Menschen umzubringen – auch wenn ich nach einem Arbeitstag im Handel jede sich bewegende, mit dem Primaten verwandten Kreatur hasse und verfluche. Wer mich kennt, weiß, dass ich manchmal lache wie eine behinderte Robbe und Witze erzähle, die noch schlechter sind als mein selbstgekochtes Essen. Mit diesem Text versuche ich, die Arten von Menschen mit ihren Reaktionen zu unterscheiden.

Der immer Positive
»Lache und die Welt verändert sich.« *(Leises Würgen)* Sorry, mir ist gerade ein bisschen Frühstück von vorgestern hochgekommen. Kurzer Faktencheck: Der Klimawandel zerstört die komplette Welt, Gletscher schmelzen, sie hat zwei Weltkriege und massenhaft kleinere Kriege hinter sich und niemand hat daran gedacht, mal zu lachen? Es wär so einfach gewesen!

Der »Leide still vor dich hin«-Typ
Vor einiger Zeit bin ich auf einem Poetry Slam mit einem Text über Depressionen aufgetreten und ein Mann im Publikum begründete seine 3-Punkte Bewertung mit einem »Über Depressionen redet man nicht, die hat man einfach«. Man stelle sich jetzt mal vor, man würde das über eine andere Krankheit sagen. »Über Krebs redet man nicht, den hat man einfach.« Man würde mit Mistgabeln und brennenden Fackeln aus dem Dorf getrieben werden, genau wie ich aus meinem FPÖ-lastigen Heimatort, als ich grün gewählt hab. Aber bei psychischen Krankheiten ist das anscheinend okay.

Der, der alles auf das Alter schiebt
»Jemand in deinem Alter sollte die beste Zeit seines Lebens haben. Du bist doch viel zu jung für Depressionen.« Wusstest du eigentlich schon, dass man Depressionen erst ab 40 bekommen kann? Ja, wirklich, du bist 39 Jahre und 364 Tage alt, kommst überglücklich mit deinem Einhorn, das du gerade beim Jahrmarkt gewonnen hast, nach Hause, schläfst ein und am nächsten Morgen bist du depressiv. Ich versteh auch nicht, wieso, aber es ist halt so.

Der »Es wird wieder besser«-Typ
»Das geht bestimmt wieder weg, wenn es Frühling wird.« Ja, auf jeden Fall. Ich bin jetzt seit sieben Jahren depressiv, hab ganz vergessen, dass es seitdem nie wieder einen Sommer gegeben hat. Da würde man sich fast wünschen, dass die Klimaerwärmung sich ein bisschen beeilt, oder? Vielleicht bin ich einfach nicht mehr depressiv, wenn ich mich immer an Orten aufhalte, an denen gerade Sommer ist. Oder ich versuch einfach mal, die Heizung so hochzudrehen, dass man sie eigentlich auch schon als Sauna benützen könnte, vielleicht wird's dann besser.

Der Abnehm-Coach
»Probier's mal mit gesunder Ernährung und Sport. Geh mal in die Sonne.« Sorry, du musst dich verhört haben. Ich hab nicht gesagt, ich würde gerne abnehmen. Ich hab gesagt, ich hab Depressionen. Ja, Bewegung führt tatsächlich dazu, dass man sich etwas besser fühlt. Aber jetzt denk mal bitte kurz an das letzte Mal, wo du so richtig krank warst. Ganz schlimm mit Fieber. Ungefähr so viel Energie hab ich jeden verdammten Tag. Du kannst dir bestimmt vorstellen, dass es da nicht so leicht ist, aufzustehen und joggen zu gehen.

Der »Du solltest dich glücklich schätzen«-Typ
»Denk mal an die Kinder in Afrika!« *(Tiefes Durchatmen)* Ja, es gibt Menschen, denen es schlechter geht als mir. Viele sogar. Aber es gibt auch Menschen, denen es noch schlechter geht als den Kindern in Afrika und deswegen sind die Kinder doch auch nicht glücklicher, oder?
   Und gibt es nicht auch viele Menschen, denen es besser geht als dir? Ach, macht dich das jetzt nicht trauriger? Ist ja komisch.

Der Detektiv
»Du wirkst gar nicht depressiv.« Ja, sorry, ich hab die halbe Nacht nicht geschlafen, weil ich mir zu viele Gedanken gemacht hab, und war deswegen zu müde, mich unglücklich zu schminken. Depressive Menschen sind nicht immer traurig. Depressive Menschen lachen, machen Witze, genießen ihre Zeit mit Freund*innen, schauen Komödien und können unbesorgt sein. In guten Phasen. Aber es gibt halt auch schlechte Phasen. In denen sind meine Augen leer, mein Lächeln tot und meine Haut weiß. In diesen Phasen werde ich gefragt, ob ich krank bin, und ich antworte: »Ja, darum geht es hier die ganze Zeit.«

»Aber Laura, wie sollte man denn jetzt mit depressiven Menschen umgehen?«

Gute Frage, danke! Depressive Menschen fühlen sich oft schuldig. Zeig ihnen also, wenn möglich, nicht, dass du komplett überfordert mit der Situation bist. Sei für sie da und hör zu, wenn sie reden wollen, zwing sie aber nicht dazu, wenn sie nicht reden wollen. Akzeptiere, dass du keinen Rat dazu hast. Du musst diese Gefühle nicht verstehen. Es ist sogar gut, wenn du diese Gefühle nicht kennst, dann bist du nämlich gesund. Umarme sie, wenn sie das wollen und gib ihnen Raum, wenn sie das nicht wollen. Zeig Verständnis, wenn sie ein Treffen absagen oder längere Zeit nicht auf deine Nachricht antworten. Vielleicht haben sie gerade keine Kraft dafür. Das hat aber nichts mit dir zu tun, sondern heißt, dass sie dir genug vertrauen, um das zuzugeben.

Was ich sagen will: Nein, man muss mich nicht einweisen, und nein, ich werd auch keine Bombe zünden. Ich bin nur ein bisschen anders. Lasst uns doch einfach füreinander da sein, anstatt Bullshit-Bingo zu spielen.

9.4 Steiermark-Kärnten
Aus dem Tiefschlaf – Trisha Radda & Lukas Hobauer

Die Szenen von Kärnten und der Steiermark sind eng miteinander verwoben. Jahrelang schlichen sie umeinander wie zwei verliebte Teenager, bis Tschif die Zügel in die Hand nahm und beide Bundesländer zu einer Landesmeister*innenschaftsregion zusammenschloss. Die erste Landesmeisterschaft Österreichs war ein Grundstein, auf dem die spätere Arbeit aufgebaut werden konnte.

Nach zwei Jahren Pandemie sehen sich Leute um und fragen sich, ob es Zeit ist, aus dem Tiefschlaf aufzuwachen. Sie fragen sich: Wer schmeißt jetzt den Laden? Und dann sehen sie: Ganz Österreich hat Bock auf Bühnen. Im tiefen Süden liegt die Verantwortung über performte Literatur seit längerem bei Carmen Kassekert und Mario Tomic.

Carmen hatte den Wunsch, anderen Leuten Bühnen zu bieten - und nicht sich selbst. Das Konzept ging auf. Es gibt überall älteres und jüngeres Slam-Publikum, auch in Kärnten war es stets gemischt. Das liegt an Carmens enger Zusammenarbeit mit Printmedien und ihrer eigenen Leidenschaft für die Sache. Wenn man in der letzten Reihe ein Augenpaar aufblitzen sieht, kann man sich sicher sein: Carmen genießt, das du auf ihrer Bühne stehst.

Mario will viel mehr als das. Für Mario fängt Slam nicht bei der Textidee an und hört beim Auftritt auf. Musiker*innen, Kabarettist*innen, Dialekt-Poet*innen und Grafiker*innen brauchen unterschiedliche Dinge, um ihre Leidenschaft zum Beruf zu machen. Aus diesen unterschiedlichen Ansprüchen baut er passende Veranstaltungen. Das Angebot der Slam City Graz richtet sich nach dem, welche Poet*innen und Leidenschaften sie gerade zu bieten hat.

Carmen und Mario stehen mit Herzblut für ihre Sache ein und sind Konstanten in einer sich wandelnden Szene.

Durch die aufregenden letzten zehn Jahre kann man an dieser Stelle viele Namen nennen. So wie Klaus Lederwasch, Yannick Steinkellner, Agnes Maier, Christoph Steiner und Anna-Lena Obermoser, die sehr viel Mut und Seele in die Grazer Szene gebracht haben. Und uns: Lukas Hofbauer und Trisha Radda. Wir sind die Hybriden. Wir wohnen halb in Kärnten, halb in der Steiermark, und wollen, dass die Vereine möglichst reibungslos zusammenarbeiten.

Dieses Jahr haben wir weitergeführt, was wir in Zukunft noch verstärken wollen: Eine funktionierende Tour, die jeden Monat geladene Poet*innen durch Kärnten und die Steiermark führt.

Nach den Pandemiejahren haben wir das Gefühl, ganz von vorne beginnen zu müssen. Obwohl wir seit über zehn Jahren das Gebiet Steiermark und Kärnten betreuen, gibt es noch immer viele Leute, denen man erklären muss, was Poetry Slam überhaupt ist. Wir haben öfter das Gefühl, vieles, was wir bisher erreicht haben, wurde durch die Lockdowns ausgelöscht.

Dieser erzwungene Neustart bietet natürlich zahlreiche Chancen. Wir haben jetzt eine Lesebühne in Graz und eine in Klagenfurt. Kleine Slams wurden aus dem Boden gestampft und große reaktiviert. Wir sind uns bewusst, was wir in nächster Zeit brauchen: Es geht back to the roots und darum, allen eine Bühne zu bieten, die danach verlangen, wir stellen Bühnen zur Verfügung. Damit wir auf die Meute, die aus dem Tiefschlaf erwacht ist, reagieren können, die mit uns aus dem Tiefschlaf erwacht sind. So vieles, was hinter der Bühne passiert, wird selten beleuchtet. Es ist ruhig und der Applaus verhallt meist am Vorhang und dringt nicht zu den Menschen vor, die die Szene tragen.

Menschen, die stets daran arbeiten, das voranzutreiben, was sie so sehr begeistert, und die alles daransetzen, die Leidenschaft für Slam mit dem Publikum und den auftretenden Personen zu teilen.

Nicht alles hat sich in den letzten paar Jahren geändert. Anfang April haben wir beschlossen, den vor der Pandemie größten monatlichen Slam des Landes wieder zurückzuholen: den Grazer Hörsaalslam. So schnell waren wir seit Jahren nicht mehr ausverkauft. Graz hat Bock auf gute, alte Slam Poetry.

Im Paradies gibt's keine Kohlsprossen
Gilbert Blechschmid

Da sitzen sie also. Mitten im Paradies auf einer Glyphosat gedüngten Wiese. 28 Freunde, die unterschiedlicher nicht sein könnten – die Länder der EU. Bei einer Grillerei in entspannter Atmosphäre will man das selbsterschaffene Paradies genießen. Doch die Harmonie ist trügerisch. Hier die Chronologie.

Für den Grillabend haben sich alle gemeinsam einen sündhaft teuren Smoker angeschafft. Selbstbeweihräuchert schmeckt das Steak halt immer noch am besten.

Deutschland übernimmt ungefragt das Amt des Grillmeisters und bestimmt, wer wo was und wie viel auflegen darf. Aber erst nachdem es mit einem Handtuch den besten Platz in der Runde für sich reserviert hat.

Ungarn kämpft mit Polen um den Platz am rechtesten Eck des Tisches. Mit seiner penetranten »Orban Art Culture« setzt sich Ungarn letztendlich durch.

Polen ist daraufhin verärgert und lädt über WhatsApp seinen entfernten Cousin Russland ein, um ihm mit Vodka Beistand zu leisten.

Irland hat diverse Flachmänner dabei. Immer wenn niemand hinsieht, gönnt es sich ein Schlückchen, um die Wartezeit zu überbrücken.

Großbritannien kündigt an, nächstes Jahr nicht mehr dabei sein und auch nichts mehr ins gemeinsame Grillbudget einzahlen zu wollen. Allerdings besteht es darauf, trotzdem eingeladen zu werden und von den besten Häppchen kosten zu dürfen.

Griechenland, Portugal, Spanien und Italien sind wie immer knapp bei Kasse, leihen sich im Vorfeld Geld von den anderen für den Grillkostenbeitrag aus, haben auf dem Weg zur Grillerei das ganze Geld schon für persönliches Amüsement verprasst. Sie hoffen, dass das niemandem auffällt, und sagen einfach nichts.

Die dauerbekiffte Niederlande war schon beim Losfahren nach fünf Minuten über drei Stunden zu spät. Erschwerend kam hinzu, dass sie ihren Camper vorher auf zehn falschen Wiesen geparkt hatte, bis sie endlich die richtige fand.

Schweden, Dänemark und Finnland haben eine Fahrgemeinschaft mit Schwedens E-Auto gebildet. Alle kamen über eine Stunde zu spät, da der Saft auf der Strecke fünf Mal ausging. Im Auto hat die Heizung einen Defekt und es hat gefühlt 100 Grad. Finnland findet es gerade so angenehm.

Österreich parkt in seinem jugendlichen Überschwang sein Geilomobil dekadent auf der Glyphosat gedüngten Paradieswiese.

Bulgarien und Rumänien sind im Vorfeld um die Häuser gezogen und haben sogar noch ein bisschen Geld für den Nachtisch zusammengekratzt.

Frankreich hat Froschschenkel mitgebracht, damit ihm auch garantiert keiner etwas wegisst!

Luxemburg, Malta und Zypern sind auch mit von der Partie. Interessiert allerdings niemanden.

Die letzten Jahre hat auch die Türkei immer auf eine Einladung zum Grillen im Paradies gehofft. Daraus wurde allerdings nichts, und so sendete die Türkei aus purer Boshaftigkeit eine beträchtliche Menge Kohlsprossen als Beilage.

Als Würschtel- und Steakdompteur eröffnet Deutschland das Buffet. Griechenland, Italien, Spanien und Portugal springen wie von der Tarantel gestochen auf und überladen wie immer ihre Teller.

Großbritannien ist auf Grund der mangelnden Disziplin beim Anstellen »not amused«.

Finnland hat das letzte Filet-Steak ergattert. Nach einem kurzen Ablenkungsmanöver wird dieses allerdings von Russland annektiert.

Deutschland, Frankreich, Österreich, Großbritannien und Italien sanktionieren Russland umgehend dafür und verweigern Russland das Salz. Russland droht mit einem Vodkastopp, woraufhin Italien Russland unter dem Tisch den Salzstreuer zukommen lässt.

Nach dem zehnten Flachmann liegt Irland sturzbetrunken auf der Wiese. Großbritannien nutzt die Gunst der Stunde und malt Irland mit Edding einen riesigen Union Jack auf die Stirn!

Die von der Türkei geschickten Kohlsprossen sind als einzige Speise noch übrig. Am Tisch wird heftig darüber debattiert, dass alle Kohlsprossen gleichmäßig auf die Teller verteilt werden sollen.

Ungarn findet diese Idee ein Verbrechen am Geschmack und beginnt umgehend, aus Zahnstochern, Messern und Gabeln einen Grenzzaun rund um seinen Teller zu bauen.

Der Teller mit den Kohlsprossen wandert allerdings zuerst zu Griechenland und Italien, welche sich, wie immer, wieder viel zu viel aufladen.

Kroatien und Slowenien (ja, die sind auch dabei) geben den Kohlsprossenteller, ohne mit der Wimper zu zucken, an Österreich weiter.

Österreich nimmt sich widerwillig eine Handvoll auf seinen Teller und führt eine Obergrenze für Kohlsprossen auf selbigem ein.

Deutschland will mit gutem Beispiel vorangehen und leert fast alle Kohlsprossen auf seinen Teller und sagt selbstsicher: »Ich esse das.« Der Rest der Kohlsprossen landet bei Schweden. Danach ist der Teller leer.

Griechenland und Italien finden das massiv unfair und beharren auf eine Umverteilung.

Luxemburg, Malta und Zypern haben gemeinsam mit Polen einen polnischen Abgang hingelegt.

Die ehemaligen siamesischen Zwillinge Tschechien und die Slowakei wollen keine Kohlsprossen, da sie der Ansicht sind, diese passen einfach nicht zu ihrer ausgewogenen Ernährung. Schließlich lässt sich zumindest die Slowakei von Österreich dafür bezahlen, eine geringe Anzahl von Kohlsprossen vom österreichischen Teller zu nehmen.

Österreich schlackert verstimmt mit seinen Riesenohren und meint, man müsse der Türkei einen Denkzettel verpassen. Die anderen stimmen zu und zahlen der Türkei einige Milliarden Euro.

Und die Moral von der Geschichte? Die darf sich jede*r selber denken!

9.5 Wien-Niederösterreich-Burgenland
Vom Slammen auf dem Lande – Barbara Lehner

Die Entfernung von der Hauptstadt aufs Land ist doppelt so weit wie die vom Land in die Hauptstadt. Ich habe noch keine physikalische Erklärung dafür gefunden, aber ich habe festgestellt, dass Menschen aus dem benachbarten Bundesland, also konkret aus Niederösterreich, weil das nämlich das einzige Nachbarbundesland von Wien ist, wogegen das Burgenland meilenweit entfernt liegt, nämlich 27,62 km Luftlinie, also dass diese Menschen eher für ein kulturelles Ereignis nach Wien kommen als umgekehrt. Slam-Landesmeisterschaften für Wien, Niederösterreich und das Burgenland finden traditionell in Wien statt, wahrscheinlich weil eben die Strecke raus aufs Land doppelt so weit ist. Oder die Wiener*innen sich am Land verirren, weil es hier manchmal keine Straßennamen, sondern nur Hausnummern gibt.

Es ist nicht so, dass es am Land keine Kultur gibt, ganz im Gegenteil. Hier finden nämlich entgegen allen Klischees nicht nur Feuerwehrfeste und Kreisverkehrseröffnungen statt, sondern auch Slams. Aber eben keine Meisterschaften. Nicht einmal in den Großstädten Eisenstadt und St. Pölten.

Ja, natürlich, ich muss hier ein bisschen öfter erklären, was genau so ein Slam ist. Ich arbeite immer noch an einer für mich stimmigen Definition und breche mir manchmal beim Wort »moderner Dichter*innenwettstreit« die Zunge. Das Wort gefällt mir nicht, weil ich weder modern bin noch Wettbewerbe oder gar Streit mag. Dicht und dichter und dabei Dichterin bin ich gelegentlich ganz gern. »Na ja, wir schreiben halt so Texte und dann gehen wir halt auf die Bühne und dann tragen wir sie vor«, sage ich, »und im Publikum halten ein paar Leute Tafeln hoch, auf den sie ihren Freund*innen 10 Punkte und den anderen 5 Punkte geben, weshalb die mit den meisten Freund*innen im Publikum dann zufällig gewinnen.«

Ich schreibe diesen Text unter meinem Birnbaum, umgeben von Herrn Hirschkäfer, der gerade auf Brautschau ist, der Katze, die auch nach 16 Jahren noch nicht kapiert hat, dass ich die neben mir wuchernden Ribiseln lieber esse als die von ihr servierten Mäuse. Wenn wir eines haben, dann Natur. Und Kultur, denn auch die Ribisel ist eine Kulturpflanze. Wie ich.

Das Publikum auf dem Land – so scheint es mir – ist ein wenig diverser als das in der Stadt. Nein, ich rede nicht von LGBTQ+, da herrscht am Land noch ein wenig Aufholbedarf, auch nicht divers im Sinne von politischer Vielfalt oder Herkunft, sondern divers im Sinne von unterschiedlichen Milieus und Altersgruppen. Das Publikum bei »Landslams« ist nicht jung, intellektuell und links, sondern halt aus Ober-, Unter- und Niederstinkenbrunn.

»Wos is des eigentlich?«, fragt der Hausmeister der Mittelschule von Mistelbach. »So eine Art moderner Dichterwe...« beginne ich. »Wir lesen selbstgeschriebene Texte vor und dürfen nicht singen und uns nicht verkleiden«, fasse ich zusammen und er betrachtet skeptisch mein Outfit.

»Aha«, sagt der Hausmeister.

In der Pause klopft er mir auf die Schulter: »Heast, des is leiwand, wos ihr do mocht‹s. Des taugt ma voi!« (Übersetzung: Das ist klasse, was ihr da macht, das gefällt mir.)

Es ist nicht mutig, in Wien einen antifaschistischen, antirassistischen und feministischen Text vorzutragen. Das Publikum wird ihn lieben. Mutig ist es, in Unterstinkenbrunn einen Text zu bringen, in dem der chauvinistische Raiffeisenlagerhausfilialleiter, der gleichzeitig Bürgermeister ist und dir einen Häcksler verkauft, durch ebendiesen zu jagen. Weil der Lagerhausbürgermeister, seine Frau, seine Neffen und Nichten, seine Freunde und seine Wähler*innen nämlich im Publikum sitzen und manche von ihnen ein Taferl in der Hand haben.

Manchmal bin ich mutig und ertrage die Verachtung. Aber ich gestehe, manchmal wäre ich gerne mutiger.

Das klingt jetzt so, als wäre es eine Strafe, auf dem Land zu slammen. Das ist nicht so, ganz und gar nicht, denn es gibt immer auch ein paar Leute im Publikum, die nicht nur bereit sind, Kultur zu konsumieren und am Ende brav zu klatschen und nach Hause zu gehen, sondern Menschen, die danach kommen und das Gespräch suchen und mit dir reden, über den Text, das Thema, das Leben. Das ist schön. Macht das bitte öfter, es tut uns gut.

Das Essen ist oft besser, sowohl im Back- als auch im Forstagebereich. Manchmal beschleicht dich das Gefühl, dass die Leute in Niederösterreich und im Burgenland der guten Jause und der Weinverkostung und nicht der Poesie wegen hier sind. Aber das macht nichts, denn Wein und Literatur sind enge Verwandte.

Der niederösterreichische Grüne Veltliner, der weißgelblich, und der burgenländische Blaufränkische, der rot ist, sind ein Gedicht.

Hier werden eben nicht nur Texte gelesen, sondern auch Wein.

Die Autor*innen und ihre Texte sind im Burgenland nicht viel anders als in Wien und in Niederösterreich. Nicht anders als die in Innsbruck, Linz oder Graz. Sie erzählen vom Lachen, vom Lieben und vom Leiden. Von Liebeskummer, vor allem mit sich selbst, von Bademänteln, von der Politik, vom Erwachsenwerden, natürlich auch von den wichtigsten Dingen im Leben: Katzen und Schokolade.

Sie sind gereimt oder ungeschliffen, berührend, irritierend, bereichernd. Manchmal werden sie in einer atemberaubenden Geschwindigkeit vorgetragen, damit es sich ausgeht in fünf Minuten. Denn irgendwann setzt der Herzschlag ein, und dann ist Schluss. Im richtigen Leben setzt für gewöhnlich der Herzschlag aus, wenn Schluss ist. Ja, das Leben ist verwirrend und die Menschen sind verwirrt. Am Ende gewinnt jemand und bekommt neben Ruhm und Ehre ein rotes Mäntelchen umgehängt, eine Flasche Wein oder billigen Sekt und darf bei der österreichischen Meisterschaft mitmachen.

Zuletzt verrate ich euch noch ein Geheimnis: Von Wien nach Oslip ist es genauso weit wie von Oslip nach Wien. Bitte weitersagen. Vielleicht erleben wir dann den Tag, in dem die Wien/Niederösterreich/Burgenland-Meisterschaft in der Provinz stattfindet.

Daily Sexism
Elena Sarto

CN: Sexismus, Übergriffigkeit auf Minderjährige, Gaslighting

Nachdem ich diesen Text einmal bei einem Slam gebracht habe, habe ich eine E-Mail von meiner ehemaligen Direktorin erhalten, ich solle doch bitte aufhören, Lügen über meine Schule zu verbreiten.

Ich hab ihr nie geantwortet, also mache ich es jetzt: Es sind keine Lügen und dieser Text ist für Leute wie sie.

Wer mich kennt, weiß, ich spreche manchmal über feministische Missstände, aber heute habe ich eine gute Nachricht: Das Eis »Twinni« gibt es jetzt auch für Mädchen: »Twinna«. Jetzt dürfen wir Frauen endlich unser eigenes Eis lutschen! Endlich Gleichberechtigung! War das nicht alles, was Feminist*innen immer wollten? Komisch ist nur, dass das Mädchen-Eis fast doppelt so viel kostet wie das männliche ... Vermutlich nur ein Zufall.

Jetzt, wo also dieses dringende Problem gelöst ist, kann ich mich endlich einem neuen widmen: täglicher Sexismus.

Es liegt nicht an dir, es liegt an mir
It's not about you it's about me
About me not feeling part of this – of your world

Dieser Text ist nicht über dich, keine Angst,
Er soll dir nur einen Einblick geben in mein, in unser Leben.
Und es geht auch nicht schon wieder um Feminismus,
Sondern um das, was jeden Tag in unserer Welt passiert.

Die Schuld liegt nicht bei uns,
Liegt nicht bei den Geschichten,
Wir probieren, hier nichts
Schönzureden oder umzudichten,
Nur weil du nie etwas von dem hörst
Oder es nicht erkennst,
Heißt das nicht,
Dass es kein Sexismus ist.

Es fängt an mit den Eltern,
Die ihrem zweijährigen Sohn Schuhe kaufen wollen.
Das Kind besitzt nur geschlossene
Und deshalb sollen Sandalen her.
Der Sommer ist heiß und er will sich die warmen Schuhe
Schon nicht mehr anziehen lassen,
Im Laden gibt es leider nur noch ein Paar
In seiner kleinen Größe
Und das ist ... lila.
Der Zweijährige watschelt damit im Geschäft herum,
Gluckst und lacht.
»Aber nein, die kann man ihm nicht kaufen!
Was hättest du denn gemacht?«

Es liegt nicht an ihm, es liegt an euch.
»Lila für unseren Sohn?
Dann halten ihn ja alle für ein Mädchen.«
Wie schrecklich ...
»Was, wenn er schwul wird?«

Kerstin putzt wieder einmal die Tafel.
In seinen 30 Jahren Joberfahrung
Hat er vermutlich noch nie die Tafel angefasst.
Und das Mädchen steht draußen und probiert,
Mit dem verstaubten Tafeltuch die Überreste
Der Gleichungen der Stunde davor wegzuwischen.

Was circa so gut funktioniert,
Wie mit einem Sieb Wasser aus einem Boot zu schaufeln.
»Zuerst keine Ahnung von Latein und jetzt noch das.
Du taugst ja nicht einmal zur Putzfrau!«

Es liegt nicht an ihr, es liegt an ihm.
Ist es ein Zufall, dass er nur Mädchen die Tafel putzen ließ,
Obwohl auch Burschen in unserer Klasse waren?
Ist es ein Zufall, dass der erste Job,
Der ihm für ein Mädchen eingefallen ist,
Für den man kein Latein braucht,
Putzfrau ist?

It's not about you it's about me
About me not feeling part of this – of your world

Es liegt nicht an dir, es liegt an mir,
Denn ich habe mich verändert, hat Lukas gesagt.
»Früher konntest du mal so gut zuhören.
Was ist nur geschehen?«
Ich kann immer noch zuhören.
Ich habe nur gelernt,
Dass ich nicht stundenlang
Deine Therapeutin spielen muss.

Es liegt nicht an dir, es liegt an mir,
Denn du brauchst nur eine Zuhörerin
Und ich kann nicht mehr.

»I don't know«,
Sagt der Austauschschüler Antoine in der Pause.
»I don't know what's the matter lately.
Blame it on my feminine side,
But lately I'm a bit of a whiney bitch.«
»No, Antoine, it's not your feminine side –
it's your personality.«

Es liegt nicht an dir,
Es liegt an deinen schwankenden Hormonen.
Aber es liegt nicht an meiner
»Übertrieben feministischen« Seite,
Dass wir einander nicht gemocht haben.

Natalies Hände umklammern das Lenkrad,
Dritte Fahrstunde.
Sie soll schneller fahren, aber
Sie weiß doch erst seit gestern,
Wie man überhaupt schaltet.
Am Ende der Stunde –
Alles an ihr zittert vor Anstrengung und Adrenalin,
Ihr T-Shirt ist nass vor Angstschweiß,
Angst, etwas falsch zu machen –
Da lehnt sich ihr Fahrlehrer rüber zu ihr:
»Weißt du, es wäre leichter,
Wenn du dir einen Freund suchen würdest,
Der dich fährt.«

Es liegt nicht an ihr, es liegt an ihm.
Es liegt an einem Mann, der denkt,
Er kann diesen »Trend« aussitzen.
Denn wozu sich ändern,
Wenn man in der stärkeren Position ist?

It's not about you it's about me
About me not feeling part of this – of your world

Es liegt nur an ihrem Lehrer,
Dass Frances nicht mehr zeichnen möchte.
Sie mag nicht, wie er sich über sie beugt,
Um auf ihr Blatt zu sehen,
Frances lacht nicht, wenn er
Seinen typischen Witz über Künstlerinnen macht:
»Ach, dafür sind diese Frauen also auch gut?«

Sie versinkt in ihrem Sitz, wenn schon wieder
Aktmalereien am Beamer erscheinen,
Spürt seine Blicke auf sich,
Wann immer sie zum Waschbecken geht.

Und wehe, sie muss in die Kammer zu ihm,
Um neue Materialien zu holen ...

Es liegt nicht an ihr,
Es liegt auch an ihrer Klassenvorständin:
»Mach dich doch nicht lächerlich.
Fühl dich doch geschmeichelt.
Wollen das nicht alle 16-Jährigen?
Anerkennung?«

Tanja geht auf eine technische Schule
Und bei ihr ist es nicht anders.
Die Frauenquote in den Klassen ist so gering,
Da fallen sie und die anderen auf wie frisch Gekochtes
In einer schlechten Schulkantine –
Und deshalb sehen sie die Lehrer wie Frischfleisch.
Besser, man stellt keine Fragen,
Weil einem die Lehrer sonst
Über Arme und Schultern streicheln,
Viel zu oft und jede*r weiß das.
Doch wer tut was?

Es war das Jahr vor unserer Matura
Wir, eingeschüchtert von dem mysteriösen Verfahren,
Wollten die Chance nutzen, zuzuhören.
Aber wir wurden nicht in den Raum gelassen,
Denn unsere Hosen und Röcke waren zu kurz.
»Wie schaut das denn aus?«
»Besser als die Burschen in ihren verschwitzten
Jogginghosen sieht das aus.«

»Das geht nicht, dann kann sich die Kommission
Nicht mehr konzentrieren.«
Lehrer*innen, die sich von den Beinen von Schüler*innen
So ablenken lassen,
Dass sie sich nicht mehr auf die Prüfungen
Konzentrieren können,
Sind falsch in diesem Beruf.

Es liegt nicht an uns, es liegt an euch,
Dass Schüler*innen sexualisiert werden.
Die Schuld ist auch nicht bei der Mode,
Nicht beim Fernsehen zu suchen.
Das Problem seid nur ihr.

Heute war Martinas Englisch Matura.
Sie wartet draußen am Gang,
Während sich die Kommission berät.
Hat Angst, durchzufallen,
Doch diese ist unbegründet,
Denn was sie nicht weiß, ist, dass der Vorsitzende
Drinnen gerade gesagt hat:
»Na, der geben wir doch 'ne gute Note.
Der Rock war so schön kurz.«

It's not about me, it's about you making me feel not being
part of this – of your world

Es liegt nicht an mir, es liegt an dir.
Und es hat so lange gedauert,
Bis ich das verstanden habe.

Danksagung
Was noch gesagt werden muss

Freilich, die mittlerweile vergangene Zeit allein wäre schon Grund genug für eine neue Anthologie – mit frischem Blick und reichlich Rückblick –, doch feiern wir mit ihrem Erscheinen auch was Anderes: Die erste deutschsprachige Poetry-Slam-Meisterschaft 2022 in Österreich. »SLAM 22, oida!«, würde da manche*r rufen.

Mittlerweile eines der größten Bühnenliteraturfestivals der Welt, wurden die deutschsprachigen Poetry Slam Meisterschaften bereits fünfundzwanzig Mal über die Bühne gebracht. In Deutschland, in der Schweiz. Ja, in Österreich hat's wieder länger gedauert – wenn die Welt untergeht, geh nach Österreich, da passiert's erst 50 Jahre später. Doch wir haben in der Zeit nicht nur ausgeharrt, sondern unsere eigenen Strukturen aufgebaut, und weit hat's uns gebracht: Hallo Burgtheater, wir waradn jetzt da.

Dieser Prozess, wie die gesamte Entwicklung, wäre ohne den Einsatz vieler Personen nicht möglich gewesen. Wir danken Janea Hansen, Fabian Navarro, Anna Hader, Hannah Diry, Christopher Hütmannsberger, Caro Neuwirth, Yasmin Hafedh, Xaver Wienerroither, Jonas Scheiner, Simon Tomaz, Luca Motz, Nicole Kadlec und Theresa Kirschenhofer, deren Mitarbeit die Umsetzung des SLAM 22 in Wien ermöglicht hat.

Darüber hinaus danken wir Markus Köhle, Mieze Medusa, Andi Plammer für den Verein GRIPS für die bereiteten Pfade, Anna Kohlweis für den illustrierten Tiefgang, Denise

Bretz für wache Augen, allen Autor*innen, die mit Text und Stimme diese Anthologie gestalten, und all den Menschen, Künstler*innen und Veranstalter*innen aus der österreichischen Poetry-Slam-Landschaft, die die Szene in diesem Land mitgetragen und -geprägt haben, sie bereichern und gestalten.

Schön, dass es euch gibt! Ihr seid wertvoll und speziell.
    Auf euch!

Bei Lektora erschienen

Anna-Lena Obermoser & Henrik Szanto (Hg.)

G'scheit Goschert

Die U20-Szene des österreichischen Poetry Slams ist absolut divers, eigensinnig und engagiert. Nach dem Motto »Sche*ß da nix, dann föhlt da nix!« rocken Nachwuchspoet*innen die Bühnen der Berge- und Seenation von Österreich und Südtirol (und darüber hinaus)! Alles, was sie dafür brauchen, sind Text, Performance und ein Mikrofon. Diese junge Szene streckt Fäuste in die Luft, schmiert Honig ums Maul, Balsam auf die Seele und lässt Münder zum Staunen offen, sowie Hirne und Herzen hoffen, dass die Zukunft in guten Händen liegt, solange es dieselben sind, die auch diese Texte schreiben.

Außerdem gewähren Obermoser und Szanto einen Einblick in die Szenen-Arbeit vermitteln Eindrücke und Erfahrungen, präsentieren Ratschläge und beleuchten all die Menschen, die dafür verantwortlich sind, dass es Jugendliche auf Bühnen treibt.

ISBN 978-3-95461-144-7
14,90 Euro

www.lektora.de

Bei Lektora erschienen

Mieze Medusa & Markus Köhle (Hg.)

Slam, Oida!
15 Jahre Poetry Slam in Österreich

Seit über 15 Jahren haben Mieze Medusa und Markus Köhle die Freude, Ehre und Arbeit, in Österreich die Poetry-Slam-Szene mitzugestalten. Wir waren also von Anfang an dabei, sind immer noch unterwegs und unfassbar glücklich darüber, wie groß, vielfältig und funkelnd die Szene unseres Landes ist.

In diesem Buch haben wir 42 Slamtexte ausgewählt, die einen bunten Querschnitt bieten. So schreiben wir: vom Wiener Schmäh, vom Leben am Land, von der Härte der Berge und Täler, von den Abenteuern einer Winkerkrabbe, von der Liebe, von Bobo-Verhipsterung und von Fragen, die uns gestellt werden: Wo kommst du her? Wer befreit unterdrückte Rufnummern? Wo siehst du dich in fünf Jahren? Auch im Buch: Jede Menge Slamwissen. Hier werden wichtige Fragen beantwortet: Ab wann gehöre ich dazu? Ist der Wettbewerb nicht ein bisschen unfair? Kannst du mir 10 Tipps für meinen gelungenen Auftritt geben? Ja, darf man das? Ja, das darf man.

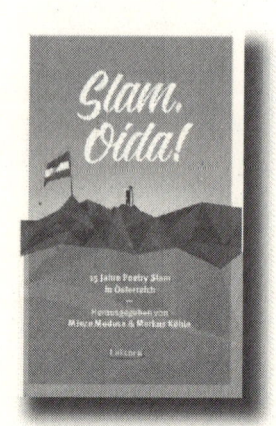

ISBN 978-3-95461-098-3
13,90 Euro

www.lektora.de